AF439760

Juan Pablo Bonilla

LA NOCHE DEL CÓNDOR

2021

UNO

HE OÍDO HABLAR de escritores ermitaños; a veces quisiera ser uno,
pensó Leonardo Katz una noche de septiembre de 2011, antes de
tomar otro sorbo de cerveza. No se bebería más que esa media pinta
ofrecida por su amigo, Hegel, quince minutos antes.

¿Qué estoy haciendo aquí de todos modos? Debería estar en
casa, escribiendo. Pensó Katz, y se llevó de nuevo el vaso a los labios.

Presionaba el hombro izquierdo contra la pared y su espalda
estaba casi contra la ventana de la estrecha sala en aquel apartamento
ubicado en el sector colonial de Bogotá. Una mujer de cerca de
cuarenta años, abundante pelo rojo y un largo dedo índice que giraba
para subrayar sus argumentos, venía hacia él conversando con un tipo
cadavérico, con gafas de marco grueso, casi por completo calvo.
Estaban por fumar; traían tazas para usarlas como ceniceros. Katz
enseñó una sonrisa —que aquellos dos no notaron— y se movió a un
lado para dejar a la pareja soltar su humo azul al aire de la noche.

Esta no era una situación nueva: sentirse como un intruso
entre las personas normales. Leo era un adulto joven y sin embargo
estaba convencido de que habían pasado años desde la última vez que
estuvo en una fiesta donde se sintió cómodo, rodeado de personas a

las que pudo haber catalogado como amigos, desentendido del reloj y listo a que la noche lo sorprendiera.

No quería llamar la atención de ninguna de las diez o doce personas allí presentes. Mejor sentarse. Escogió un pequeño puf, tomó otro sorbo de cerveza y estudió el lugar:

Su mejor amigo de muchos años, Hegel, estaba en la cocina. De cuando en cuando mostraba su cara para poner algo sobre la mesa, donde un grupo de tres hombres y cuatro mujeres discutían en inglés, español y algo de francés. En un gran sofá, frente a Katz, estaba un viejo explicando algo vagamente político a una chica vestida para el funeral de un astro del metal gótico. Katz había sido presentado a casi todos una hora antes. Ahora había olvidado los nombres —o no habría podido volver asignarlos a sus dueños—, excepto por el de una rubia, alta, ahora escondida en la cocina con Hegel, llamada Irina.

Katz revisó su vaso: podía tomarse esa cantidad de cerveza en un instante, luego dejar el apartamento y nadie lo notaría. Hegel sí, claro, pero le tomaría un largo rato, y entonces en unos días le enviaría un email a Leo, preguntando las razones para abandonar aquella "fiesta".

Como si fuera una fiesta. Solo era una reunión; una velada de snobs e intelectuales, locales y extranjeros. Había escritores, un músico, un dramaturgo, tres o cuatro editores y ese viejo profesor de literatura como invitados. Música brasilera, a bajo y perceptible volumen; toda clase de bebidas ya abiertas y un vapor picante abandonando la cocina con la promesa de maravillas gastronómicas. Todo el mundo parecía conocer a todos y, por lo que comprendía Leo, Hegel ofrecía la reunión y la cena para celebrar algún reconocimiento al ganador de alguna distinción literaria. ¿Correcto?

Cuatro horas antes Leonardo Katz almorzaba tras pasar todo su sábado en la biblioteca. La deliciosa y enorme hamburguesa doble cubierta de salsas con papas fritas y Sprite fue interrumpida por una mirada persistente que Leo podía sentir como la afilada punta de un hielo hundiéndose contra su piel. Levantó la mirada. En la barra del restaurante —un agujero que cualquiera con mejores ingresos que un profesor de inglés habría evitado por razones de salud—, listo para ordenar pero todavía en silencio, estaba Hegel. Su cabello liso y castaño había crecido. Estaba algo barbado también, y, al llevar puesto un raído suéter de lana gris y anchos pantalones a rayas, parecía un estudiante universitario de los años sesenta. Lo opuesto al corte militar, las prendas a la moda y las costosas gafas de sol que llevaba puestas la última vez que se habían visto, menos de un año atrás.

Almorzaron juntos, luego fueron por café. Leo ya estaba por despedirse cuando Hegel tuvo la idea de invitarlo a la fiesta.

—No sé. Tengo evaluaciones que revisar para el lunes —explicó Leo.

—Es una cena. A eso de las nueve, diez, te vas. Además vas a conocer gente interesante. Jean Carlo consiguió publicar en Granta, ¿sabías? Deberías hablar con él sobre publicar.

—Ya me han publicado.

—Pues es más fácil cuando conoces más editores.

Leonardo consideró el asunto con las manos en los bolsillos.

—Bueno. Acepto una cerveza. Nada de comida… Sí, será bueno hablar con algunos editores.

Ahora eran pasadas las ocho y media. Todos esos editores estaban mezclados con escritores y parecían inmersos en conversaciones interesantes que Leo no se atrevía a interrumpir.

La cerveza estaba por acabarse. Leo dejó el vaso y, sin veloces movimientos que pudieran traicionar su salida, fue hacia la puerta. Nadie estaba mirándolo cuando él giraba la perilla, mas justo entonces, la rubia dejó la cocina con una enorme bandeja en sus manos, pidiendo espacio sobre la mesa dominada por botellas vacías y vasos usados. Leonardo, por supuesto, le dio una mano con todo aquel desorden.

Ella hizo a un lado su largo y perfecto cabello para enseñar su elegante perfil a Leo seguido de un "gracias" casi en susurro. La mano de Hegel ya estaba allí, sobre el hombro derecho de Leo:

—Leonardo, por favor, siéntate.

Lo cual hizo, junto a la cabecera de la mesa donde el viejo profesor acomodó sus huesos con dolorosas expresiones. Para el momento en que tomó la servilleta, todos estaban listos para hacer un brindis por Francisco, el calvo esqueleto en pantalón de oficina quien acababa de ganar en Ciudad de México un premio del cual Leonardo nunca había oído hablar.

Y no es que realmente estuviera inmerso en los asuntos literarios globales. Leonardo nunca gastó mucho tiempo conectado a internet. Al menos no más que dedicado a la investigación o recabando material que pudiera usar en sus clases; leer las noticias, o escribirle y responderle a su familia en los Estados Unidos. El resto del tiempo prefería leer, escribir o ejercitarse, cuando no estaba pasando el tiempo con Érika.

Pero, pensó Leo poniendo un poco de paella en su plato, dado que Érika estaba tan ocupada con su trabajo, y estudiando en la universidad, con solo los fines de semana libres —y únicamente los domingos en la tarde para el sexo—, no resultaba mala idea empezar a involucrarse más con el movimiento literario local. Saber más de premios literarios, honores, nombres reconocidos en el campo de la edición, autores destacados del momento, e incluso los críticos respetados, si realmente había alguno en el país. Con veintiséis años, Leo Katz solo había publicado un libro. Un volumen de relatos firmado con su verdadero nombre, Paul Fields. Ni siquiera aparecía su foto en la solapa —y no es que a él le hubiese gustado—. *El origen de las cosas frágiles* había vendido menos de doscientas copias del medio millar distribuido por Pont Neuf Press en cinco países. Fue un favor, sí. Y esa editorial no era grande —de hecho, era solo un viejo impresor, su esposa y su extraña hija hippy trotamundos—. Leo quería ser un escritor reconocido. Lo necesitaba. Tenía que poner su vida en orden y convertirse en lo que deseaba ser desde el día que eligió una vida en el mundo de las letras, y no perseguir otro negocio, tal vez más redituable.

Durante las siguientes tres horas Leo hizo varios intentos de hablar con todos los invitados. Dio nombres, títulos, pruebas de su conocimiento de literatura latinoamericana, así como de las dificultades y luchas políticas del siglo XX en América Latina. Probablemente demasiado del viejo discurso socialista, el imperialismo estadounidense, el deber de los artistas y el efecto negativo de la narrativa barata de las superventas. En cada oportunidad Leonardo asentía, ofrecía lo que pensaba era un profundo apunte sobre el particular, y buscaba la oportunidad de hablar sobre su novela publicada, así como de sus proyectos en marcha: una novela, sin título todavía, acerca de la crisis de la mediana edad; Bogotá y la kafkiana vida de los empleados de oficina. Y cada vez que mencionaba su libro, o empezaba a encausarse en el tema, una de dos cosas pasaba: la contraparte empezaba a bostezar, o simplemente saltaba hacia otro tema, si es que Irina, con su centellante cabello dorado, no robaba la atención de Leonardo, tornando cualquiera de sus argumentos en un caleidoscopio de ideas, o le impedía pronunciar bien palabras que le tomó tanto tiempo aprender a decir correctamente.

Cuando Leo notó que habían pasado treinta minutos de la media noche, todos se habían ido, salvo una pareja atrapada en su íntima conversación y risas nerviosas, e Irina, hablando y fumando con Hegel junto a la ventana. También notó cuánto bien le haría una ducha fría, una o dos tazas de café, música de verdad y un libro. Se puso en pie y agitó su mano.

—Leo, no. Quédate —dijo Hegel.

—Voy a buscar un taxi —respondió Leonardo.

—¿Taxi?

—Me gustaría que pudiéramos conversar un poco —le dijo Irina a Leonardo. En realidad las primeras palabras que le dirigía.

Casi sin separar sus rostros la pareja del sofá abandonó el apartamento. Leo no tenía el dinero para pagar un taxi, y pedirle a Hegel prestado requeriría hablar con él a solas. Decidió esperar un poco, y sin notarlo pronto se abandonó por completo al sueño allí donde había pasado sentado la mitad de la noche.

—¡Hey, Katz! —gritó Hegel trayendo a Leonardo de vuelta del hondo pantano del sueño. La sala estaba llena con el sol del domingo, por lo que Leo permaneció bajo la cobija durante unos minutos mientras su amigo hacía café, el cual recibió con un visible placer.

—Lo siento —dijo Katz—. Esta no es mi costumbre.

—Está bien. Igual quería que conversáramos un rato —respondió Hegel sentándose junto a Leo en el sofá.

Y por un par de minutos permanecieron en silencio como muchas otras veces antes. Se habían conocido en Colombia, en la altura casi inaccesible de las montañas, donde ambos asistieron a un entrenamiento en tácticas de guerrilla urbana, casi cinco años atrás. Luego estuvieron en una misión en Ciudad de México. Desde entonces estuvieron en algunas aventuras más, y sostuvieron una larga serie de debates por email sobre cultura occidental, libros, películas y cómics. Compartían el propósito de convertirse en escritores reconocidos, aunque a diferentes lados del espectro. Cada uno envidiaba el lugar del otro: para Leonardo, Hegel era afortunado al pertenecer a una de las familias más ricas de Alemania, ser muy atractivo, estar bien conectado con agencias internacionales, y poseer una memoria de referencias artísticas, históricas y literarias del tamaño de la biblioteca de Alejandría. "Con esa cabeza yo podría escribir una novela detrás de otra" dijo Katz una vez. "Eso no es sino ficción. Tú sí has vivido en la realidad más dura", replicó Hegel, ya que admiraba la vida de Leo: nacido en Anchorage, Alaska; de clase media, asistió a una universidad en Santiago de Chile, se casó, enviudó, se convirtió en mercenario entre México y Colombia; ejecutó peligrosas misiones en Irán, Israel y Afganistán, y solo tenía veintiséis años. Al igual que Hegel.

—¿Cómo está Isabela? —preguntó Leo.

—Me imaginé que ustedes dos hablaban.

—Ella me escribe, yo le escribo de vuelta. Aunque escribe cada vez menos. ¿Qué está haciendo ahora?

—En una escuela. Una escuela de música.

—Ah sí; la escuela de música.

—Dejó el colegio, por ahora. Es complicado para ella aprender alemán y estudiar al mismo tiempo.

—¿Y tus padres?

—La adoran.

—¿En serio?

—Sí. O sea, los pobres viejos quisieran otra vez ser padres. Y dios los bendiga, porque yo no puedo ser el padre de esa niña. Y, tú me conoces… No quiero quedarme atado a nada. El primer año fue muy difícil. Creo que te conté sobre eso: lloraba y gritaba cuando la dejaba sola. O sea, tenía siete, ocho años. Quién no. Todo debía parecerle nuevo y aterrador. Esa casona parece un castillo maldito.

—¿Por qué no la dejaste en Londres? Me habías dicho que le iban a encontrar unos padres adoptivos.

—Quiénes, Leo, ¿desconocidos?. Además, conozco a al menos una docena de personas que podrían encargarse de Isabela. Gente buena, honesta, decente. Pero no sé… Es demasiado para ella; para cualquiera.

—¿Para ti también?

—Hey, viejo, jódete. Esto no es sobre mí. ¿Sabes dónde está ahora? En Düsseldorf, tocando el piano durante cinco horas al día. Coño. La niña puede estar todo el día dándole a las teclas de esa cosa. No sabe casi nada de anotación musical, pero después de que escucha algo en la radio, un jingle, una sonata entera de Dvorak, ya no se queda quieta hasta que es capaz de interpretarla de memoria, cada nota. ¿Crees que alguno de esos estirados de Londres, con todas sus buenas intenciones, podrían dejarla tocar el piano con la libertad que le permiten mis padres? Y aunque así fuera, ¿cómo podría yo saberlo?

—Entonces sí te importa.

—Claro que me importa, idiota. ¿Acaso he dicho no que no me importe?

Y se quedó en silencio por medio minuto. En la esquina entre la sala y el corredor estaba Irina, todo lo alta, rubia y sexy que se podía ver recién salida de la cama, incluso con sus ojos a medio abrir.

—Buen día —dijo, y fue directo a la cocina, dejando a Leonardo claro que no tenía nada puesto salvo esa camiseta.

Hegel dejó el sofá y fue hacia ella:

—Disculpa, ¿te despertamos?

—Estaba despierta, no se preocupen.

Leo esperó ver el beso propio de una pareja, mas Hegel solo sirvió café que Irina bebió sin un simple "gracias".

—Buenos días —dijo Leo cuando Irina se dejó caer en el puf frente a él. Ella sonrió.

—¿Te divertiste vos, Leo?

Argentina, pensó Katz, juzgando por el evidente acento.

—Un poco. Estaba cansado… Estoy cansado; estoy pensando en irme ya. Tengo muchas cosas que preparar para el lunes.

—Al menos desayuna con nosotros, viejo —dijo Hegel—. Y no te vayas a poner terco.

—El desayuno y me voy —dijo Leo tras levantarse y, despacio, arrastrar una silla para sentarse.

Hubo huevos con tocino, mucho café y pan, además de leche y cereal que puso a pensar a Leonardo en qué clase de vida llevaba su amigo ahora. De repente Hegel estaba en Colombia; tenía un apartamento y una vida de burgués junto a una rubia deslumbrante. Lo peor, sin embargo, era su esfuerzo ininterrumpido por retener a Leo esa mañana.

—¿Este apartamento venía amoblado? —preguntó Leonardo.

Hegel negó con la cabeza.

—Es de un amigo.

—Está muy bien. Me gusta donde está situado.

—Tú también tienes un buen apartamento, Leo.

—Hegel, qué carajos quieres —dijo Katz.

—*Si querés me voy* —susurró Irina a Hegel.

—Naaa… tú te quedas —Hegel se limpió la boca, estudió de un vistazo la mesa y agarró un paquete de cigarrillos para terminar poniéndose uno en los labios—. Estoy metido en un proyecto y como que voy a necesitar tu ayuda.

Leonardo no respondió. Se quedó mirando a Hegel mientras terminaba su café.

—Lo que sea, buena suerte —dijo—. Gracias por el desayuno.

Y abandonó la mesa.

—Esta vez es por una buena causa —dijo Hegel—. Y hay dinero en ello también.

Leonardo ya estaba en la puerta.

—Claro que sí. Adiós, Irina.

La puerta estaba abierta.

—Leo —dijo Irina alzando la voz—, es algo importante.

Katz permaneció en el umbral.

—Hegel, podemos hablar un momento —dijo.

—Entra aquí, viejo, y te explico todo.

Pero Katz no se movió. Hegel fue hacia él y ambos amigos quedaron mirándose mutuamente en el corredor del piso. Leonardo con sus manos en los bolsillos, Hegel entrelazando los dedos, como cualquier niño que intenta explicar la trasgresión que ha cometido.

—Es algo simple. Investigación; ver documentos.

Leonardo asintió.

—Así es como siempre empieza esto. Lo que sea, no quiero oírlo. No quiero oír que estás otra vez metido en alguna mierda como antes. Acabas de decirme lo importante que es Isabela para ti; y aunque no lo creas, también es importante para mí. Así que, sea lo que sea, *por favor*, déjalo, y devuélvete a Alemania.

—Leo, a esto es a lo que me dedico —Hegel se dio vuelta al oír pasos y voces en la distancia—. Todavía estoy en esto; tú también. Leonardo, esto es lo que hacemos. Tú eres capaz…

—Soy profesor… —al notar que su voz se acercaba al grito cerró la boca de inmediato— Enseño inglés. Algún día seré también un profesor de literatura también. Te he estado contando durante los últimos dos años lo putamente importante que es para mí sentar cabeza y dejar esa vida de rata en el pasado. ¿No he sido claro?

Y pasó junto a Hegel en dirección a las escaleras. Tal vez su amigo dijo algo, pero parecía haber tanto eco entre aquellas escaleras en espiral que la voz se mezcló con el ruido de sus propios pasos. Leonardo sintió el frío del viento en lo que era un día a cada minuto más nublado. A pasos rápidos descendió por las calles del distrito colonial y saltó al primer bus que encontró. El primero de los dos o tres que solía usar para ir a cualquier parte.

DOS

EL ÚLTIMO TRAMO de las escaleras resultó el más difícil. Leo Katz arrastró los pies por el pasillo maldiciendo la falta de ascensor; tras tres intentos para abrir la puerta entró con un enorme deseo de tumbarse en la cama. Y, por el contario, permaneció con su espalda contra la puerta y estudió el apartamento para verificar si aquello que sentía tenía algún fundamento: aunque todo parecía en orden, Katz sabía que, de alguna manera, su organización personal había sido alterada. Caminó a la cocina, donde platos, tazas y vasos esperaban ser lavados. Luego fue al cuarto: la cama estaba sin hacer; el espacio sin ventana se sentía tibio y, como pensaba Leo, una maleta y algo de ropa estaba tirada en el piso del baño. Érika había estado ahí.

Leo se desvistió y se introdujo en las cobijas. Por un rato su mente se mantuvo alerta, listo a oír el sonido de la puerta al abrirse. No pasó mucho antes que se quedara dormido por completo y, con el sonido de la televisión, y su luz azul esparciéndose por el cuarto, despertó.

—Hola —dijo.

—Hola —respondió Érika. Ella tenía puesto su estrecho conjunto de ejercicio; las piernas entrelazadas y una taza de té en sus manos.

Leonardo quería saber las razones para que ella estuviera ahí. Mejor no: saltaría al instante a preguntar si tenía en realidad tenía permiso de ir a aquel apartamento cuando le diera la gana. Si eran una auténtica pareja o no. Si él la respetaba o no, si la quería o no. Y así y así, como en tantas otras discusiones en voz alta que habían tenido lugar desde el día en que empezaron a salir.

Leo preguntó la hora. Diez minutos pasadas las dos. Tenía hambre y sabía que no había nada de comer en la desordenada cocina. El plan del sábado en la noche era comprar alimentos, cocinar una buena pasta y abrir una botella de Cavernet que debía estar en alguna parte desde que él la robó de una fiesta en la que entró sin invitación un par de meses atrás.

Erika estaba muy concentrada en las noticias, al parecer. Leo se puso unos jeans y fue a la cocina. Estaba limpiando y pensando en las pistas que los conocidos de Hegel le habían soltado sobre editoriales y publicaciones, cuando Érika puso bajo el agua del grifo su taza y empezó a preguntar sobre la noche anterior.

—Estaba donde Hegel.

—Ah, volvió.

Leonardo rara vez —casi nunca— hablaba sobre Hegel. Erika sabía de su existencia por un par de comentarios hechos por Leo. Tal vez había visto una foto, pero de seguro nunca, jamás, había conocido al tipo, mucho menos sabría de su paradero.

—No sabía tampoco. Ayer yo estaba… Bueno, en la biblioteca. Pasé toda la mañana ahí y luego me fui a almorzar. Me metí en un sitio horrible, pero fue porque vi un anuncio de papas, hamburguesa y Coca Cola por cinco mil… Como sea, Hegel estaba ahí. Hablamos un rato y me invitó a su apartamento. Tenía una cena, así que me quedé. Se me hizo muy tarde y no pensé en regresar.

—¿Por qué no llamó?

Leonardo cerró la llave y empezó a secarse las manos.

—Yo no sabía que tú estabas aquí.

Y como siempre, Érika permaneció en silencio hasta que sus ojos parecieron a punto de estallar:

—¡Al celular! A mi celular, idiota. ¿Por qué no me llamó a preguntarme dónde estaba? Llegué aquí como a las cinco. Me quedé esperándolo por horas. Me fui a caminar, me fui a ese café donde me llevó una vez, ¡y no! ¿Adivine? El señor se fue a una fiesta. Si se iba de fiesta por qué no me invitaba, ¿ah?

Esta era una vieja discusión: Erika siempre estaba fuera del alcance de Leo, especialmente en la noche o los fines de semana. Invitaciones a almorzar, tomar algo los viernes, o fines de semana semirrománticos fuera de la ciudad. Pero cada vez que Leo quería estar a solas, o simplemente ir por su cuenta a un concierto, al cine, al teatro, visitar una exposición, aceptar un almuerzo, una cena, un desayuno tardío o cualquier otro tipo de encuentro con la gente del trabajo, entonces Erika, en algún punto entre molesta e iracunda, exigía saber por qué no la había tenido en cuenta en sus planes.

—Tengo que hacer algo de comer —dijo Leo y pasó junto a Erika, tomó las llaves colgadas de un clavo y dejó el apartamento.

Con cuatro bolsas llenas de enlatados, pasabocas, pan, leche y otras cosas, Leonardo entró de nuevo en su residencia. Notó de inmediato que el ronroneo del televisor se había extinguido. Erika no estaba en la cocina, tampoco en la habitación. Revisó su cuarto: la mochila y la ropa habían desaparecido del baño. Fue un alivio. Puso música. Encendió los cuatro fogones de la estufa y empezó a cocinar la primera comida elaborada que su memoria podía ubicar en mucho tiempo. Pensó en el menú con la emoción de un chef profesional y empezó a cantar. A las siete todo estaba listo y Leonardo quiso decir incluso algunas palabras de agradecimiento. Mientras sostenía la copa y hacía girar el vino, pensó en lo afortunado que era: después de todo, tras muchos años de problemas, persiguiendo la evasiva felicidad, o al menos la común estabilidad occidental deseada por cada ser humano para sí mismo, ahora tenía un apartamento, un empleo, a Érika —y el indeterminado lugar que ocupaba en su vida—, y algunos amigos —más bien conocidos del trabajo—. La tediosa rutina como profesor de colegio era la menor de sus preocupaciones. Algún día ese monótono estilo de vida podría aplastarlo, pero en este momento que describimos, en esa noche en especial, él se sentía feliz.

Y, justo tras el segundo o tercer bocado de lasaña, Leo pensó en Érika. De una parte, era un placer escapar de su incomprensible actitud. Su comportamiento aún adolescente. A veces ella quería estar a su lado y leer cuando él leía, o mirar la televisión juntos recostados en la cama. Caminar en silencio, pasear por los corredores de una librería, o tener sexo. Sin palabras, solo disfrutando el hacer cosas juntos. Ser una pareja que se conoce desde hace años. Otras veces era al contrario. Algunos días Érika desaparecía y conseguir verla se convertía en una labor de medio tiempo; como si trabajar, escribir y leer no lo ocuparan ya bastante.

Así, la mente de Leonardo pronto saltó al recuerdo de Irina. La chica ejemplar. La rubia clásica de alargada silueta de atleta, facciones finas y piel delicada. Maldito Hegel y su cara de niño bien, su estilo de vida aventurero y protector del Tercer Mundo capaz de anonadar chicas con un 'hola' y una sonrisa. Tras servirse más vino Leonardo pensó cuánto esfuerzo y tiempo podría tomar atrapar a una mujer tan formidable. ¿Cuestión de días, de meses? Quizá, como en tantas comedias románticas de fórmula similar, solo se necesitó una secuencia de malentendidos, momentos incómodos y graciosos tropiezos. Si Hegel, pensó Leonardo, ahora inclinado por la ventana abierta, tenía todo lo que un hombre puede querer, ¿por qué diablos estaba buscando problemas con ese asunto que le había mencionado? ¿Adrenalina? ¿Más historias para contarle a los nietos que tendría con la genéticamente perfecta Irina?

Leonardo salió a caminar. Las calles alrededor del complejo habitacional donde vivía no eran sitio apto para andar descuidado.

Pero él le temía menos a ser asaltado que a toparse con Érika y aguantar otra ola de reproches.

Hegel seguía dedicado al espionaje, ya fuera al servicio del gobierno británico o para alguien más. Katz se siguió repitiendo que no quería saber, negando el hecho de que quería sentarse a oír la historia completa. Entre ambos amigos las comunicaciones se reducían a emails, y estos, por razones de seguridad, nunca se trataban sobre los trabajo que hacían entre las sombras. Y aunque Leo quería poner ese estilo de vida en el pasado —un pasado oculto para todos—, admitía —ahí, caminando sin rumbo por la avenida— que envidiaba a su amigo por seguir ahí, ocupado en el peligroso juego, durmiendo con una hermosa argentina como recompensa.

Leonardo encontró el café sobre la avenida. Era un lugar pequeño, pero tenía sofás, sillones, música suave y lámparas diseñadas para proveer un espacio para la lectura, escribir o albergar conversaciones. Al dar un vistazo a la avenida vio los buses, con sus letreros "Directo Centro. K4", "Germania, Av. Jiménez", "Centro, Av. 19", casi vacíos, invitándolo a regresar donde Hegel y seguir hablando sobre aquella extracción. Empezaba a hacer frío. Leo no llevaba su abrigo y el tráfico arrastraba un viento gélido. Un café estaría bien. Café y una rebanada de torta de yogurt. En aquel café en particular los dueños tenían ediciones recientes de New Yorker, The New Republic, The Paris Review. Tenían libros incluso.

Entró al lugar.

Aunque antes de haber cruzado el umbral, lanzó una mirada al interior para verificar qué tan ocupado estaba, y si su querida silla junto a la lámpara en la esquina estaba vacía, esperando por él. Y no: su silla había sido secuestrada por un tipo en traje de negocios, hablando por su teléfono móvil —y sintió distante aquella época dorada en que tales aparatos estaban prohibidos en casi todas partes—, y una porción considerable del café había sido conquistada por chicos de la escuela técnica con ánimo salvaje. Soltaban risotadas y hablaban con tonos agudos. ¿Cuánto podría tomarles largarse de ahí? No importaba. Leonardo podría hablar con John, el administrador; quejarse y muy probablemente esa pequeña reunión terminaría en minutos. Así que presionó la puerta, la campana cantó ahogada por las voces y la música en el interior, y, en una fracción de segundo, Leo vio, entre la muchedumbre, a Érika, con una cerveza en la mano, hablando emocionada con dos gordas. Suficiente.

Leo saltó al borde del andén y alzó una mano. En menos de veinte minutos el bus lo arrojó a tres calles del apartamento de Hegel.

La sala estaba en silencio. Leonardo aceptó un café. Mientras hervía el agua le dedicó algunas miradas de soslayo a Irina, en ese momento leyendo documentos. No era tan perfecta. Ahora, con su pelo recogido, sus facciones totalmente expuestas a la luz blanca del comedor, se veía pálida, con una nariz tal vez muy larga, labios delgados, ojos pequeños. Aún era joven, de seguro, mas sus ojos tenían al menos otros diez años.

—Sin azúcar ni crema —dijo Hegel entregándole una taza. Él estaba bebiendo una lata de 7UP—. ¿Por dónde empiezo?

Leo alzó los hombros.

—Tú eres un narrador —prosiguió Hegel—. ¿Qué quieres saber primero?

—Dios —dijo Leo, ahora en inglés, y dejó la taza sobre la mesa de centro—, dejémonos de historias. ¿Qué buscan?

—Es complicado —respondió Irina sin quitar su atención del papel que leía.

—¿Tú estás en esto?

Ella alzó las cejas.

—Leo —dijo Hegel—. Como ya dije, es muy simple. Puede que lleve tiempo y sí, hay algunos riesgos, ya que este es un asunto delicado y debemos actuar con el mayor cuidado en cada paso.

—No estoy todavía metido en esto. Solo quiero saber.

—Viniste, así que quieres ser parte.

—Puedo irme.

—¿Y por qué viniste?

—¿Por qué dijiste que me necesitabas?

—Chicos —exclamó Irina—. Yo se lo pedí. Le pregunté si conocía a alguien; alguien que pudiera, que tuviera el conocimiento, alguien con recursos. Y aquí estás. Ahora, ¿quieres saber todo el asunto?

—Sí.

—¿Quieres ser parte? —preguntó Irina.

—Podría ser... Puedo darles algo de asistencia, creo.

—Bien, eso es suficiente para mí —miró a Hegel y asintió.

Hegel bebió algo más de su gaseosa y agitó una mano antes de empezar:

—Durante cierto tiempo hemos estado interesados en establecer alianzas con grupos u organizaciones que puedan darnos información a cambio de asistencia, cooperación y recursos. Esto no es nuevo, Leo, tú sabes cómo las agencias se apoyan en ocasiones en organizaciones no gubernamentales, organizaciones de derechos humanos, etcétera. Tú sabes cómo es.

—Ese "nosotros" significa...

—Sí, "ellos" —respondió Hegel: el Servicio Secreto de Inteligencia—. Eso es lo que he estado haciendo por años —continuó—. Dinero y logística. Pero a veces estas agencias, la gente que colabora con nosotros, necesita más que transporte o un visado para mover refugiados. A veces necesitan acciones concretas del gobierno; aun cuando estas acciones pueden rebasar los límites de las leyes internacionales.

—Me siento leyendo una edición crítica de la Biblia, Hegel. No más prólogo, ¿qué diantres quieren hacer?

—Extracción.

—Mierda.

—Más bien un secuestro —dijo Irina, todavía estudiando sus documentos.

—Fascinante...

—Algo estilo Eichmann —anotó Hegel.

—Gracias por el café —dijo Leonardo—. Me voy.

Hegel dejó su bebida sobre la mesa y sus codos sobre las rodillas:

—Escucha: vamos a ir hasta allá a certificar que el asunto puede hacerse. Vas, revisas, tomas las medidas y nos dices "Sí, se puede hacer; y esto es lo que requiere". O bien "No se puede, por esto y lo otro". Evaluación, asesoramiento. Costos y pasajes corren por nuestra cuenta.

Un hombre, un negro, vino una mañana a la escuela pública Bayshore Elementary de Anchorage. Venía a hablar del peligro de las drogas. Le tomó doce años salir de las calles, dijo el hombre. Su apellido era Willcock. El señor Willcock —y esto es lo que mejor recordaba Leonardo de esa mañana, a parte del frío— habló de algo llamado "el borde del horizonte". Dijo que, hay un momento, ya sea cuando estás a punto de encender el cigarrillo, levantar la copa, o simplemente aplicar la punta de la aguja sobre tu vena palpitante, que sientes esa emoción de detenerte, abandonarlo y rehacer tu vida, o seguir adelante y recibir esa placentera descarga una vez más. Ese instante de incertidumbre, el borde del horizonte estaba entre el paladar y la lengua de Leo Katz esa mañana.

Pudo haberse levantado y despedirse; seguir con su vida de profesor.

—¿Cuánto tiempo? —pregunto.

O inyectarse de nuevo.

—Eso depende de ti, amigo —respondió Hegel.

—¿Cuándo debería ir?

—Vamos los tres juntos.

—¿Por qué van ustedes? ¿Qué deben hacer?

—El ángulo de dificultad está definido por otro factor.

—¿Qué es?

Hegel presionó sus labios entre sí y miró a Irina. Ella le devolvió la mirada un instante y luego dirigió su vista a Leonardo:

—Básicamente, no sabemos quién es el hombre.

—¿Es peligroso?

—Puede serlo —dijo Irina.

—¿Podemos matarlo si es necesario?

—De ninguna manera —respondió la chica con un efecto contundente—. Vamos, lo encontramos. Establecemos la manera de sacarlo del país y, si es posible, lo sacamos.

Con una postura que buscaba reflejar un intenso análisis interior, Leonardo se terminó su café sin decir una palabra.

—Muy bien. Primero, quiero saberlo todo sobre este asunto.

—Entonces vas a venir —dijo Hegel.

—No he dicho eso.

—¡Entonces andate! —dijo Irina en español. Cerró los ojos y respiró—. Mirá, Hegel; las cosas así no funcionan.

—Por favor —dijo Hegel— Leo, no vamos a comprometernos en ningún asunto ilegal. Vamos a ir, nos movemos por ahí, recogemos algunos nombres y eso es todo. Incluso puedo decirte, que si hay algún problema, alguna falla en la seguridad, lo mejor que podemos hacer es desarticular todo el plan. Y aún así vas a recibir tu dinero.

La palabra activó una serie de sinapsis y la imagen dantesca del salón de clases a las siete de la mañana, en un día nublado que se resiste a empezar. Paredes de ladrillo oscuro, apropiadas para barrios pobres ingleses; carteleras de ciencias naturales, o algún poster religioso; las caras largas, adormiladas, aburridas y fastidiadas de un grupo de insoportables chicas preadolescentes… El café transparente, el olor del baño de profesores, el formato de asistencia, el formato para notas, el formato de evaluación de competencias, el formato de supervisión de productividad, el formato de tareas, el formato de labores en clase, el formato de labores extracurriculares, el…

—Sí, sobre eso... Voy a necesitar un avance, ya que si acepto estoy voy a tener que renunciar a mi trabajo.

—Entonces sí vas.

—Sí voy —dijo Katz, más para sí mismo que para Hegel o para Irina.

TRES

LA CONVERSACIÓN NO SIGUIÓ de inmediato; Hegel necesitaba ir al baño, Irina tomó el teléfono inalámbrico y se fue a hablar al cuarto y Leonardo, movido por la curiosidad, se acercó al comedor a revisar los importantes documentos que la rubia andaba estudiando. Fotocopias de un autor desconocido preocupado por la influencia de la televisión en los jóvenes; un largo artículo académico en inglés sobre medios, comunicación y lenguaje en tiempos de conservadurismo; palabras clave: Reagan, Escuela Económica de Chicago, Capitalismo, además de anotaciones en un cuaderno, hechas con la alargada e indescifrable letra de alguien acostumbrado a la taquigrafía.

Irina reía en la habitación, Hegel salió del baño y, celular en mano, preguntó qué tipo de pizza prefería Leonardo. Este nunca había tenido predilección por otra cosa que el salame. Aceptó cualquier cerveza y se dedicó a esperar la llegada de la cena mirando el paso de vehículos, turistas y peatones por la calle tercera y el ambiente calmo, casi perezoso, de ese anochecer de domingo. Le gustaba aquel barrio; envidiaba aquel apartamento de compacta gracia y eficiente distribución. Necesitaba algo así. Su piso en el complejo Centro Nariño estuvo bien un tiempo, mas el costo del alquiler había incrementado robándole sus ahorros y la vida de profesor no mejoraría. A menos que dedicara algún tiempo formándose como profesional en algo.

Maldijo. Vio a Hegel y quiso preguntarle por sus honorarios. ¿Cuánto podían pagarle? Tal vez apenas lo suficiente para unos meses de arriendo, poca comida, endeudarse con los servicios y colgarse con la tarjeta de crédito. Maldita sea. Acababa de tirar un estilo de vida aburrido y un empleo malsano por otra aventura, muy posiblemente mal financiada. Ser empleado independiente en Colombia es un juego diario de trapecio; si la investigación que Hegel le había ofrecido terminaba en unos cuantos días, ¿qué haría entonces? Leonardo se inclinó por la ventana abierta tanto como pudo para ver, abajo, en el extremo inclinado del barrio colonial, el techo verde de zinc que coronaba un horrendo hospital abandonado donde una pareja de astutos comerciantes, mediante paredes de yeso, convirtieron en una pensión para recicladores, lustradores de zapatos y otros personajes en la ruina, como Leonardo. En dichos días vivía del desayuno, almuerzo, propinas y medio salario en un restaurante de almuerzos corrientes en el 7 de Agosto donde ejercía como payaso. Una mañana el cadáver de un hombre apareció en el patio del restaurante; la policía cerró el lugar y la dueña terminó en la penitenciaría. A punto de fallecer de hambre un grupo de judíos ricos mandó a Leonardo a Ciudad de México a matar neonazis. Pasó a vivir en otro sector de la Candelaria: a un cuarto pobre como el escenario de un teatro de pueblo, pero tibio y con estudiantes universitarios, policías y un par de profesores como vecinos. Uno de ellos le consiguió su empleo como profesor de inglés en un colegio.

Un chirrido eléctrico anunció que la pizza estaba en la portería.

—¿Leonardo puedes bajar a recogerla? —ordenó Hegel desde el cuarto donde andaba haciendo quién sabe qué con Irina.

Katz recorrió las escaleras en espiral, cruzó el patio y en medio minuto cruzaba de nuevo el patio en sentido contrario. No corría peligro, se dijo, con la caja de cartón corrugado caliente sobre sus manos, de volver a las crépidos inquilinatos, a las incomodidades de los baños compartidos con otros ocho inquilinos, al hotel o la pensión amoblada. Tampoco tenía planes de hacerse a un piso propio, menos a una casa. Mudarse, ahora que tras esfuerzos tenía un conjunto de muebles propios, una cama, numerosos libros, televisor y suficientes utensilios y aparatos de cocina que requerirían unas cuatro cajas, ahora, ahora habría preferido no tener que abandonar su apartamento, nunca.

Puso las cervezas y la pizza sobre la mesa y aceptó la conversación sobre comidas a domicilio y precios del sector, mientras su memoria lo llevaba a un tiempo antes del tiempo, cuando todavía era un ser humano decente. Un apartamento al norte de Bogotá al que llegó a vivir con su novia y muy pronto su esposa, Ángela. En esos tiempos todavía no había matado a nadie y creía en un futuro posible donde, junto a la mujer que tanto amaba, ambos tendrían una pequeña y adorable editorial, con un hermoso catálogo, y tal vez, cuando el tiempo hubiese transcurrido y el negocio pasara a manos más profesionales, tener una librería donde ambos pasarían los días leyendo, conversando, escribiendo y tomando té. Mientras mordía la primera tajada y asentía a todo lo que Irina le contaba sobre las pizzerías en Buenos Aires, Leo Katz se preguntó si era muy tarde para recuperar aun cuando fuera un trozo de ese sueño. Y si bien nada existía que él pudiera emplear para traer a Ángela del mundo de los muertos, ya habría otra persona por la que podría sentir algo similar.

Ese alguien no era Erika.

Irina contaba otra anécdota sobre su primera visita a Nápoles, donde descubrir la auténtica comida italiana le hizo comprender lo poca cosa que era la Plata en relación al resto del mundo. Katz aprovechó para recrear los últimos encuentros con Erika: las imágenes, sonidos y humores del sexo pasaron por su mente como los pasajes más crudos de los reportes forenses. Cuando empezaron a salir ella era una niña para todos los sentidos de Leo. Algo de esa vulgar lujuria todavía impedía que Katz no volviera a dirigirle la palabra a esa incomprensible muchacha. No es que los separaran tantos años, pero las visiones que cada uno tenía de la vida estaban distanciadas por océanos. Ella tenía una terrible, pesimista, violenta, misántropa y adolescente visión del mundo con la que ilustraba cuadernos enteros con dibujos impresionistas en rojo y negro, en los que rostros gritaban de dolor o aullaban pidiendo auxilio. Leonardo, quien había visto cuerpos despedazados, gente con las vísceras en el aire, carnes que hedían a pólvora mezclada con sangre y toda suerte de criminales, prefería escribir cuentos humorísticos sobre malentendidos y patéticos empleados públicos.

Unos años antes, en Israel, donde Leonardo llevó a cabo otra misión, esta vez para Central de Inteligencia, conoció a una hermosísima suboficial del FDI llamada Rita. Alta y con un rostro único que causó en Leo una conmoción por la que habría dejado todo. Katz se habría instalado de manera permanente en Tel Aviv si hubiera podido; se habría hecho judío, habría aprendido hebreo, habría aprendido a ser un ciudadano modelo y, por qué no, un buen padre. No obstante la misión terminó y Rita, donde estuviera ahora, debía odiar a Leonardo Katz.

Miró a Irina. Tampoco era lo que buscaba. Ángela era alguien distinto a todas las mujeres en la memoria de Leonardo incluidas las bellezas que revistas, internet y televisión ponían en su mente. Hasta su último día Leo podría recordar esa voz, esos enormes ojos y esa sonrisa, muy leve, que se encendía cuando algo realmente interesante aparecía frente a ella. Si volvía a encontrar alguien así, pensó mientras masticaba y fingía considerar una pregunta hecha por Hegel, si la encontraba entonces trazaría de nuevo el rumbo de sus días: no más trabajos de vigilancia e inteligencia para nadie. Paz y vida de buen burgués.

—Por supuesto —dijo tras pasar un sorbo de cerveza—. El lunes presentaré mi renuncia.

Hegel e Irina se miraron.

—¿Qué decís? —dijo ella.

—No hay necesidad de ir tan lejos —dijo él—. ¿No puedes pedir un permiso?

—Tengo recursos. He decidido que iré a la universidad.

La insistente mirada de Irina lo llevó a añadir:

—No tengo un título profesional. Creo que este proyecto puede serme de utilidad para… un cambio de vida.

Hegel jugaba con su lata de Club Colombia entre las manos. Parecía preocupado.

—Espero que no estés pasando por una crisis temprana de la mediana edad —dijo. Dejó la lata—. Este proyecto perfectamente podría terminar antes de empezar. Necesitamos establecer la situación y determinar si un curso de acción es posible; eso podría resolverse en una semana. Diez días, máximo. Si nos dan luz verde, es posible que el asunto se extienda unas semanas más. Esto no es un proyecto a largo plazo.

Leonardo separó de su anillo plástico la última lata de cerveza.

—Si podemos hacer todo el asunto esta semana sin salir de este apartamento, fantástico —dijo Leo tras destapar la lata—. En todo caso renuncio. Y, una vez más: ¿de cuánto son mis honorarios por día?

Leo llevó los restos de pizza, la caja y lo demás a la cocina; ofreció café y encendió la máquina mientras su mente calculaba el número de días que necesitaría para pagar la matrícula y el primer semestre en la universidad sin mucho prestigio. Dos años y podría conseguir una licenciatura; dos más y sería un profesional. De cualquier modo regresaría a las indeseables aulas, a las miradas pastosas de jóvenes desinteresados en el tema, bien porque para ellos el aprendizaje del inglés es una tarea absurda, tan innecesaria como comprender el centenar y medio de conceptos que comprende la gramática española.

Como fuera, quería, por cuestión de varios meses, jugar de nuevo a ser universitario. Salir con mujeres de su edad, lectoras, capaces de enfrentar un paseo por una galería de arte o una película sin tiroteos. El agua hervía. Si Hegel tenía razón, ese nuevo recorrido en su vida no duraría más que unas semanas, y Leonardo se vería obligado a ganarse la vida de alguna otra manera, de seguro no en un oficio tan medianamente respetado como es la enseñanza en una escuela. Como fuera —se dijo mientras se disponían las tazas en la mesa del comedor, Irina instalaba su computadora portátil, Hegel traía algunos documentos en una carpeta casi deshecha—, ya había dado el salto al vacío.

La introducción al asunto tomó apenas cinco minutos. Hegel fue claro y directo. Leonardo Katz supuso, mientras lo escuchaba describir el objetivo de la investigación, que su amigo había ensayado, tal vez dos, tal vez tres veces, lo que pareció más un discurso de ventas con todas las ventajas de un viaje de exploración académica que una verdadera misión de inteligencia. La introducción tomó cinco minutos; las preguntas y conversación que cada respuesta suscitaba, las aclaraciones de Irina, los comentarios de Leonardo, cuyos sarcasmos e ironías podían disparar carcajadas en Hegel, o por el contrario hacerlo cruzarse de brazos, alzar las cejas y murmurar alguna maldición el alemán, todo ello les ocupó el resto de la tarde y la noche. Leonardo Katz dejó el apartamento en un taxi a la una y cuarenta minutos de la mañana del lunes.

Viajó satisfecho por la ciudad deshabitada, pagó de más al conductor y se negó a recibir el cambio con un gesto paternal. Subió a su apartamento dando infantiles saltos por la escalera, abrió la puerta, destapó el resto del vino, encendió la radio, buscó música y, tras no encontrar mas que pobres diablos ventilando por teléfono sus miserias a brujos y aprendices de sicólogos, encendió la computadora y dejó correr una lista aleatoria con clásicos de jazz. Acostado en el sofá celebraba moviendo los pies al ritmo de la trompeta y pasaba unos tragos largos del cabernet sauvignon cuando Érika apareció despeinada, sin ropa y los ojos cerrados.

—¿Qué hace? ¿Qué está haciendo? —dijo ella.

—Nada —respondió Leonardo y siguió bebiendo.

—Leonardo, apague esa mierda. Quiero dormir.

Durante unos segundos él no hizo otra cosa que mirarla. Detuvo la música, se pasó de un golpe el resto del vino, dejó caer la botella al suelo, caminó directo hacia Érika, quien intentó escaparse, y la arrastró del cuello hasta la habitación y la sometió contra la cama con tanto deseo como rabia. Erika se limitó a esperar. A veces soltaba un gemido, a veces un gruñido, preguntó si estaría muy ocupado durante la tarde; él le pidió que se callara. ¿Me ayuda a pedir mis notas en secretaría? Me están pidiendo una copia en la facultad. Érika, cállese, carajo. Termine entonces de una vez, malparido. No puedo terminar si me sigue preguntando vainas. ¿Me va a ayudar con las notas?

Leonardo se tumbó a un lado de la cama.

—Usted es la puta cagada, Érika. Sí, mañana le consigo sus notas.

—¿Mañana? Marica, ya son las tres y media. Mas bien duerma, que no se le note la perra que trae.

Pero Leonardo Katz no durmió esa noche. Tras asearse se metió en la cama y se dejó abrazar por Erika, a quien dejó cuando empezó a roncar, volvió a la sala y redactó su carta de renuncia, de efecto inmediato, que no fue leída por el rector, ya que este lidiaba con una crisis de seguridad en el colegio: una niña de grado noveno había dado tal paliza a una compañera que terminó con la camisa llena de sangre.

Katz se quedó viendo a la chica, de rostro adorable, fino cabello oscuro y mirada de tedio infantil, todavía con su camisa blanca teñida de café oscuro. La estudiante se quedó mirando a Leonardo.

—Hola profe.

—Buenos días, Diana Maritza.

El rector le hizo un gesto a Leonardo para que ingresara a su oficina. El sangriento combate y sus consecuencias no tenían preocupado al administrativo, al parecer. Leonardo volvió a entregar la carta y, de nuevo, el rector la puso a un lado. Demandó saber la razón de la renuncia, Leonardo habló de un proyecto académico multidisciplinar de alcance latinoamericano sobre mecanismos de ayuda y formación en el aula dirigido a la generación de nuevos lectores entre niños y niñas de cinco a doce años.

—Me parece una maravilla —dijo el rector entre dientes con las manos metidas entre un archivador—. Cuando regrese me cuenta.

—Me voy a Chile, posiblemente por tres meses.

—Magnífica noticia, profe Leonardo —ahora tecleaba a toda prisa en la computadora los datos se Diana Maritza—. Nos trae un recuerdo de allá.

—Puede que me salga un trabajo con la universidad Externado…

El rector alzó los pulgares en señal de aprobación mientras se ponía el teléfono al oído:

—Sí, buenos días. ¿Hablo con la mamá de la niña Melisandra Congote? —preguntó el rector.

—Espero que no me maten por allá. Bueno, doctor Espitia, nos vemos en tres meses.

Y el doctor Espitia, rector del Instituto Académico Julio Villegas, alzó la mano para despedirse antes de girar su sillón gerencial y dedicarse a negociar algo con la madre de la pequeña reventada a golpes por su condiscípula.

Leonardo salió de la rectoría en dirección al portón del colegio, mas una sensación extraña lo detuvo en pleno patio central.

Recordó la gélida mañana en que, nervioso y con el temor a perder su única oportunidad de no terminar en la calle, llegó con su hoja de vida al colegio. No tenía un título, no tenía experiencia, no tenía forma alguna de certificar que hablaba inglés, más allá de haber sido su única lengua por dieciséis años. Nunca amó el oficio, ni sintió por este mayor desprecio al disgusto que le producía levantarse al amanecer, recorrer media ciudad en bus, el trato con niñas pequeñas, los ocasionales chistes a su espalda, Érika, el salario y el papeleo.

Bueno, se dijo, no tengo necesidad de regresar, así esta gentuza decida conservar mi silla.

La noche anterior, tras la breve explicación de Hegel sobre el objetivo, y las varias horas que Leonardo empleó para llegar hasta el último detalle de la operación, empezó el debate por los costos y honorarios. Leo aprovechó el agotamiento de la rubia y su amigo. Extendió cuanto pudo el tiempo que necesitaría para desarrollar una auténtica investigación en el terreno, fingió trazar cálculos en una hoja y soltó una cifra basada en cuarenta días de trabajo y los varios millones de pesos que se adjudicarían por su labor. Con los párpados luchando por cerrarse, Hegel dio el sí y Leonardo saltó a llamar a su taxi. Siguiendo un principio de disciplina personal, decidió que no pensaría en el proyecto durante el resto de la noche, ni en la mañana rumbo al trabajo, que evitaría darle siquiera una mirada al asunto durante el espléndido almuerzo con el cual celebró su retiro del cruel oficio de la educación, y luchó cuanto pudo por ahogar las voces de Hegel e Irina en su memoria.

A las siete de la noche, en un bar de cerveza artesanal e intenciones de pub, vacío y silencioso, salvo por el rumor de un televisor, cuyas imágenes sobre un desastre aéreo en Europa Oriental no le importaban a los otros tres clientes del momento, Leonardo se rindió y, tras ver frente a sí servida una pinta de cerveza negra, aceptó pensar en Jan Krêsto.

CUATRO

EL ASUNTO HABÍA EMPEZADO tiempo antes de que Leonardo naciera: ocho años y unos meses antes. Entonces el Servicio Secreto de Inteligencia británico dio bendición y presupuesto a REDCOPPER, una operación de nueve agentes en Buenos Aires, dedicados a recabar inteligencia política tanto de fuentes abiertas como cerradas, con Orland Petersen al mando desde la embajada y una oficina en el corazón de la ciudad acumulando reportes que salían cada dos días en la bicicleta de un mensajero de dieciséis años; tiempos espléndidos en que todo el mundo era civilizado. Nadie del SIS le prestaba mayor atención al asunto; Central de Inteligencia tenía a un general, un capellán militar y un oficial naval que visitaban más seguido un apartamento en Corrientes, se bebían unas copas y hablaban frente a un magnetófono enorme. Y esa era *una* operación; una de varias. CIA intercambiaba cables con SIS al respecto, mas por ese entonces el país sudamericano carecía de interés para Londres. El juego estaba en el África Subsahariana y sus ricos recursos escondidos bajo lomas coronadas por banderas revolucionarias de hoces y martillos. REDCOPPER falló en anunciar el golpe de 1976 y Petersen fue destinado a enseñar español en una escuela de Birmingham. El Servicio se enteró de la caída de Isabel Perón apenas una hora antes de que los militares lo anunciaran por la radio y la televisión, y fue de nuevo Central de Inteligencia la que pasó el dato.

C., jefe del SIS, ordenó cerrar aquella operación. Sin embargo nadie lo escuchó, le prestó atención, o algo más se atravesó en la cadena de mando porque SIS simplemente redujo REDCOPPER de once agentes a cuatro y luego a tres cuando uno de sus miembros debió pensionarse. La constricción de personal resultó muy útil, ya que el presupuesto siguió siendo el mismo: la capacidad de los tres operadores Red-1, Red-2 y Red-3 para comprar paquetes de datos aumentó y así consiguieron un contacto en la Casa Rosada a quien denominaron CANTOR. El infiltrado consiguió aumentar el prestigio de REDCOPPER hasta 1982, una semana antes de la invasión a las Malvinas.

Cantor era muy dedicado en su trabajo; fotografiaba todo, incluso invitaciones a matrimonios, instaló un micrófono en el patio de su casa, se sentaba a lustrarse las botas y comentaba en inglés los hechos del día entre los despachos del poder. Jamás mencionaba el dinero o sugería otra clase de favores. Dos veces defendió su oficio e institución con rápidos comentarios como "no todos somos iguales" y "aquí no todo va bien, algunos chocamos por la estrategia. No estamos de acuerdo con todo".

Para el Servicio era mejor no darle órdenes a Cantor. En condición activa aportaba material útil para seguir paso a paso las decisiones internas de la dictadura. Tenían claro que el topo informaba a conveniencia de lo que para él no ponía en riesgo su puesto, a su país o a sus superiores. Rara vez compartía detalles de seguridad interna, y prefería reportar de temas económicos o administrativos, así como rencillas o peleas internas: "'El ministro Y es un grandísimo hijo de la puta que lo parió y su hijo, ya bastante mayor, es un sorete', dijo el teniente coronel x al jefe de gobierno de la ciudad en visita". En ocasiones estos escándalos ocupaban el interés y los informes de Cantor. No obstante, el Servicio jamás trataba de darle dirección a sus informes.

Hasta junio de 1981.

A finales del año anterior llegó al país Jan Krêsto; actor y director teatral checoeslovaco de cuarenta años, acuerpado, alto melenudo, pálido y algo tímido, quien, tras dar una serie de charlas en universidades y centros culturales en Rosario, solicitó el asilo político con el argumento de que sería arrestado en su país, ya que amigos y familiares le habían informado que la policía secreta buscaba razones para detenerlo sin motivo. El asunto tomaría varios meses, por lo que Krêsto debió ganarse la vida asesorando actores de televisión y, en mayor medida, pidiendo dinero en las casas de familias opulentas. De aquel sujeto, fumador y con mirada deprimida se afirmaba que era talentoso, educado, buen conversador cuando bebía lo suficiente; bailaba bien, era coqueto y no ocultaba sus opiniones políticas. Para él, una dictadura capitalista era tan mala como una dictadura comunista; la diferencia estaba en el pueblo, en cómo la gente se relacionaba con el poder, y, afirmaba Krêsto, lo cierto es que los argentinos son el pueblo menos politizado que he conocido.

A finales de abril del 81 convivía en un apartamento estrecho con una bailarina uruguaya. No consta que fueran pareja.

Simplemente el actor checoeslovaco dormía donde podía hasta que sus amigos lo invitaban a buscarse otro alojamiento. La uruguaya dijo que una mañana sonó el teléfono, Jan explicó que almorzaría con el gerente de un banco que buscaba financiarle una obra teatral. Salió a las once de la mañana, tomó un taxi y nunca más se le volvió a ver.

La bailarina uruguaya —voy a llamarla Clara—, no denunció la desaparición; ni siquiera se sorprendió de no saber el resto del día de su compañero de piso. Para ella, Jan Krêsto era un tipo medio vagabundo y un tanto perezoso. Leía y fumaba, escribía poesía o paseaba por la ciudad durante horas sin ir a ningún lado. En el teatro hablaba mucho sobre control del cuerpo, daba largas cátedras sobre la mirada y el control de la voz, citaba a teóricos del arte dramático que nadie conocía y se mostraba tolerante y comprensivo con las equivocaciones de los actores. Cuando las citas, encuentros y reuniones programadas para el resto de la semana no tuvieron lugar, el número de Clara empezó a repicar seguido. ¿Lo has visto a Jan? ¿Dónde anda Jan? ¿Se habrá perdido? ¿Se marchó de la ciudad? ¿Andará con alguna mina? ¿Lo habrán recogido?

Clara afirmó luego haber recibido dos llamadas, una semana después de la desaparición de Jan. El mismo hombre. Pedía cincuenta mil dólares por el retorno sano y salvo del checo, de lo contrario la policía terminaría por encontrarlo en un río. Naturalmente la uruguaya se preocupó por el destino del extranjero; hizo llamadas a conocidos en común, denunció a la policía el incidente y... bueno, eso fue todo. Se mudó a otro apartamento unos días después y luego simplemente decidió aceptar un empleo con una compañía chilena de danza contemporánea. Sin amigos ni familia, el destino de Krêsto estaba por entero en manos de sus captores.

La embajada de Checoslovaquia recibió también la llamada de un desconocido que preguntó por el embajador. Cuando la operadora intentó establecer la razón de la llamada el desconocido colgó. No se sabe al día de hoy si los captores de Jan intentaban comunicarse o si es una coincidencia. El siguiente paso de los secuestradores fue enviarle una foto de Jan al periodista cultural Alfredo Argán de Página 12. Argán había entrevistado a Jan y debía habérselo topado en un par de ocasiones en fiestas de la sociedad teatral. Cauteloso, decidió que lo mejor era dirigirse a la embajada y ponerla al corriente del secuestro de uno de sus ciudadanos. Argán fue recibido el 28 de abril y el encargado de asuntos internos de la embajada, tras anotar el nombre y otros datos, prometió que se pondría en contacto con la policía metropolitana y otros organismos de seguridad para determinar los pasos a seguir. Argán se comunicó otras tres veces con la embajada durante el resto del año. En ningún caso le dieron más información sobre el paradero o el secuestro de Jan Krêsto.

Hasta dónde actuaron las autoridades de Checoslovaquia para proteger al refugiado director teatral resulta un misterio. Lo cierto es que no podían hacer nada por él: Jan Krêsto nunca existió.

Las hábiles manos del KGB crearon a Jan Krêsto en 1977 para viajar de Lagos, a Moscú sin que las autoridades nigerianas detuvieran y procesaran a un ruso de cincuenta años que debía estar vigilando políticos y no robando marfil. Desafortunadamente los traficantes lo encontraron una noche antes de tomar su vuelo, lo sacaron del hotel donde hizo muy poco por esconderse, lo llevaron a la mitad de una planicie y empezaron darle tales puntapiés y palazos que el tipo sufrió una apoplejía. Sus atacantes lo enterraron allí mismo; la policía lo encontró unos quince días después. Su habitación había sido saqueada: documentos, dinero, un reloj, mancornas, un encendedor de oro y otros accesorios que, tal vez, tenían algún valor, debían andar corriendo por el mercado negro, determinó el jefe de la oficina local en su informe. Se equivocaba, la bolsa fue a parar a Londres. El material fue catalogado y archivado.

Albert Horkmeder, un agente de campo independiente, andaba creando perfiles de líderes comunistas por América Latina para el Servicio desde finales de los sesenta. Al SIS no le gustan los aventureros, menos los mercenarios y desconfían mucho de los patriotas enfebrecidos que juran ser capaces de hacerse matar por la

Reina y el país. Horkmeder tenía esos tres defectos; pero cumplía. Estuvo en Ecuador, estuvo en Bolivia, estuvo en Cuba y en Argentina una vez. Le gustaba tanto este último que consiguió el pasaporte de Krêsto, presupuesto y partió a Buenos Aires a contactar socialistas, redactar perfiles sicológicos de ellos y vendérselos al Servicio. Ganaba una miseria; su pasión era el peligro y la intriga. Su hermano, su esposa e hijo mayor manejaban su oficina en Bruselas. También manejaban apuestas y tenían planeado empezar a vender planes de turismo sexual. Stella, la esposa de Albert, entendió que algo malo había pasado con él y telefoneó a ese "cierto amigo" que "si las cosas se ponen mal" ella debía llamar para informarle que, o bien su esposo andaba desaparecido, o bien que había muerto.

SIS pasó el dato a sus operaciones en Argentina y una de estas pronto envió el télex: Jan Krêsto secuestrado; los captores no saben a quién pedirle rescate.

Lo que sigue es un episodio borroso, empañado por la vergüenza de un empleado del servicio civil. De Londres fue enviado un hombre, se instaló en un hotel, contactó a la bailarina uruguaya y consiguió que los secuestradores lo llamaran. Algo dijo u ofreció el agente. Tal vez solo le bastó abrir la boca. Es posible que su historia fuera débil, que cometiera un error al hablar. Cabe la posibilidad de que el inglés estuviera intentando beneficiarse del asunto, o simplemente se tratara de un novato medio idiota. El todo es que, de alguna manera, los secuestradores pasaron de los cincuenta mil dólares, a pedir medio millón. Quinientos mil dólares por un director teatral checoeslovaco que se paseaba por la 9 de Julio en sandalias, una chaqueta raída y el pelo cubriéndole las orejas como un vulgar hippy.

Durante los siguientes tres meses y medio, órdenes y respuestas se presentaron entre el agente, los criminales y Londres, sin tener en cuenta a la oficina local. La negociación llegó a reducir la demanda hasta los trescientos cincuenta mil dólares, a ser realizados en un solo pago, en bonos del tesoro de Estados Unidos —los secuestradores pedían billetes de diez y fue necesario repetirles tres veces que se necesitarían tres maletas de viaje llenas para esa cantidad. Los bonos fueron puestos en una maleta de mano, esta fue dejada en un callejón cercano a la línea de tren en Almagro. El dinero fue recogido en algún punto de la noche y nunca se supo más de los secuestradores o de Krêsto.

En 1985 Sir Christopher Curwen pasó a ser el nuevo C., jefe del Servicio Secreto de Inteligencia. Asignó a nuevos jefes de secciones y recortó presupuestos que no estuvieran destinados a mover los hilos tras la Cortina de Hierro. Los trescientos cincuenta mil dólares pagados por el rescate de Albert Horkmeder llamaron la atención y un informe completo fue exigido. El documento de cuarenta y dos páginas tenía demasiados vacíos y uno de los asistentes del C. llamó a la oficina de Buenos Aires y demandó una explicación.

No, nadie sabía por qué se había aceptado que un asesor externo al Servicio fuera contratado. No, nadie sabe quién fue el agente enviado de Londres a negociar el rescate —el nombre se supo luego, pero no está en ese informe—. No, nadie explica por qué la oficina para América Latina aceptó entregar los fondos. No, el agente no fue recuperado y tampoco el dinero. Ninguna investigación policial en marcha hasta el momento.

La hoja de portada que Leonardo leyó la tarde en que Hegel e Irina le explicaron el trasfondo tenía las siguientes preguntas:

1) ¿Conocían los secuestradores la identidad de (nombre tachado, pero se referían a Horkmeder, alias Krêsto)?
2) ¿Sabían cuál era su función en B.A?
3) ¿Pudieron los secuestradores extraer información de [Horkmeder]?
4) ¿Conocía [Horkmeder] personal del Servicio, fuentes o procedimientos?
5) ¿Se sabe qué bandas operaban en la ciudad cuando [Horkmeder] fue secuestrado?
6) ¿Eran comunistas los secuestradores?

7)   ¿Eran miembros del gobierno los secuestradores?

Este documento se envió a la oficina en Buenos Aires después del arresto de Arquímedes Puccio y su familia. Los Puccio estaban dedicados a secuestrar empresarios y posteriormente ejecutaban a sus víctimas. Dado que Puccio fue identificado como ex miembro de la Secretaría de Inteligencia del Estado (SIDE) y del Batallón de Inteligencia 601, en múltiples informes se asoció su actividad a órdenes del Estado argentino. Entonces REDCOPPER entró en acción y se comunicó con Cantor.

En abril de 1982, cuando los argentinos desembarcaron en las Islas Malvinas el Servicio instó a todas sus fuentes en Argentina a moverse con información. La mayoría de estas fuentes presentó algún dato nuevo; la mayor parte de información que se recabó era irrelevante y entre la inteligencia naval británica y la Oficina de Comunicaciones del Gobierno, encargada del espionaje electrónico, consiguieron la mayor parte de inteligencia vital durante este periodo. Y, ya que en eventualidades como esta se esperaba una intervención de Cantor con información clave de los pasillos del poder, su silencio preocupó a los analistas: ¿había sido despedido, apresado, ejecutado, había renunciado o simplemente, debido a un fervor patriótico, prefirió no informar nada?

Dos años después Cantor volvió a contactar a su oficial de caso. Si bien REDCOPPER había sido dada por concluida, el personal seguía allí en Buenos Aires, dedicados a otras tareas. La fuente no explicó dónde andaba ahora, ni el motivo de su silencio. El contenido de sus informes ya no tenía relación alguna con el poder ahora que la democracia, en cabeza de Alfonsín, estaba de vuelta. Sus informes debían venir de uno o varios clubes y agremiaciones de ex militares. Cantor reportaba la situación y ubicación de los miembros de la cúpula militar, oficiales, agentes de inteligencia interior, y, en raras ocasiones, problemas sobre pago de pensiones y discusiones políticas acerca del futuro del país.

Por orden de Londres, Cantor se reunió con su controlador y este le pidió buscar cualquier información referente a secuestrados, de ser posible extranjeros. Ahora bien, según el agente encargado de hablar con el informante, Cantor empezó a hacer preguntas sobre la identidad del secuestrado. Si era inglés, irlandés, australiano o de alguna otra nación de la Commonwealth. Si se había pagado algo por el rescate, cuánto, a quién. El agente prefirió acortar su visita, informó a Cantor cómo ponerse en contacto con él y se marchó. Otro error, según el informe que se publicó en el SIS en 1990. Para entonces el caso se cerró. Después de esa noche Cantor no volvió a contactarse con el Servicio.

Hegel soltaba estos detalles a regañadientes. Para él el asunto era muy sencillo: alguien había secuestrado a Albert Horkmeder, un pobre diablo que jugaba a ser espía por las monedas de la Reina. SIS había pagado una pequeña fortuna y ahora querían establecer el destino y destinatarios del dinero. ¿Podía Leonardo Katz, astuto profesional del espionaje, ayudar a su amigo con esta tarea de Historia?

—No soy profesional. También me dedico a jugar a ser espía —Katz agarró el último trozo de pizza, ya fría, se la comió a pesar de la repugnante sensación que produjo en su boca. Necesitaba mostrarse confiado, ligeramente interesado, y sobretodo darse tiempo para pensar—. Antes de seguir —largo buche de cerveza—, quiero saber algunos detalles.

¿Por qué solo hasta ahora, casi veinte años del cierre del caso, el Servicio volvía sobre este vergonzoso episodio?

Una mañana de 2002, en medio de una de las peores crisis económicas de la historia argentina, un hombre de sesenta y cuatro años llamado Rodrigo Antori, entró a las oficinas del banco Panamex en Constitución para saldar una deuda por concepto a la compra de un local comercial en Liniers. Pidió hablar con el gerente; una hora y cuarenta minutos más tarde, tras negarse a ser atendido por un administrador y por la subgerente, se sentó en la oficina principal a explicar su caso. Debía cuatro mil doscientos dólares por cuotas atrasadas e intereses de mora. Para pagar deslizó un papel cuadrado, con los bordes decorados de los diplomas, en un tono verde grisáceo, y en enormes letras THE UNITED STATES OF AMERICA que llamaron la atención del gerente. Era un bono del Tesoro a diez años por valor de cinco mil dólares. El gerente miró al tipo, miró el bono, miró al tipo: era un viejo con el cabello crecido como un músico retirado; de baja estatura, olía a trementina, olía a yeso; llevaba una camiseta negra y unas manos gruesas, todavía poderosas, pero en sus ojos apagados estaba escrito el agotamiento que sentía.

El gerente sabía bien qué era un bono del Tesoro. El documento que tenía en sus manos, si era auténtico, valía en efecto la cantidad que indicaba más un extra por intereses. Lo que no tenía claro el gerente de treinta y cuatro años, con cinco meses de experiencia en el cargo, en medio de una crisis y medidas de gobierno que cambiaban cada día, lo que le quedaba difícil establecer ese mediodía, tras un copioso almuerzo que estaba aplacando su habilidad para recordar las normativas del banco, lo que no conseguía establecer era si podía aprovechar en beneficio de ambas partes el pago con aquel bono, si podía beneficiarse él mismo comprándolo, o si, de seguir la transacción, podría perder su empleo.

Evitando el camino más arriesgado el gerente le extendió el billete al hombre y le dijo que, por política de Panamex, las deudas atrasadas debían pagarse en efectivo, tarjeta de crédito o transferencia de otra institución, únicamente. Tenga usted un buen día.

El gerente recordaría luego que el hombre recogió su bono, lo miró con los ojos de quien ve la foto de un pariente asesinado, alzó esa mirada de tristeza al banquero y le pidió que le diera algo por el bono: tres mil dólares, dos mil… aunque fuera quinientos. "Jefe, estoy sin un mango", dijo el hombre.

El gerente supuso entonces que el bono era robado, había caído del cielo, o simplemente era falso; una excelente falsificación hecha mediante escáner y algún programa de computador. "Déjeme pensar qué podemos hacer", repuso el gerente y pidió de nuevo el bono. Prometió hacer unas llamadas y le pidió al viejo esperar afuera de la oficina. No llamó a nadie. Bueno, sí: intentó comunicarse con su antiguo jefe, quien ahora tenía un suntuoso despacho en Ciudad de Panamá, para que este le explicara mejor el uso de los bonos. Colgó antes de que el asistente pasara la llamada. Estaba perdiendo el tiempo en ese asunto. Anotó los números de serie, sacó un alfajor del bolsillo de la chaqueta, se lo comió despacio e hizo pasar de nuevo al viejo. "Lo sentimos muchísimo. Acabo de confirmar con mi jefe en Panamá…", el dueño del bono dobló la nota, la guardó en su bolsillo y dijo algo de que los bancos no sirven para una mierda.

—Mire, hagamos algo —dijo el gerente—. Para nosotros es muy importante que nuestros clientes estén al día en sus pagos. Yo le quiero ayudar; es mi trabajo. Si me deja un número lo pongo en contacto con una persona que maneja este tipo de divisas y estoy seguro estará muy interesado en pagarle cada centavo de ese bono.

Luego el gerente explicaría a un agente de campo del SIS que el viejo se negó a dejarle un número o una dirección. Prometió regresar al día siguiente. Considerando posibles efectos legales, el gerente insistió. Nada, el viejo dijo regresaría en unos días. De regreso a su apartamento, en la noche, mientras su novia preparaba la cena y él escuchaba resultados deportivos, el gerente fue por un listado telefónico y buscó el número de algún experto que le explicara alguna forma de ayudar al viejo y sus cinco mil dólares.

Hizo dos llamadas a la mañana siguiente y, pasada una hora, un hombre alto, que rebasaba los sesenta años, vestía con anacrónica elegancia y cargaba en la mano un bastón de empuñadura de marfil que no usaba para apoyarse, pidió en inglés ver al gerente. Decía llamarse Levinstrom y trabajar para Wallace and Riggam Bonds and Stock; sede principal Londres, sucursales en Manila, Buenos Aires y Johannesburgo. ¿Había llamado consultando sobre un bono del Tesoro de los Estados Unidos? El gerente no recordaba haber llamado a una firma de tan sonoro nombre. Aun así decidió contarle en detalle el encuentro del día anterior. Levinstrom tomó nota de los números de serie, la descripción del viejo, explicó que esa clase de bonos expiraban a diez años y que había hecho bien en no recibirlo. Hubo un estrechón de manos y, ni Levinstrom ni el viejo con el bono, regresaron a Panamex.

El mismo Levinstrom consiguió, por unos cientos de dólares, la información bancaria y dirección de residencia del viejo. Contactó a uno de los abogados de nómina del Servicio en Buenos Aires y lo envió a visitar al dueño del bono. No lo pudo encontrar. ¿La razón? Estaba muerto. El día anterior salió de su casa pasadas las seis a comprar pan y terminó apuñalado en la esquina por un asaltante. Otros dos agentes llegaron esa noche, desmontaron la cerradura del piso donde vivía el viejo, removieron todas sus pertenencias —repuestos para coche, neumáticos, una cama devorada por comejenes y utensilios de cocina—, hasta dar con el bono, oculto tras un cuadro con la imagen de Pio XII.

Levinstrom, tres abogados a su servicio, los dos agentes del SIS capaces de hablar en un veloz y aplastante español porteño, una secretaria, un remisero, un taxista, y un analista de la embajada componían la operación HARPOON, puesta en marcha a toda prisa para rastrear los bonos, descubrir quiénes los habían recibido y, en lo que sería una interesante secuela, capturarlos, esconderlos y obligarlos a confesar frente a una grabadora y una cámara qué había pasado con Albert Horkmeder.

Levinstrom venía trabajando en operaciones de campo para el SIS desde 1968, y solo porque tenía amistades en altos e inaccesibles clubes de Londres no lo habían jubilado. Conocía bien Argentina, había cooperado con la CIA en Chile, se había reunido en varias ocasiones con militares uruguayos y tenía una apacible villa al sur de Brasil. Con su experiencia y los ya mencionados recursos, el veterano habría conseguido recuperar y ensamblar la historia del agente desaparecido. Sin embargo para C. y el Parlamento, los recursos del Servicio debían destinarse a Medio Oriente y comprar a cada pastor de cabras, reparador de rifles Kalashnikov o taxista de Kabul con el objetivo de encontrar a Osama Bin Laden. Levinstrom, quien ya estaba cansado de aventuras, aceptó desmontar HARPOON e irse a Brasil a seguir cultivando café.

Muestra de su talento como agente secreto fue el abundante archivo que la operación envió a Londres sobre el destino de los bonos del Tesoro. Este material se mantuvo encerrado durante seis años hasta que la historia —que de seguro el propio Levinstrom contó en medio de un juego de canasta— llamó la atención de algún analista en Whitehall, sede del SIS, y, para darle un cierre a la historia, en 2008 se puso en marcha una nueva operación para explicar el destino de los trescientos cincuenta mil dólares enviados por el Servicio a Argentina para el pago de un rescate.

—Otra pregunta —dijo Katz. Irina, de brazos cruzados, estaba quedándose dormida y al despertar empezó a recoger las latas de cerveza y ofreció a sus compañeros un café—. ¿Qué ganan ustedes con remover eso? ¿A quién diablos le puede importar ya lo que haya pasado con el tal Kranston, o Kramer, o como se llamara aquel tipo? Y el dinero ya, pueden darlo por perdido.

—Hay gente que le gusta el teatro —respondió Hegel.

—No estoy seguro de estar entendiendo.

—Leo, algunas personas creen que es muy *kulturny* pagar una barbaridad por meterse en un auditorio apestoso a ver a unos fracasados, cuyo sueño es estar en la televisión, interpretar una incomprensible y simbólica historia sobre un preso que se convierte en una mariposa, dos indigentes que hablan bajo un puente, o un monólogo sobre enfermedades venéreas. Leo, detesto el teatro, y tal vez no puedo explicar por qué la gente malgasta su dinero en ello, pero *pagan*. SIS encontró una historia que quieren ver interpretada. Yo encontré ese contrato. Así es como me gano la vida; y tú también.

—¿Lo toman con azúcar y crema? —preguntó Irina

—Tal vez la familia de Horkmeder quiere saber qué pasó con él. El mío solo, gracias.

En 2008 Irfan Dravid y Dinesh Raima llegaron a Buenos Aires con un sueño, así al menos empezaban cada reunión que tenían en la ciudad con bancos, agencias de inversión, compañías de seguros, pequeñas empresas de tecnología y un representante del Gobierno de la Ciudad: crear una nueva forma de conectar clientes con soluciones. Según ellos, para quienes tienen cuentas en bancos, corporaciones, entidades de crédito y demás, resolver algún inconveniente o resolver una duda resulta una tediosa tarea que los lleva al balcón que cuelga sobre el suicidio. En ese momento Irfan y Dinesh al mismo tiempo se ponían el índice en la sien, imitaban el sonido de un disparo, sacaban la lengua y se dejaban caer a un lado. A veces conseguían hacer reír a sus potenciales socios.

No consiguieron nada en dos semanas de agendar citas, salas de espera, de acarrear un proyector y un portátil por toda la ciudad. De almorzar sándwiches de Subway y ensayar en los baños de los edificios, ante la mirada curiosa de desconocidos. Nada. Y no se rindieron tampoco: alquilaron un piso, establecieron cubículos, un par de oficinas, pasaron los documentos y reclutaron a una planta de doce jóvenes —todos estudiantes extranjeros, la mayoría peruanos—, un administrador y una asistente de gerencia. Transintertel Logística y Comunicaciones abrió sus puertas para todas aquellas empresas que buscaran un servicio gratis de atención al cliente. Pasado un mes tenían ocho cuentas; muy poco para mantenerse a flote.

No les importaba. El verdadero trabajo tenía lugar en dos cuartos separados del resto del piso por paredes de yeso, revestimiento aislante, cartón corrugado, una lámina de aluminio electroestático para bloquear posibles micrófonos, y adentro computadoras, comida y bolsas de dormir para los seis agentes del Servicio de la operación CROSSBOW.

Mientras que Irfan manejaba la oficina de Transintertel, Dinesh, un veterano del SIS de treinta y cuatro años y un pasaporte que lo situaba en veintiocho, marcaba en un tablero las tareas para su equipo: determinar qué bandas criminales secuestraban a finales de los setenta, establecer sospechosos, determinar vínculos con militares, rastrear a los conocidos de Jan Krêsto, cotejar su información con la de cadáveres de desaparecidos, encontrar los demás bonos, establecer una cronología de eventos, presentar hipótesis, confirmar datos, entregar un primer informe teórico, esperar preguntas de Whitehall, corroborar, presentar un informe final, desmontar la oficina y volver a casa.

—Y qué pasó esta vez, ¿los dejaron sin presupuesto o los descubrieron?

—Nada. La operación se planteó a dos años. En julio del año pasado cerraron la oficina principal, liquidaron al personal y mandaron el primer informe teórico a Londres. La segunda oficina está por cerrar y en un mes Dinesh Raima, su familia y sus tres compañeros, que también son indios, se regresan a Inglaterra.

—¿Qué dice ese informe?

Hegel bostezó hasta estar a punto de romperse la mandíbula.

—No tengo idea. Solo Irina lo conoce; ella era empleada de Transintertel, y novia de Irfan.

La rubia dormía en el sofá con ligeros ronquidos.

—Estoy más que dispuesto a trabajar en esto —dijo Leonardo en voz baja—. Pero necesito un contrato a tres meses.

—Solo tenemos uno. Dos máximo.

—En un mes construimos una fachada, en el segundo levantamos la red, en el tercero empezamos a producir material.

—Leo, te advertí que no dejaras tu trabajo. Te dije que no lo hicieras. Se trata solo de presentar un informe; esta gente no es idiota.

—¡Es dinero público!

—Baja la voz, carajo.

—Es dinero público, Hegel.

—Y yo espero seguir viviendo de eso durante, al menos, tres años. Leonardo, no quiero pensar que cometí una equivocación metiéndote en esto. ¿Vas a jugar en equipo?

Leonardo Katz pagó sus cervezas, regresó caminando al apartamento, se dio una ducha, trató de dormir, subió a la terraza y se dedicó a pensar en una estrategia para hacer dinero con aquella operación tan poco lucrativa. Alguien, se dijo bajando por la escalera, peldaño a peldaño, alguien debió recibir esos trescientos cincuenta mil dólares. Los escondió en algún lado y fue gastándolos poco a poco. Ese alguien iba a pagar por la educación superior de Leo Katz, alquileres, tal vez unos zapatos, tal vez una computadora nueva.

CINCO

EL PRIMERO DE MAYO, a la nueve de la noche, Hegel e Irina tomaron sillas separadas en el mismo vuelo de Aerolíneas con rumbo a Buenos Aires. Al mismo tiempo Katz estaba teniendo otra pelea telefónica con Érika.

Quería terminarle de una vez y para siempre. Eligió el teléfono por la facilidad de darle fin a un debate presionando un botón y evitar las llamadas posteriores. No obstante esperaba dejarle claro que no quería volver a verla en su edificio. Abrió con una serie de preguntas convencionales sobre su rutina, su familia, su hermano mayor y su trabajo en el Museo del Banco de la República, donde trabajaba de guía. Las respuestas fueron los conocidos gruñidos, los "seee…" y "nah….", que le permitieron entender a Leo que Érika estaba extendida en su cama con la atención puesta en la televisión viendo un *reality* mexicano de MTV.

Leonardo pasó a explicarle que se iría a Buenos Aires. Un empleo en una escuela-proyecto dirigido a los hijos de recicladores y trabajadoras sexuales de la ciudad. Chicos con problemas, ¿sabes? Además estudiaría en la Universidad de Palermo algo relativo a pedagogía y temas similares. Suena aburridísimo, pero necesito el título, ¿sabes? Dio algunos detalles más mientras soltaba otros gruidos de comprensión y un par de ajá.

—No creo que vuelva a Bogotá, nunca más.

Erika no respondió nada.

—El apartamento le va a quedar a un par de amigos. Se pasan mañana.

—Oiga, ¿cómo así? Usted me prometió que me iba a dejar el apartamento a mí, a mí, Leonardo. ¿Cómo así que unos amigos? ¿Amigos? ¿Y a usted de dónde le salieron amigos a estas horas? No, no, no, no, marica. Póngase serio, Leonardo.

Leo la dejó correr con sus increpaciones durante otros diez minutos en los que se preparó un café y dio cuenta de un sándwich viejo. Según Érika, Leonardo no se iría; no había para él un "para siempre" como no fuera en Bogotá, ni un futuro lejos de ella. Siempre volvía; se iba un tiempo lejos, desaparecía, se volvía un misterio; ella lo llamaba por días sin conseguir respuesta, visitaba el apartamento para verlo cubrirse de polvo, preguntaba por él a los vigilantes sin escuchar algo distinto a "¿Don Leonardo? ¡Hmm! No sabría decirle, sumercé". Pero siempre volvía. Reaparecía una mañana en la escuela o la llamaba una tarde, o en la noche. Se la llevaba a tomar cerveza y luego a un hotel. Luego era "lindo" y le prometía cosas, le prometía el cielo, le juraba que no había otra sino ella, porque, ¿quién más? Nadie más podría quererme. Sí… pobrecito, si era un atormentada alma solitaria; un escritor encerrado en su apartamento, enemigo de todos, dedicado a su obra genial y ganarse la vida en un empleo apestoso en una escuela de tercera. Ella era su única amiga, la única novia que tendría en su vida y la única persona que se asomaría a ver si seguía con vida. Pero no, él simplemente se iba, se marchaba a quién sabe dónde a hacer quién sabe qué. Ella nunca pregunta, ella no jodía, ella no era celosa, ella no era una peste. ¿Podía al menos valorarle eso?

—Mira, Érika, todo eso puede ser verdad pero ya les di mi palabra a…

—¡Vayase a la mierda, gran hijueputa maricón! No me vuelva a llamar en su puta vida, ni me busque cuando vuelva, ni mierda…

Ella fue la que colgó.

¿Acaso estaba llorando? No. Erika no lloraba nunca. Leonardo dejó el teléfono, volvió sobre la carpeta con documentos que le había dejado Hegel, tomó algunas notas, preparó preguntas y se fue a dormir para tomar un taxi rumbo al norte, donde un bus intermunicipal lo llevó hasta un pueblito desde donde Leonardo hizo una llamada. Al cabo de cuarenta minutos de espera, tomar café aguado y leer *Queremos tanto a Glenda*, una camioneta apareció frente a él y Leonardo abordó sin perder tiempo.

Malcolm Rivers, con su inseparable ruana gris de tejido grueso, sus bigotes de león marino, sus enormes manos de forzudo de circo jubilado y esa extraña mezcla de acentos que lo hacían sonar como un adorable dandi, conversó con Leonardo sobre libros y anécdotas de trabajo. Rivers enseñaba inglés intensivo a grupos de profesionales y estudiantes ricos, quienes permanecían durante fines de semana o semanas enteras en el acogedor rancho encumbrado a doscientos metros de la Carretera Central del Norte.

Riendo como si fueran amigos, pasaron por el recibidor y entraron al estudio. Rivers le pidió a Leticia, la mujer con la que convivía y no se atrevía a fijar como compañera o novia, una agua de panela para él y un expreso doble para Leonardo. La puerta del estudio —madera maciza y marco de bronce— se cerró, y ambos hombres pudieron conversar en el cálido y mudo espacio.

—Necesito contactos en Argentina. Buenos Aires, pero cualquiera me sirve.

Malcolm hacía girar la taza humeante en sus manos. Su espeso bigote gris dificultaba saber si sonreía o si torcía la boca con fastidio.

—¿Todavía andas metido en cosas sucias, Leonardo?

—Malcolm —Leonardo se inclinó un tano hacia delante y empezó a hablar en inglés—, sé que no te gusta que te recuerden el pasado.

Rivers tuvo lo que sicólogos y sociólogos llaman "una juventud difícil". Quería ser misionero, fue rechazado por no ser un buen católico pero admitido por una agencia federal para llevar la palabra del capitalismo a los oscuros rincones de la América Latina, y evitar que se siguiera extendiendo el comunismo demoniaco. Asistió a interrogatorios, participó en torturas, vio a hombres picoteados por perros guardianes y mujeres violadas por soldados de cinco países distintos. En las noches frías de Santiago y calurosas de alguna villa paraguaya consumía toda clase de drogas para poder dormir sin oír los gritos en su cabeza. Odiaba a la CIA, a los militares de cualquier clase, a los gobiernos y a Dios.

—Vos no viniste a decirme eso —se puso en pie y caminó hasta la ventana: la vista de la cordillera andina extendida hacia el norte y el brillo de los coches que corrían a toda potencia en silencio daba para largas cavilaciones—. Me parece lamentable que una persona, llena de potencial, de talento, joven, que podría estar haciéndole un servicio a la humanidad aportando algo tan valioso como la literatura, que alguien como tú, Leonardo, esté metido todavía en asuntos de piratas.

—Es una investigación puramente académica.

Katz explicó el asunto durante la siguiente hora. Malcolm no dejó de seguir con la vista los automóviles y camiones que ascendían y tomaban la curva de la carretera. No dijo nada y tampoco se movió cuando Leo terminó de explicar sus necesidades, y solo reaccionó al llamado a la puerta.

—Almorcemos —dijo Rivers cruzando por el estudio hacia la puerta.

Había invitados en esa casa; tres jóvenes indígenas de la etnia uwa ganaron un campeonato nacional de robótica. Tendrían asesoría del MIT durante tres semanas para desarrollar un proyecto de control de irrigación. Hablaban un inglés pausado y elegante, pero con un desafortunado tono de inseguridad. Miraban a Malcolm cada tanto para asegurarse que estaban eligiendo las palabras correctas. Leonardo les preguntó sobre sus intereses, las dificultades de hacer ciencia en Colombia, las restricciones económicas de su etnia; todo en un inglés abierto y en ocasiones mal pronunciado.

Tras el almuerzo Leonardo siguió a Malcolm y Nixon —un enorme perro lanudo—en su paseo de la tarde por la falda de la montaña. El ex agente de la CIA en América Latina le dio entonces a Katz tres nombres que podrían ser útiles.

Entre ambos decidieron identificarlos como Melchor, Gaspar y Baltazar.

Malcolm tenía como fachada un club de atletismo juvenil en La Plata. Viajaba a Buenos Aires regularmente para recabar datos aportados por sus fuentes. La CIA le había asignado dos informantes y él mismo se procuró otros cuatro. De su red los tres más importantes eran los ya mencionados reyes magos. Uno era agente de la SIDE, otro el chofer y mayordomo de un ministro y otro era un violento periodista de derechas llamado Mauro Saviano.

Según Malcolm, Saviano era un tipo feo en todo sentido: tenía barba desde niño y una mirada adormilada —una condición genética le producía piel excesiva en los párpados—, una gran barriga y un montón de cabello oscuro, crespo y denso que lo hacían parecer un arbusto bípedo. Conseguía, cuando estaba molesto, emitir una voz cavernosa que hacía llorar a los perros y su fuerte olor lo precedía en las reuniones. Trabajaba en la revista Personas; redactaba horóscopos, al principio, luego se hizo amigo de Gigio Gland, el director, quien le aumentó el sueldo y lo puso a redactar noticias y textos de opinión, también cartas de emocionadas amas de casa y vendedores de queso, felices del "nuevo aire" que se respiraba en la argentina con los milicos en el poder.

Con Menem, Gland y Saviano se pasaron a la televisión. Gland a entrevistar celebridades en un *host show* y Saviano a cubrir el mundo del hampa, primero en Crónica y luego en una revistica llena de fotografías crudas y desnudos titulada Eventualidad, proyecto que concluyó en 2005 cuando sus propietarios se dieron cuenta que la gente no se veía interesada por pagar cuando podían encontrarlo todo en internet.

—¿Qué hace ahora?

—Detective privado, experto en infidelidades y redactor a sueldo. Alguien me dijo —no sé si será cierto— que también tenía una página dedicada a las conspiraciones, atacar a los peronistas, esas cosas.

Guiados por el perro lanudo dieron vuelta y volvieron a la casa. En el estudio Malcolm le dio algunas pistas para encontrar a sus tres antiguos espías, le deseó suerte y se despidieron. Leo llegó en la noche a Bogotá y se escurrió por espacios oscuros y esquinas en la sombra para evitar a Érika. Entró dispuesto a armar la maleta, ordenar el taxi y estar antes de las diez en Eldorado.

Escribió un correo al propietario: No utilizaría el apartamento por el siguiente mes, tal vez más; si deseaba alquilarlo a turistas, fantástico. La respuesta llegó mientras Leo terminaba de guardar sus libros en una caja; otros objetos personales estaban ya en el depósito. "Tremendo, hermano. Buen viaje". Leonardo sabía que su casero tenía una activa vida amorosa con mujeres casadas, y encontraba el apartamento de Katz lo suficientemente acogedor para jugar su papel de soltero divorciado y deprimido que solo busca un poco de afecto.

Leonardo marcó a la agencia de taxis; se le venía una larga espera y decidió dar cuenta del resto de la media botella del Malbec que andaba por ahí.

—Taxis amarillos buenas noches le habla Alba Lucía me indica por favor la dirección y el nombre de la persona que toma el servicio por favor…

Ahí llamaron a la puerta.

Érika entró sin decir palabra, con los labios apretados como si fuera a vomitar. Chaqueta de cuero, olor a colilla, sus jeans rasgados, su pelo revuelto, sus ojos vidriosos. Se fue de inmediato al cuarto a desvestirse como si el mundo la hubiera roto el corazón. Resignado, Leonardo Katz colgó el teléfono, apagó la luz de la sala, se lavó los dientes y se metió entre las cobijas a abrazar a la muchacha sin ropa que lloraba en silencio.

SEIS

KATZ ATRAVESÓ EL AEROPUERTO y en vez de un taxi prefirió hacer el recorrido de tres horas en autobús. Se bajó en una esquina cualquiera y cargó con su bolso deportivo y mochila cinco calles, guiándose por el sentido común hasta la 9 de Julio. Dio con su hotel estudiando fachadas y se registró como Paul Fields, ciudadano del Primer Mundo. Cabello descuidado, barba de tres días, camisa pereirana con motivo de cocoteros, sandalias y pantalón gris. El encargado de recepción no pudo evitar una mirada de reproche, tal vez por la caribeña pinta de Leo, tal vez por su notable hedor, tal vez porque preguntó "Oye, mi hermano, ¿tú tienes por ahí tarjetas de, tú sabes, niñas que puedan venir a visitarme. Tú me entiendes, ajá". A lo que el disciplinado y rígido recepcionista explicó que *todas* las visitas a los huéspedes deben darse en las áreas comunes del hotel. Paul Fields asintió y se despidió alzando el puño en alto mientras un botones lo conducía a su habitación.

El Shoreman era un hotel de, posiblemente, quinientas habitaciones, con el personal necesario para cuidar de un trasatlántico, corredores como laberínticas calles de un pueblo ficticio y un vestíbulo amplio, decorado por obras de arte en exposición temporal, un bar, un café, tres elevadores, helechos y otras plantas ornamentales que habrían dificultado controlar la entrada y salida de los huéspedes. Así Leo Katz salió a las once de la mañana, tras dejar su camisa de cocoteros y pantalones de lino a favor de una chaqueta deportiva negra y jeans; rasurada completa y las gafas oscuras, imitación Ray Ban, en el bolsillo.

En el primer quiosco compró un mapa y una tarjeta para el metro, recorrió la línea durante un par de horas sin una meta, memorizó las calles, salió en una estación al azar y almorzó ñoquis a la boloñesa antes de regresar al subte y recorrer el resto de la ciudad bajo tierra.

Entró al Cremona de Palermo a las ocho; chaqueta, camisa nueva, olor a Hugo Boss y la mirada desafiante de un galán malvado de telenovela. Hegel andaba de corbata azul y la preciosa Irina en un traje escotado. Se saludaron entre sí como ex alumnos de un internado que no se han visto en toda su vida adulta. Ordenaron matambre enrollado y vino tinto; discutieron planes culturales, Irina mencionó comedias en Corrientes, Hegel ver cine en Constitución y fotografiar aves en la Costanera. A las nueve y cincuenta detuvieron un taxi y arrancaron para bajarse en Santa Fe y Callao y caminaron hasta un apartamento, tres calles al sur.

Vista a la plaza Rodríguez Peña, varios metros cuadrados, cocina moderna y dos cuartos completaban el piso de seguridad que el SIS estaba pagándole a Hegel. Algunas personas, pensó Leonardo sentado en uno de los taburetes junto a la barra de la cocina, no pasan un día de necesidad ni aún cuando se meten en los peores oficios.

—Pedro Alonzo Urrutia Valderrama —dijo Hegel y dejó sobre la barra un pasaporte colombiano.

—Nombre muy común.

—El resto de la leyenda es cosa tuya.

Irina entró en bata de baño y el cabello húmedo, ofreció té; Hegel aceptó, Leo prefirió un café y los tres se sentaron en la sala una vez Hegel cerró las persianas y el parque iluminado por lámparas callejeras de espectral blancura desapareció.

Hegel había tenido su primera reunión con Dinesh Raima. Crossbow había conseguido identificar a veinte posibles sospechosos de ser parte de la División Cuervo.

División Cuervo —en inglés *The Raven Division*— era el nombre que Raima y su equipo habían asignado a cierto cuerpo de inteligencia militar asignado a secuestros y homicidios durante el Terror. Sospechaban de diversas unidades: 601 de Inteligencia, la 311 de Infantería, la 402 de Marina, la 101 de Mecánica, etc., aunque, tras largos debates de café, cigarrillos y facturas hasta las cuatro de la mañana, se determinó que la pandilla dedicada al crimen común estaba compuesta por oficiales, suboficiales y algunos soldados, policías y un par de agentes de la SIDE. El nombre de "Cuervo" fue asignado al azar, tal vez debido a la vieja pasión del Servicio por la observación de aves y ponerle nombres de pájaros a sus agentes.

El equipo de análisis de Crossbow había establecido que la División Cuervo la componían treinta personas, incluyendo colaboradores indirectos como informantes ocasionales y delincuentes de poca monta. Suponían que la mayoría eran hombres, militares de cierto rango, miembros de inteligencia, establecidos entre Buenos Aires y el resto de la provincia de Buenos Aires. Al mando debían tener a un coronel o a un teniente coronel; estaba descartado que, al menos en condición operativa, Cuervo fuera dirigido por un general.

—¿Cómo se llamará nuestra operación? —preguntó Katz.

—Eso no lo sabemos.

—¿Cuál es nuestro siguiente paso?

Encontrar a los miembros de la División Cuervo, establecer si alguno de ellos había estado involucrado en la desaparición de Jan Krêsto, determinar quién se quedó con el dinero y redactar un informe para el Servicio.

—Eso ya lo sé. La pregunta es cómo.

De la lista de veinte sospechosos establecida por Crossbow cinco habían muerto, tres estaban en la cárcel, uno de ellos sufrió una parálisis cerebral y pasaba su día mirando al vacío en una clínica de reposo. Otros tantos vivían en similares hogares de retiro, pero el informe destacaba a seis personajes, todavía en Buenos Aires, todavía activos miembros de la sociedad. Un detalle más: estos seis sospechosos tenían dinero. La primera tarea para Hegel, Irina y Leonardo era entrar en contacto con estos seis y determinar si en su pasado estaba el pertenecer a una unidad militar dedicada al secuestro.

Irina, ahora medianamente vestida, trajo un tablero acrílico y lo plantó ante la ventana. Los nombres de los seis sospechosos fueron anotados con marcadores y sus fotos, tomadas por Crossbow, quedaron adheridas a la pared. Hegel y Raima habían estudiado el problema del acercamiento; consideraron la posibilidad de crear fachadas, ofrecer negocios, presentar a Leo y a Irina como investigadores de ciencias sociales, vendedores de bienes raíces o de fríjoles mágicos. Desechadas estas ideas, Hegel optó por una más simple.

—Sigmund Aggert —dijo Leonardo con la tarjeta de negocios que su amigo le había entregado—. Cuentas internacionales. Ginebra, Suiza. Suena bien… ¿Cómo funciona esto?

La agencia Thompson & Aggert de Ginebra se dedicaba a recuperar cuentas, comprar deuda, negociar bonos expedidos y no reclamados, también conseguían reunir fortunas y herencias perdidas en la vieja Europa con sus descendientes en América Latina. Felices uruguayos de clase media han conseguido obtener cuadros renacentistas, sorprendidas abuelas brasileras se vieron un día ante la herencia de un distante antepasado sueco y un contador chileno en apuros vio resueltos sus problemas bancarios tras vender un jarrón de la dinastía Han, olvidado entre los cachivaches de su bisabuelo húngaro.

—Hacemos sus sueños realidad —ese es nuestro lema.

Thompson & Aggert no era la única empresa dedicada a este tipo de trámites, y por lo general no buscan a sus clientes, sino que personas interesadas en rastrear a sus ascendientes los buscaban con la esperanza de, en algunos casos, descubrir herencias, tesoros de familia, o con suerte, establecer una línea genealógica con alguna casa real europea.

—¿Realmente la gente es así de snob? —preguntó Leo a Irina.

—Pues, para muchos en la Argentina, yo creo, es una forma de entender de dónde vienen. La mayoría, sus bisabuelos, tatarabuelos, llegaron aquí en un barco sin nada, después de dejar todo lo que tenían atrás: su vida, su cultura.

—Y en otros casos oro nazi —añadió Hegel.

—¿A vos no te interesa saber de dónde vino tu familia a América, Leonardo?

—Parte pies negros, parte chipewyan por el lado de mi madre —dijo Leo—. La familia de mi padre llegó de Escocia. O eso creen ellos.

Irina sostuvo una pregunta en la punta de su lengua mas optó por pasársela.

Hegel pasó a describir las funciones, alias y funciones de cada uno. Él e Irina partirían a una serie de entrevistas; Leonardo permanecería en el apartamento respondiendo llamadas y correos electrónicos. Tenía un libreto, un pitch de ventas, una larga y aburrida explicación sobre la larga y admirable trayectoria de la agencia y sus tarifas.

Katz regresó en colectivo, eligió bajarse en una parada que lo dejó a cuatro calles y miró dos veces hacia atrás antes de pasar a toda prisa por el espacioso vestíbulo, su música ambiental de piano y aspiradoras. En el cuarto vio televisión hasta que lo venció el deseo de sacar su vieja computadora portátil y empezar a escribir.

Dejó bailar sus dedos sobre el teclado para crear oraciones que no tenían sentido. Tres párrafos después se dio cuenta que hablaba de una mujer, alta, hermosa, terrible y madura. Montaba un caballo, manejaba con cruel liderazgo una fusta y, tras varios intentos, consiguió otorgarle a sus ojos la dura mirada de un lobo. Se entregó con placer a componer un rancho de caballerizas y jornaleros, una mansión de pisos encerados por humildes, pero igualmente bellas empleadas en cofias blancas y conservadores uniformes grises. La mujer… Bárbara, llega a su cuarto y levanta el teléfono para ordenar que cierren el orfanato y demuelan el edificio lo antes posible.

Escribir tres páginas en dos horas hizo sentir bien a Leonardo. Ahora empezaría el trabajo de oficina con Hegel: dos meses, ojalá tres, en una ciudad que, hasta esa hora de la noche, vista desde su ventana, se mostraba dueña de un extraño encanto. Tres meses de cumplir un horario, responder llamadas y correos electrónicos mientras su amigo y la rubia hacían trabajo detectivesco en las calles. Él, Leonardo, aprovecharía la inacción para crear una novela.

En el transcurso de los siguientes tres días, una amable rutina elevó el espíritu creativo de Leonardo Katz. Dejar el hotel tras una hora en el gimnasio, ducha y desayuno, lectura en el colectivo, comprar café y rollos de canela, tal vez medialunas almibaradas, o panes de chocolate, saludar a Hegel e Irina, escuchar ante el tablero los últimos y lentos avances en la investigación; despedirse de papá y mamá, ahora en trajes de oficina, encender música, abrir la computadora y dedicarse a crear mientras se espera una llamada que no llegará. Almuerzo de pastas, ravioles, patatas al horno con hamburguesa o… simplemente llamar un delíveri. Al caer la noche papá Hegel y mamá Irina entran de nuevo por la puerta, se quitan con dolor los constrictivos zapatos de oficinista, los empinados tacones, se dejan caer en el sofá, mencionan sus fracasos del día, Leo les ofrece cervezas y se despide de vuelta a su hotel donde se entregará a ver televisión hasta quedarse dormido.

Pudo haber seguido así el resto del año; habría sido feliz.

El fin de semana llegó para reunirse en Tigre, al norte de Buenos Aires. Cenaron bifes de chorizo y se olvidaron por unas horas de que el espionaje requería pasar horas caminando, horas en salas de espera, horas en taxis e insistiendo ante recepcionistas, secretarias y sistemas de espera en el teléfono. Solo uno de los seis contactos había aceptado tener una primera reunión; diez minutos en su agenda. Caminaron en la tarde siguiendo el curso del río y estudiando qué hacer en caso de que el plan no siguiera como esperaban.

—La gente de Londres pasaría entonces a crear otra operación —dijo Hegel—. No ahora, tal vez en uno o dos años; tal vez nunca.

—¿No queda nada más por hacer? —preguntó Leonardo.

—Volver a empezar de cero. Conseguir a un equipo periodístico para que abra una investigación, un reportaje, algo así. Luego con un par de abogados abrir expedientes. Cosas así se han hecho antes.

—Espero que no; necesito este contrato —dijo Leo.

—Se trata de descubrir la verdad, Leonardo —dijo Irina; tenía el tono de alguien que ha atravesado cierto límite con alguien—. Para vos, al parecer, esto es un trabajo y ya. Para algunos de nosotros se trata de conocer un poco más de ese pasado que nos arrebataron con mentiras.

Leo miró a Hegel: este parecía oír de nuevo una vieja canción.

—¿Me estás oyendo? —Irina.

Leonardo se disculpó: no quería ser insensible. De esta forma se ganaba la vida; al igual que un periodista que cubre crímenes. Alguien tiene que hacerlo, la vida es así, etc. E Irina guardó silencio. De vuelta en taxi al tren y al oscurecer Leonardo se despidió de ellos frente a la puerta del edificio. Volvería en colectivo, aseguró; Hegel se ofreció a acompañarlo.

—Todavía no entiendo quién es ella —preguntó Leonardo.

—La reclutaron hace tres años, en Hamburgo.

—¿Tú la reclutaste?

—No, nos conocimos en un seminario.

—¿Un entrenamiento?

—No. Introducción al árabe.

—¿Amor a primera vista?

Hegel se detuvo antes de cruzar la calle y Leonardo alcanzó a dar dos pasos al frente. El paradero estaba dos metros adelante, indicó Hegel con un gesto: una pegatina borrosa pegada a un poste de luz.

No se trataba de un romance; ni sexo había, hasta ahora. Hegel no era un agente del Servicio, sino un consultor para asuntos de América Latina y África Central. Se ganaba unas miles de libras cada tanto tiempo por recibir, en Múnich o alguna otra ciudad europea, a prometedores jóvenes: tanto nativos ingleses que llenarían los despachos en Century Hall, como kenianos, canadienses, australianos y demás aspirantes a puestos en ultramar. Preparar una semana de lecturas, fotocopias, diapositivas; los asistentes preparan un proyecto, responden un cuestionario y reciben un certificado inservible.

Un mañana en el estrecho salón de negocios del hotel Becker de Hamburgo, donde la mala calidad del aire acondicionado traía de la calle los peores hedores, el café era apenas tolerable y nadie del Servicio creyó conveniente pagar por donas o galletas, Hegel conoció a Irina Biancci.

Su primer instinto no fue conseguir una cita con ella, sino descartarla: las charlas sobre seguridad, los seminarios acerca de contraterrorismo, así como cualquier otro evento relativo a geopolítica patrocinado por el gobierno británico era un buen lugar para el reclutamiento. Por lo mismo, servicios secretos de otros gobiernos mandaban a sus más prometedores muchachos a hacerse pasar por entusiastas civiles, criptógrafos y hackers, fáciles de seducir por el Servicio.

Fueron a comer un par de veces, fueron a beber y Hegel consiguió hacerla decir incoherencias tras seis rondas de shots, dos largos vasos de cerveza y tres cocteles capaces de tumbar al piso a una lanzadora de martillo. Notas enteras de conversaciones personales le permitieron a MI5 y al Servicio asegurarse de que cada detalle de su vida no era una ficción compuesta por cuidadosos miembros de alguna agencia, oficial o privada. Hegel nunca le explicó esto a Irina y continuaron siendo amigos. Hasta ahora no habían dormido juntos, ni lo habían mencionado siquiera.

—¿Entonces cuál es el plan?

Hegel no respondió de inmediato; vio pasar al colectivo sin que este se detuviese.

—No hay plan —dijo cuando el vehículo dio la vuelta al parque para continuar su ruta—. No sé. Sé lo absurdo que suena esto: pero simplemente no se me ha pasado por la cabeza saltar sobre ella.

—¿Cómo sabes que eso no es lo que ella está esperando?

Hegel cerró los ojos con el peso de varias noches insomnes.

—No sé.

Hegel no abría los ojos. ¿Meditaba?

—Ni siquiera es un romance de oficina —murmuró—. Cielos. Así de tediosa se ha vuelto mi vida que en la aventura de una misión la mujer que me acompaña ni siquiera consigue distraerme un tanto.

Hablaba consigo mismo; algo inusual en él. Una pareja de mediana edad y tal vez hijos, y tal vez perro, hipoteca y seguro médico pasó junto a ellos conversando entre sí en medio de su rutina de trote nocturna.

—Ya hemos hablado de esto —dijo Leonardo, ahora con deseos de no regresar al hotel de inmediato sino sumergirse en otro largo paseo de meditación para reflexionar también en qué punto estaba de su vida—. No sé por qué lo haces. No es el dinero. Tú no tienes mis problemas, Hegel.

El bendito colectivo apareció al fin y Leo pensó en los paraderos que guardaba su memoria.

—Tienes razón.

Cuando la azul luz pálida del colectivo los iluminó y la puerta a gas se abrió, Leonardo alzó la mano para una breve despedida. Hegel dio un paso adelante y, antes que su amigo pudiera decirle algo, ya había pasado frente al conductor sin decir palabra. Leo dio un paradero al azar y pagó la tarifa por ambos pasajes.

Los acompañaban viejitas y un par de obreros. Al sur la ciudad estaba siendo acariciada por una llovizna que no se iría pronto.

—Tienes razón —dijo Hegel de nuevo.

—Supongo.

—Le daremos otra semana al proyecto. Tal vez diez días más. No le veo sentido a seguir adelante. Cuando estábamos en el tren me preguntaba qué hacíamos aquí. Estoy en una bella ciudad, acompañado de una mujer hermosa y mi mejor amigo. Deberíamos estar pensando en visitar museos o embriagarnos en un pub y luego salir a vomitar en la avenida. Esto no va a ningún lado, Leo —su voz estaba en el rango chillón de los susurros—. He estado en Kenia, en Uganda, en Etiopía; estoy seguro… No soy un héroe, pero estoy convencido de que hoy, en este momento, hay gente, hay vidas que he salvado. ¿Acaso debo salvar a alguien aquí? —fachadas iluminadas y corrillos de gente en esquinas llamaron su atención un instante—. Quisiera beber algo. El Servicio perdió algún dinero; gran cosa. Esa cantidad que pagaron no se asoma a lo que gastan en un año en todas las motocicletas y camionetas que utilizan entre India y Pakistán. (Leí el reporte, es una barbaridad de dinero).

Leo intentó recordarle las palabras de Irina: buscaban recuperar un fragmento perdido de la historia.

—Supongo —y durante unos diez minutos no dijo nada—. Por eso aceptó unirse. Tenía un año por delante de estudios en derechos humanos en Berlín. Yo le sugerí que viniera; no quería, yo la convencí. ¿Cómo voy a decirle abandonemos todo?

Llegaron al paradero. Hegel preguntó por el hotel y Leonardo replicó que también le vendría bien tomarse algo. Caminaron hasta dar con la puerta en madera y la música de trompetas de un ruidoso establecimiento. El segundo piso, todavía deshabitado, permitía todavía conversar.

Leonardo no abrió la boca sino hasta que llegaron las cervezas, se bebieron la mitad y un tipo, en una mesa tras ellos, estuvo insultando a la novia hasta que las lágrimas le impidieron continuar.

—Ahí se fue un drama que yo no podría haber escrito —dijo Leonardo mientras el desconocido se retiraba hacia la escalera.

—¿Has vuelto a escribir algo?

—Tonterías.

Hegel bebió un sorbo de su cerveza negra antes de continuar.

—¿Nunca te has cansado de hacerlo? ¿De escribir?

—No. ¿Cansado? No es algo que me demande demasiada energía.

Hegel ahora parecía despierto; agarró su cerveza y se inclinó un tanto sobre la mesa como si los gestos de Leonardo requirieran un estudio a profundidad.

—Tienes la cara de alguien muy drogado que intenta resolver uno de esos jeroglíficos del periódico que en realidad no tienen respuesta porque fueron hechos a la carrera.

Leo Katz, dijo entonces Hegel, no tenía un empleo. Tampoco una carrera, o un lugar propio donde vivir. Su vida emocional —hasta donde sabía— era igual de inestable; estaba lejos de su familia, él era su único amigo; rara vez hablaba o se trataba con sus compañeros de trabajo y, hasta donde Hegel sabía, Leonardo no tenía relaciones cercanas con los círculos literarios locales. ¿Qué hacía entonces este hombre? Tal vez se pasaba los días esperando, como los personajes de un filme de acción, el llamado a la aventura. Hegel se ponía en pie cada mañana para hacer ejercicio, ya fuera en su casa en Múnich, en su apartamento en Londres; desayuno sencillo, ocho horas de trabajo al día, con reuniones ante superiores o colegas. Tenía proyectos a una semana y otros a dos años. Ahorros, citas ocasionales con mujeres, y una hija.

—Isabela —dijo Hegel—, entre otras cosas, me hace sentir que estoy cada día más fijándome a un lugar en la Tierra.

No era realmente su hija: se trataba de una niña sin padres a quien Leonardo Katz y Hegel rescataron de una chabola miserable años atrás. Entonces desnutrida y tal vez abusada, ahora tocaba el piano con dedicación, asistía a una elegante escuela en Bonn y los sábados montaba caballo.

Les preguntaron si querían tomar algo más. No; salieron al frío y siguieron en dirección al hotel con las manos en los bolsillos.

—No pasa un día sin que piense en qué hace o si estará bien —aunque Hegel podía confiar en que sus padres habían adoptado también a la pequeña Isabela. Que en Bonn tenía un enorme cuarto y que su prodigioso cerebro le había otorgado el don de hacer amigas con todo el alemán que había aprendido en esos pocos años.

Las últimas rejas de acero se cerraron sobre los últimos restaurantes abiertos. Los reflejos de las lámparas se encendieron sobre las aceras con una llovizna de advertencia que apareció de repente.

—Si yo tuviera todo eso me quedaría en casa y no saldría nunca —dijo Leonardo.

Así también lo creía Hegel.

—Y todos los días pensaría en tirarme por la ventana —añadió Leo.

Entonces Hegel lo miró e intentó reírse sin encontrar el ánimo para eso. Se despidieron con monosílabos. Leonardo entró en su cuarto y sin encender las luces se paró junto a la ventana a mirar la ciudad, a pensar hasta dónde se extendía el mundo que conocía, y a tratar de establecer, con argumentos, si era un infeliz que no ha conseguido abrazar la paz de un hogar, pareja estable y empleo fructífero, o si debía sentirse afortunado de estar lejos de un cubículo —hipertensión, diabetes y problemas de espalda—, los horrores del mundo doméstico y las preocupaciones paternas que espantan el sueño y la quietud.

Si Hegel tuviera lo que Katz tenía —nada—, ¿estaría satisfecho? Y si Leonardo contara con los recursos de su amigo, ¿habría ya saltado por una ventana o trataría de escapar mediante la heroína o cualquier otra adicción?

Imposible saberlo.

SIETE

LEONARDO ENTRÓ AL APARTAMENTO mientras Hegel e Irina se despedían con rumbos distintos. Preparó café, encendió la música, abrió el archivo que contenía los fragmentos sin sentido de lo que podría ser el inicio de una novela. Cerró el archivo y fue a la ventana a tomarse el café y considerar, seriamente, cómo ponerle fin a su vulgar vida de agente secreto.

Un par de horas antes en el hotel, gracias a los poderes curativos de una ducha fría, Leonardo Katz pensó cuán idiota era su amigo. El objetivo de todo hombre, pensó con un tono que pretendió ser aforístico, era alcanzar un estado de paz y satisfacción en cada aspecto de su vida. Si bien algunos llegaban a tal nirvana viviendo en andrajos, aguantando hambre y meditando en la accidentada superficie de una roca en un paisaje desolado del Cuarto Mundo, él, Leonardo, prefería las comodidades burguesas, los deleites del arte, probar un restaurante nuevo de cuando en cuando, sexo en una cama limpia y el silencio mágico que solo un apartamento de muros gruesos y puerta sólida pueden ofrecer.

Subió al colectivo con un brinco como cualquier empleado bancario que se ha decidido a apoderarse del mundo y ahora, frente a la ventana, con la taza ya vacía, consideró que todo lo que necesitaba era hacer cuentas, determinar sus recursos, y trazarse un plan para convertirse en un intelectual público y un escritor capaz de vivir de su talento. Oh, sí, no más aventuras. Si otros pueden, por qué no yo.

Antes de las diez de la mañana sus planes fueron alterados.

Leonardo escuchó las voces desde el elevador. Las suelas duras y los tacones se desplazaban despacio por el corredor mientras las voces, pese a su esfuerzo de bajar el volumen, se encontraban entrelazadas en un combate por determinar quién hablaba más rápido.

Frente a la puerta guardaron silencio, giraron la perilla y entraron. Tenían el mismo aire deshecho que presentaban cuando regresaban de la labor ya entrada la noche. Hegel venía con la corbata en el bolsillo; Irina se expresó con sus zapatos: los tiró a un lado y pasó derecho al cuarto donde se encerró de un portazo.

—¿Qué haces, Leo?

—Escribo.

Hegel miró al techo unos segundos y cerró los ojos.

—Ya puedes volver a escribir en tu hotel. No vamos a seguir adelante.

Leonardo quiso preguntar qué ocurría; su amigo se extendió a todo lo largo del sofá y parecía a punto de resbalar en un profundo sueño. Se terminó, dijo. Leonardo quería más detalles. Hegel, sin embargo, ya estaba roncando.

Leonardo fue al cuarto de Irina.

—Pasá —dijo la rubia, en ese momento doblando despacio su ropa en la maleta—. ¿Me hacés un favor? Sobre el mesón de la cocina hay una bolsa de yerba, dice Unión, ¿me la podés traer?

—Te vas. ¿Qué pasó?

Irina pasó por su lado, fue a la cocina, recogió la yerba mate y un paquete de galletas antes de regresar a su equipaje.

—Irina, ¿hay algún problema que debería ponerme en alerta, ir a recoger mis cosas y correr de vuelta al aeropuerto para jamás volver?

Irina lo miró: no.

—Entonces —Leonardo cerró la puerta—, ustedes dos andan peleados y están por mandar todo esto al traste, ¿es eso? Una pelea de novios.

Claro que no: no era una pelea, no eran novios y ella no iba a entrar en explicaciones. Se iba a casa, era todo. ¿Alguna duda? Que su amigo el alemán se la respondiera.

Cerró la maleta y se cruzó de brazos para que Leonardo entendiera que debía hacerse a un lado y dejarla ir.

—Hay algo que tal vez podría hacer avanzar las cosas.

—Mirá. Las cosas se estiran hasta donde dan. Empezamos este proyecto, no funcionó, sonamos. Así es todo y no vale la pena seguir adelante. Volvé a casa, Leo.

—Yo creo que tenemos que seguir hasta terminarlo.

—O quedate, es asunto tuyo. Me voy.

Agarró de nuevo la maleta y esta vez Leonardo se hizo a un lado antes de seguirla hasta el corredor, al ascensor y, en el vestíbulo, pararse tras ella y hacerle una propuesta que ella, tal vez debido al cambio de temperatura entre el apartamento y el frío recibidor, aceptó.

Salieron a la calle; Leonardo le ofreció un café, ella no aceptó. Caminar, rodear el bloque, regresar y Leonardo le pagaría el taxi; ese era el acuerdo.

—Melchor, Gaspar y Baltazar —dijo Leonardo cuando ambos empezaron a recorrer la acera. Durante los primeros diez metros Irina mantuvo su juvenil y decidido paso; tras girar en la esquina redujo la marcha un tanto que le permitiera ver a Leonardo mientras este le explicaba a grandes rasgos lo que Malcolm Rivers le había dicho. En la siguiente esquina ya iba más despacio y hacía preguntas. Volver al punto de partida les tomó casi media hora de conversación.

Al abrir la puerta del apartamento Hegel estaba en el baño e Irina, a toda prisa, deshizo su maleta antes de que aquel saliera y le preguntara a Leonardo si la rubia se había marchado ya.

—Decidimos intentar algo más —respondió Leonardo.

Hegel salió a su reunión pasado el mediodía y un almuerzo de filetes apanados, fritas y Coca-Cola durante el cual mencionó cómo abordaría a Baltazar. Esperaba estar de vuelta en el apartamento a las siete.

Nunca regresó.

Afirmó, tras conversar con Leonardo e Irina, que su amigo debía haber hablado primero y añadido a la estrategia inicial los nombres de sus contactos. OK, no eran *sus* contactos, eran apenas pistas que tenía bajo la manga y, ¿qué pretendía? Según Leonardo, no tener que recurrir a gente como los tres reyes magos para hacer avanzar la investigación. Tampoco llegó tan lejos como para admitir que esperaba salir de aquel país con sus honorarios entre el bolsillo y un agradable recuerdo de sus días en la argéntea capital. Hegel preguntó si Leo se guardaba otra pieza de información útil.

—No. Esto es todo lo que queda, y si no conseguimos nada de estas personas —dijo Leonardo poniéndose en pie para recoger los platos—, cancelemos esta estupidez y vámonos a casa.

—No para todos es una estupidez —dijo Irina mientras Leo entraba en la cocina.

—Esta aproximación sí. El Servicio venía haciendo las cosas con cuidado: con personal y recursos —Leo regresó a la mesa—. Una operación no se puede resolver con dos hombres y una mujer por buenas que sean sus intensiones y mucha su experiencia.

A las cinco Leonardo regresó al hotel, según dijo, aunque eligió una ruta al azar que lo tuvo entrando y saliendo de librerías durante dos horas y media. Con cinco libros bajo el brazo pasó por el vestíbulo y antes de poder presionar el botón del ascensor alguien lo puso en alerta tocándole el hombro.

Un muchacho peruano uniformado de rojo y botones dorados le entregó un mensaje: "Vamos al teatro? —María". Leonardo dejó el hotel de inmediato y fue a un MacDonalds en la esquina de Córdoba y Pueyrredón. Se detuvo frente a la ventana, vio a Irina con un café en la mano y siguió caminando hasta que la rubia lo alcanzó.

—¿Se puede saber dónde carajos andabas?

Irina llamó cinco veces al hotel pasadas las seis. A las siete decidió enviarle un mensaje de alarma de los tres convenidos: ir al cine indicaba que algo iba mal, ir al teatro era peor y la ópera representaba agarrar la maleta y pedir un taxi directo al aeropuerto, regresar a Colombia y pretender que jamás se habían conocido.

Ella misma no contaba con todos los detalles, pero sabía que Hegel se había metido en un problema mayúsculo. Irina sacó todo del apartamento y lo envió a un hotel de segunda en La Plata, a donde ella misma iría hasta que pudieran establecer un estado de las cosas y proceder.

—¿Pero puedes decirme qué pasó?

—No sé —respondió Irina—. No tengo la más mínima idea. Hegel… Hegel llamó, dijo dos cosas y colgó.

"Cierra todo y vete", dijo Hegel antes de colgar y, de seguro, aplastar hasta las astillas su teléfono móvil. Alrededor de él había tres hombres muertos.

Treinta minutos antes, Hegel había entrado en una bodega al sudeste de la ciudad. Acompañaba a un hombre; buscaban a otro. Cuando lo encontraron un tipo salió de la nada, derribó a Hegel de una patada, se sentó encima de él y le puso una pistola en la cara mientras los otros dos revisaban su billetera.

Una hora antes ambos hombres compartían cervezas y conversación en la terraza de una pizzería, tres calles arriba. Algún nivel de tensión podía existir de fondo, mas cualquiera que hubiera sido testigo del encuentro lo habría descrito como amigable. Se bebieron tres latas de cerveza, un par de empanadas. Hegel pagó la cuenta, dejó propina y junto a quien lo acompañaba se fueron conversando, sin prisa.

Y una hora antes Hegel estaba reunido con Baltazar en su apartamento. O al menos ese era el plan.

—¿Cuánto tiempo va a estar fuera del radar?

—Nos dijimos setenta y dos… ¿Vos estabas prestando atención? Dijimos setenta y dos horas, Leonardo.

—No podemos esperar tanto tiempo para seguir adelante.

—¿"Seguir adelante"? No, escuchame: lo mejor en este momento es prepararnos para salir del país. Vos y Hegel, por lo menos.

Un grupo de jóvenes les impidió hablar mientras el semáforo cambiaba.

—Alguien atacó a Hegel, ¿verdad? —preguntó Leonardo cuando ambos se internaron por una calle a oscuras—. Hegel estaba haciendo preguntas y alguien intentó atacarlo, ¿verdad? OK, no respondas, voy a asumir entonces que es cierto. Pues bien; por lo que yo veo él debió tocar algún nervio sensible y quiero saber qué es.

—Pero de qué "nervios" hablás vos. Tal vez intentaron robarlo y él se defendió.

—¿"Cierra todo y vete" es la clave para decir "me tuve que deshacer de unos malvivientes"?

Irina se detuvo. No estaba asustada y sí muy exasperada.

—Mirá —dijo—: No sé dónde vos hayás trabajado antes. Por lo que en virtud de un poquito de cultura general te voy a explicar algo, ¿sí? ¿Me estás escuchando? En la vida real, en este tipo de asuntos como el que estamos metidos ahora, no se resuelve llegando hasta las últimas consecuencias y pateando puertas y disparándole a gente.

—OK.

—Hay un protocolo, hay unos pasos para no ir a exponerse. Es como… ¿vos me estás escuchando? Es como manejar muestras de laboratorio (no sé si entendés un poquito de eso, bueno); si no te andás con cuidado se contamina la muestra y sonamos. Aquí pasó eso.

Y siguió su camino.

Leonardo también. Dos o tres calles de silencio después dejó el lado de Irina y entró en un café iluminado como una lavandería veinticuatro horas. A Irina le tomó tres pasos notarlo y, mirando en todas direcciones cruzó la entrada del café y se sentó en una de las tantas mesas vacías. Le dijo al encargado que esperaba a alguien, sacó su teléfono, fingió mandar un mensaje y se cubrió un lado del rostro con el cabello.

Otro mesero se acercó a Leonardo con un expreso y un vaso de soda. Durante minuto y algo más Irina le dedicó algunas miradas. Intentó luego llamar su atención mediante un par de "hey, hey", seguidos de psst, psst.

—Ven y siéntate acá —dijo Leonardo. Su voz, en el café desierto, debió sonar hasta la puerta.

Irina aceptó la sugerencia de Leo y le preguntó, de nuevo, qué pretendía ahí. Tomarse el café que gustosamente se habría bebido en el McDonald's. Necesitaban separarse, ahora mismo, dijo Irina, y establecer un plan para sacar a Hegel; pero antes de cualquier otro paso debían tomarse el asunto con tanta rigurosidad como si ambos acabaran de robar el Banco de la Nación. Y aunque para Leonardo y Hegel el asunto podía resolverse con un pasaporte falso y cruzar un puesto fronterizo, cuando no era factible la comodidad de un avión rumbo a cualquier otra parte del mundo, para ella, irse no era una opción.

—Yo vivo acá, Leo. Yo vivo acá.

El viejo camarero de corbatín regresó: ¿la señorita quería algo?

Coca de dieta, ordenó Leonardo ante la imposibilidad momentánea de Irina de pedir por ella misma.

—Dime la verdad —dijo Leonardo cuando el mesero se retiró tras poner una lata y un vaso con hielo sobre la mesa—. ¿Qué tanto te importa este asunto?

Irina intentó repetir el discurso aprendido, el que debía repetirse en la mañana para no perder el horizonte: Era su trabajo, para esto se había unido, era un compromiso, una lucha que debía darse, y así y así un rato más, como quien busca dinero entre cajones y los bolsillos de vestidos. Después destapó la Coca-Cola, la bebió de la lata y añadió:

—Qué se yo. Gente que conocí hoy día tienen unos chicos y hacen asados.

Parecía reflexionar; parecía haber olvidado que un hombre raro llamado Leonardo Katz estaba sentado frente a ella, que estaba lejos de casa —dondequiera que eso fuera—, bajo una identidad falsa, colaborando con un gobierno extranjero en busca de un dinero que a nadie parecía importarle salvo a ella.

—Los empleos nos definen —dijo Leo tras un rato en que solo se escucharon las conversaciones del grupo de policías que entró a discutir resultados deportivos con el encargado—. Incluso los trabajos que no elegimos pero que tomamos por falta de oportunidades. Soy profesor de colegio. ¿Entiendes? No. No soy profesor; soy un escritor de ficción que no tuvo otra forma de hacer dinero que enseñar inglés en una escuela.

Irina parecía ajena a estas palabras.

—Todo lo que hago cuando no estoy escribiendo es apenas un mecanismo de supervivencia —continuó—. Entonces, Irina. ¿Quién eres?

Ella suspiró. Se cubrió la cara por un momento en búsqueda de fuerza para tomar una decisión.

—Mi punto es —dijo Leonardo y dejó unos pesos sobre la mesa—, sin Hegel tienes dos opciones: tomas el mando de esta operación (haces un plan y todo eso), o desmontas todo y regresas a Londres para reportar que se necesita una aproximación distinta al problema, o tal vez simplemente dejar de gastar el dinero de los contribuyentes removiendo el pasado.

La última oración le ganó una mirada de fastidio de la rubia.

—Mirá…

Pero no dijo nada más. Necesitaba tiempo para pensar y Leonardo ordenó empanadas y una botella de cerveza. Comieron; ella con la mirada en el plato, él atento a las noticias de farándula en la televisión. Un panel de expertos debatía acaloradamente si cierta famosa se había aplicado otro implante mamario y si su novio seguía siendo cierto tenista chileno.

—¿Qué hacemos? —preguntó de repente Irina— ¿Qué hacemos ahora?

—¿Vas a seguir adelante con esto?

Ella asintió.

—Asegurarnos que Hegel esté fuera de la ciudad, primero. Luego determinamos qué encontró. Tal vez pisó en un sitio equivocado, tal vez encontró oro. Ubicamos a las otras dos fuentes. Si hay algo de qué aferrarnos seguimos adelante. De lo contrario trazamos otro plan.

—¿Cómo qué?

A esto Katz solo pudo responder con una sonrisa y aceptar que no tenía la menor idea.

Hegel envió un mensaje a las dos de la mañana. Estaba bien, estaba lejos. Añadió una dirección en Barracas y a ella llegó Irina antes de las seis. La policía tenía acordonado un patio tras un bicentenario edificio cuya fachada se deshacía de solo mirarla. Tres camionetas de la policía metropolitana, dos más de la federal; forenses, cincuenta y tantos curiosos y dos periodistas de la televisión. Salieron, a eso de las seis y cuarenta, tres cuerpos bajo sábanas blancas.

Una investigación a fondo, que no tendría lugar, no por falta de interés de las autoridades, sino por la carencia de fondos suficientes para llegar hasta los últimos detalles, habría probado demostrado que Hegel llegó, a las dos de la tarde y cinco minutos al edificio acompañado por un sujeto que se hacía llamar Oswaldo. Llegaron caminando tras la ya mencionada cita en la pizzería; y aunque no era posible reconstruir su conversación, si alguien los había visto acercarse al decadente edificio habría mencionado a la policía que el alemán y el delgado anciano de chaqueta y boina de cuero, cuello alargado y nariz puntiaguda, parecían estar en buenos términos.

Oswaldo levantó la cortina metálica e invitó a Hegel a pasar.

—No queda mucho —dijo Oswaldo—, solo lo que ves aquí, viejo.

El local parecía limpio, aunque una nota de humedad y sensación de polvo flotante eran distinguibles de inmediato. El hombre de chaqueta y boina cerró la cortina y dejó todo a oscuras durante un segundo y, tras encender la luz, mostró los estantes, los mostradores viejos, las canastas para pan y el horno a gas cubierto por una cobija.

—Cerramos hace un año y medio —explicó el hombre—, nos dijeron que tiraban abajo el edificio. Que no era seguro permanecer aquí. Mi familia y yo tuvimos aquí un restaurant, uno pequeño, y también una venta de cigarrillos, ¿entiendes? Una tabaquería. No dio. Nos fuimos pasando el lugar para diferentes funciones.

—¿Y de quién es el edificio? —preguntó Hegel alzando la vista a las grietas que corrían por el techo como un gran mapa del Amazonas.

—Es nuestro. Vení.

Hegel y Oswaldo fueron por una puerta trasera hacia un corredor maloliente, cruzado por telarañas; alguna luz, muy poca, se derramaba de las tejas plásticas amarillentas del techo y las paredes, debilitadas por su propio peso, formaban aterradoras curvas. Salieron al patio trasero, donde el cadáver de una moto y viejos equipos de cocina eran recordatorios de proyectos abandonados en un lúgubre pasado.

—Te quedás con todo —dijo Oswaldo y se frotó las manos.

Hegel miró la fachada trasera: ventanas protegidas por láminas de madera, una canal colgando a punto de irse al piso.

—No sé si valga la pena invertir en finca raíz, señor —respondió Hegel con un marcado acento alemán—. Como le dije a su amigo: me interesan los bonos. Mi empresa está detrás de todos los bonos.

Oswaldo entendía: muy pocas personas andaban en tales negocios; el barrio tenía problemas, habría que pensar en el costo de la obra, se requerían algunos permisos, pero, si realmente el señor Hausmann estaba tan bien conectado con la banca nacional y empresarios de peso, pronto aparecería un interesado entre su lista de clientes.

—Y tendrá *todos* los bonos de mi amigo.

—Yo necesitaría hablar con él y hablar de precios primero. Usted no se preocupe: habrá una comisión. Arregle usted un encuentro entre los dos, digo, entre los tres, y hablamos de dinero. Incluido este lugar.

—Mi amigo sí —dijo Oswaldo. No añadió nada más y se quedó asintiendo en silencio mirando por todas partes.

Algo en esa mirada alertó a Hegel, mas cuando intentó darse vuelta sintió el impacto en su cabeza, perdió la noción del espacio tiempo y recuperó la conciencia cuando sintió el piso contra su cara. Luego una rodilla presionó su espalda y la voz de un desconocido le ordenó no moverse. Oswaldo se acuclilló frente a él: todo va a terminar pronto, prometió. Sea inteligente y responda exactamente lo que queremos saber, añadió. Había, dijo tras ver que Hegel ni siquiera movía sus labios sino que permanecía con los ojos congelados en dirección a la nada, había un coche esperando afuera; lo llevarían a otro lugar, luego lo tendrían ahí uno, tal vez dos meses. Finalmente lo pondrían en un barril y lo enterrarían en algún lugar.

—Coopere y ahórrese problemas —dijo el desconocido cuya rodilla se hundía en las costillas de Hegel.

—Llamá a Palomino —dijo Oswaldo tras ponerse de pie. Sacó una pistola calibre 38 corto y le apuntó a Hegel quien permanecía mudo e inamovible en la misma posición que alcanzó tras recibir el impacto de un mazo de cricket en la nuca. Su agresor dejó de presionar con la rodilla y fue al portón del patio, movió el pasador y abrió un tanto para revisar si el coche de Palomino estaba ahí. Cerró de nuevo y se dio vuelta: tras él no había nadie.

—¡Oswaldo! —llamó con el tono inseguro de quien no comprende las razones de un adulto para jugar a las escondidas.

Llamó de nuevo y sacó su pistola: una Colt 1911, reliquia familiar. La sujetó con ambas manos, el cañón apuntando al suelo; ojalá estuviera cargada, pero nunca tuvo dinero ni la necesidad de comprarle balas.

Se acercó a la puerta a medio abrir, la tomó con una mano sin dejar de apuntar con la otra y le sorprendió que, en una mañana tan fría, una gota de sudor estuviera deslizándose por su espalda.

—¡Oswaldo! —repitió.

Tres golpes al portón y cerró la puerta de golpe antes de ponerse de rodillas. Lanzó un par de improperios, corrió al portón, deslizó el pasador e hizo pasar a Palomino: cabello rizado, barrigón y de gafas anaranjadas como si se pasara al día dedicado a dispararle al plato. Su arma de dotación era una Beretta 92; doce balas en la recámara, una en el cañón. Palomino tomó a su compañero casi por el brazo hasta la pared, lejos de las ventanas desde donde podrían dispararles. Escuchó los susurros que lo pusieron al corriente de la situación; revisó su arma una vez más.

—Yo entro —dijo Palomino—. Si pasa algo, llamá a los chicos de la Cuarenta y cuatro.

Abrió despacio la puerta y entró al corredor del primer piso. El polvo cosquilleó en su nariz, mas los tipos duros no estornudan. Conocía el lugar de visitas anteriores; revisó el almacén abandonado de su primo: la luz seguía encendida. Estudió, con la poca luz disponible, los accidentes de la escalera. Se deshizo de los zapatos y subió despacio listo a abrir fuego. Tras alcanzar el segundo piso sabía que, de las tres puertas, dos estaban clausuradas, y solo la más cercana…

Su razonamiento no alcanzó a concluir cuando un hombre en camiseta blanca salió y Palomino le clavó tres certeros disparos entre el cuello y la sien. Oswaldo se inclinó sobre la baranda y fue a dar al primer piso rompiendo los dos primeros peldaños de la desvencijada escalera. Palomino disparó dos veces más hacia la puerta y retrocedió a una esquina. Por un momento pensó en fragmentos del pasado que había compartido con el tipo que ahora yacía muerto por su culpa. Respiró varias veces para no perder el foco del asunto y dio dos pasos hacia la puerta.

Su entrenamiento resultó clave para cruzar por el umbral cubriendo cada ángulo de la habitación sin riesgo de ser sorprendido. Miró el amplio cuarto vacío, bien iluminado por el sol que empezaba a resbalar al occidente. Debió saltar por la ventana, se dijo. Recordó qué había del otro lado: un largo tejado donde podría estar el tipo aquel, armado con la treinta y ocho de Oswaldo; listo meterle un tiro apenas se asomara.

Salió del cuarto y corrió escaleras abajo, a sus zapatos, a ver el cadáver de su primo, por el que no podía hacer nada. Fue a la puerta trasera y ahí lo detuvo el estampido sonoro de la treinta y ocho. Tan sorpresiva la detonación que el proyectil a través de su pecho apenas se sintió como un alfilerazo en la piel. Quiso mover el brazo y no pudo; acaso darse vuelta para ver a Hegel, desde el interior del almacén ahora ocupado por muebles viejos, y la treinta y ocho en la mano.

Otro disparo y Palomino quedó enceguecido por la sangre que salió de su nariz destrozada. Sin más que hacer con las otras tres balas, Hegel se las puso en la frente a Palomino y este se derrumbó por fin. Revisó el arma, la limpió y la dejó en el suelo. Sacó su teléfono móvil y llamó a Irina.

OCHO

MAURICIO TAMAHORI NO CONOCÍA JAPÓN. En sus primeros recuerdos estaba Chicago; al menos las luces, las calles y el ruido de algunas noches muy frías próximas a la navidad. Sin embargo creció en Rosario, asistió a una escuela pública, soportó sobrenombres, se hizo bueno en los deportes, se pagó sus estudios modelando y ahora, cámara en mano, ahorraba lo que obtenía para ir algún día al país de sus abuelos.

—¿Trabajas solo con la cámara? —le preguntó Irina durante el almuerzo.

—De vez en cuando escribo sobre deportes también. No es lo mío, pero como te digo: cada cosa que haces es un paso adelante para conseguir lo que quieres. Al menos yo busco que sea así.

—¿Y pagan bien?

—No.

Ahí encontró Irina otra oportunidad de reírse; de jugar con su fina cabellera, de sonreír.

—No, pero cada peso cuenta —añadió Mauricio—. ¿Te interesa?

Un largo sueño abandonado, dijo Irina. Escribía en el colegio; pensó en ser periodista. Había estudiado una cosa y otra; estuvo por casarse y lo dejó todo. Se iría a Alemania; aprendió alemán, vendió lo que tenía aquí y se enroló en una academia de artes en Berlín. Allí conoció a alguien. El tipo era bien, pero mujeriego; le había mentido, seguía casado. Estuvo con depresión clínica casi dos meses. Perdió amigos, se puso fea. Ahora vivía sola; su vieja le mandaba dinero —tienen un empresa grande mis tíos—, pero no sabe qué hacer. Visitaba museos, prefería ir al teatro cuando la invitaban a salir. Ya de salir poco, lo de Günter le dolió mucho.

Salieron del restaurante a las tres, por lo que el resto de esta conversación tuvo lugar en el apartamento de Mauricio. Irina se dejó fotografiar, solo porque no quería dejarse convencer de lo hermosa que era.

Él le propuso tomarse otra copa, en la noche podrían pedir un deliveri de comida árabe. Pero no; ella tenía cosas que hacer. ¿Y si trabajaban juntos? Ella podría ayudarle con algunas notas que él le debía al periódico. No sé, no tengo talento para nada, ¿sabes? Antes de marcharse Tamahori la convenció de ayudarle a investigar el triple homicidio de la casa en Barracas.

El primer impulso de Irina fue buscar testigos; determinar una narrativa y unos hechos. Pensó luego, mientras los vecinos de la calle Santo Domingo se apilaban a mirar, que uno de ellos tendría información sobre la vieja casona cuya fachada parecía estar a dos ráfagas de viento de irse al suelo. Si hacía preguntas, se dijo Irina, mientras policías en trajes blancos entraban y salían, si iba por ahí interrogando gente todos asumirían que era periodista, y ella no contaba con una leyenda que la relacionara con medio alguno. Como, supuso, ese joven, guapo y bien afeitado, camiseta gris en un torso dedicado al ejercicio, y una potente Nikkon profesional en las manos.

Se acercaba, tomaba un par de fotos, y cuando quiera que un oficial del orden intentaba hacerlo retroceder, el guapo fotógrafo enseñaba una escarapela que colgaba de su cuello.

En un intento de aprender de lenguaje físico del fotógrafo, Irina lo siguió con la mirada hasta que este, revisando las fotos tomadas, se acercó con la amable informalidad de los viejos amigos y le preguntó si conocía a alguien del edificio. No, pasó a dos calles de ahí y le llamó la atención el alboroto; buscaba algún piso que estuviera en alquiler. ¿Sabía el fotógrafo qué había pasado?

La conversación continuó mientras el procedimiento policial proseguía. Luego un comandante leyó una declaración oficial a una muchedumbre de cámaras de bolsillo y teléfonos móviles. Los dos reporteros de la televisión hicieron sus tres minutos de informe y antes del medio día la calle estaba otra vez recorrida por gente del sector, mientras Irina y Mauricio se iban a buscar almuerzo.

Irina llegó en la noche al apartamento alquilado en Once. Llevaba sopa en lata. Abrió una cerveza que encontró en la nevera y se quedó en la sala a oscuras mirando la ciudad desde aquel noveno piso. Con breves sorbos dio con toda la lata y se fue a la cama cuando escuchó que la puerta se abría. Se metió bajo la cama y esperó ahí hasta que ciertos sonidos, de condición doméstica —alguien poniendo latas en la alacena, bolsas plásticas, una soda servida en un vaso—, le permitieran salir de su escondite e ir a saludar a Leonardo.

El apartamento no estaba en la lista de pisos francos del Servicio. Tampoco era una de las propiedades alquiladas por la operación CROSSBOW. Leonardo eligió el sitio al azar entre otros tantos que estaban disponibles en el caótico sector. Leo pagó el primer mes por adelantado, añadió un jugoso depósito y se regresó al hotel; todo esto antes de reunirse por primera vez con Hegel e Irina, mucho antes de que este fuera a buscar al contacto de Leonardo y terminara involucrado en un tiroteo. Katz esperaba no haber tenido que usar aquel piso.

Oscuro, estrecho, olía a un tarro de manteca del siglo XIX abierto en algún recodo y olvidado. De lejos venía el interminable quejido de cláxones; del resto del edificio, ollas golpeadas, bebés y reyertas domésticas. A Leonardo llegó, una vez entró con sus objetos personales al apartamento, los malos fragmentos de sus días en Nueva York; por allá, cuando intentó ser un hombre decente, ser un escritor norteamericano más, adaptarse al estilo de las cosas y ser adoptado por la atmósfera cultural de autores afro, poetas dominicanos y dramaturgos judíos. Soportó un mes, luego otro, al tercero intentó dar la batalla hasta fin de año, pero a la primera nevada metió el pie en un charco congelado mientras luchaba con dos bolsas de papel en sus brazos. Lanzó un putazo que paralizó la calle, subió a su, todavía más, estrecho apartaestudio, agarró sus cosas y se volvió a Bogotá.

Detestaba Bogotá, pero ahí flotaba con comodidad. En Buenos Aires sintió que debía nadar para no ahogarse.

Destaparon alfajores y él sirvió café. Irina aceptó mantener la luz apagada y se sentaron frente a la ventana.

—No está mal el piso, ¿sabes? —dijo ella.

Pasó a describir el resto de su tarde con Mauricio Tamahori. El fotógrafo no hacía dinero únicamente por su pasión y buen ojo; conocía gente en revistas de moda, le caía bien a una docena de vedettes, y, cuando quería, entraba a algún club un viernes en la noche y allí saludaba y era saludado por periodistas, modelos, empresarios y alguno que otro político joven y radical. De vuelta a la labor en la semana, jeans, botas militares y guerrera de cuero con capucha deportiva, sabía a qué policía dirigirse, con qué juez tendría respuestas, a qué fiscal le gustaba la noche, la rumba y ser presentado, así, de manera casual, con alguna nueva estrellita de la televisión. Entre cielo y tierra habría tenido para mucho más, dijo Irina, que su loft blanco inmaculado, sus muebles minimalistas suecos y la cama grande, tras el biombo japonés, a donde llevaba a sus conquistas.

—¿Cómoda la cama?

Irina no respondió al instante.

—Si me lo jodo me enamoro, Leonardo —dijo después.

—¿Cómo sabes que todo lo que te dijo es verdad?

No le dijo nada de eso; se sentó al teléfono, Irina lo ayudó con la computadora. Buscaba nombres en la red, él llamaba, se presentaba como amigo de tal, empleado de este otro y conocido cercano a ese hombre que te puede ayudar o te puede cagar la vida. En dos horas establecieron que:

De los tres hombres muertos dos tenían antecedentes legales: Oswaldo Reyes, de origen peruano nacionalizado argentino, y Adolfo Tellini, mejor conocido en el bajo mundo de los robos a residencias y los prostíbulos ilegales como "Palomino". El tercero era todavía un misterio; la policía federal había pasado sus huellas y descripción a gendarmería y las policías de las demás provincias. Se esperaba tener algún resultado antes de una semana; por demás, esperar a que alguien lo diera como desaparecido. La casa no pertenecía a Reyes. Un pleito irresoluble entre una agencia de préstamos y los antiguos propietarios —ubicados en Salta— mantenía la propiedad en un limbo que permitía a Reyes preparar un timo que jamás ejecutaría. El lugar sería demolido en un mes, o tal vez nunca.

—¿Saben quién los mató? —preguntó Mauricio.

Pronta a responder lo obvio, Irina se dio dos segundos para entender la pregunta y negó con la cabeza:

—Hasta el momento las versiones de los testigos sobre el tipo que acompañaba a Reyes son confusas. Unos dicen que iba de gorra, otros que no. Dentro hay marcas de zapatos en la escalera, nada más. Las balas eran de las armas que tenían Reyes y Tellini, y ahí no encontraron ninguna huella.

Quedaban hilos de los cuales tirar; varios. Alguna campana, dijo Irina antes de acostarse, sonaría. Tellini era policía, hasta que fue despedido del servicio por ajustarse una comisión cada semana con los dueños salones de masajes y otros centros de recreación para hombres. De cuando en cuando pasaba en su coche por Plaza Italia y las muchachas sabían que tenían que dejarse mil pesos o más. Según

Tellini su sueldo era insuficiente. No estaba casado: llevaba veinte años viviendo con una prima y tenía dos hijos —no reconocidos— con ella. Se compró una pistola, se hizo a una licencia para ser detective privado y guardaespaldas y se la ganaba más en lo último que en lo primero. A veces practicaba "allanamientos" con un par de asociados y robaba lo que podía.

—¿Y esos asociados sabrán en qué andaba o para quién trabajaba?

Irina se tumbó en la cama y se quitó las botas con dolorosos gestos.

—Tal vez.

Leonardo se tumbó en su respectiva cama. Durante unos segundos ambos miraron el mismo cielorraso y los resortes conversaron entre sí. Irina apagó la lámpara. Leonardo se incorporó y dijo que se iría un rato.

—Es tarde, ¿a dónde?

—Ningún lado en especial.

—Te acompaño.

—No.

Once estaba resguardado por viejos en grandes chaquetas. Corrían perros sin amo. Todo estaba cubierto de plástico y se acercaba la lluvia. No tenía ideas para esta misión. No se le ocurría ningún plan y aceptaba, por principio, que estaba lejos de ser un detective.

Alguien le pidió una moneda.

Hegel había matado a tres hombres. Leonardo habría actuado igual, de seguro: en un instante más rápido que el pensamiento debió desarmarlos y volarles la cabeza. Ese instinto se disparaba en ellos, en hombres como ellos, tan rápido, que en segundos el asunto desaparecía de la memoria. Algo en Leo, algo humano, le impedía olvidarlo todo por completo. No podía recuperar las caras, y los instantes previos y posteriores a cada muerte que causó en el pasado parecían tan brumosas como los fragmentos de películas que vio de niño. Bogotá, Madrid, Teherán, Tel Aviv, las montañas de Afganistán.

Se detuvo en una intersección, eligió dirigirse a la izquierda y seguir sin pensar en cómo regresaría. Algo siempre ocurre, se dijo. La vida le mandaba gente tras él para tratar de expulsarlo; golpeaban en la puerta, lo seguían hacia su hotel, lo secuestraban y lo metían en un coche. De todos lados salía disparando, apuñalando, a patadas y puños. Luego regresaba a casa. Conseguir un contrato para publicar, mejores opciones laborales o incluso el cariño de una mujer menos complicada eran eventos que nunca ocurrían.

La llovizna se hizo más intensa por unos minutos. Pronto alcanzó avenidas, plazas y los andenes desiertos frente a bancos y grandes almacenes. Buscaba un tema para escribir; las primeras palabras en otro relato, el argumento de un guion cinematográfico. Su mente, no obstante, encontraba siempre el camino de regreso a la misión. Hegel estaría escondido en algún lugar; en una dacha solitaria, en un hotel frente al mar, en el apartamento de una pelirroja de hermosos huesos. Diría que es español, francés, italiano o hasta canadiense, con una historia increíble de pasaporte perdido, equipaje refundido y tal vez un deseo de escapar de la rutina, un mal matrimonio o unos padres asfixiantes. En resumen, no tenía que preocuparse por él si decidía marcharse. Irina le producía uno de los sentimientos que más despreciaba: Durante uno de sus primeros meses como profesor, la escuela montó una feria de la ciencia. En pequeños grupos las chicas ponían sobre los escritorios alrededor del patio el producto de sus mentes: mecanismos para problemas del futuro, soluciones al transporte, tecnologías limpias, experimentos con naranjas y baterías; lo usual. En una esquina se alzaba un complejo entramado de tubos y cables. Leonardo, ocupado en la vigilancia de la moral y el buen comportamiento de las estudiantes, no se acercó a apagar la curiosidad que el ingenio aquel le despertaba. Nadie, de hecho, se acercó a hablar, preguntar o escuchar el proyecto científico de la chica. Esta esperó paciente con los brazos cruzados y un bloque de folletos explicativos al frente, que nadie, como ya dije, tomó. En casa, Leonardo no consiguió aplicar sus dedos a la máquina de escribir pensando en aquella niña; su brillante o tonta idea, el tiempo que le fue robado a sus días y noches montando tubos y cables, pruebas, fracasos e intentarlo otra vez. Leonardo Katz odiaba sentir pena o lástima. Irina realmente creía en la operación; en la posibilidad de cambiar algo. Tras tantas misiones alrededor del mundo, Leo Katz sabía que, salvo casos tan pocos que el mundo los recuenta con facilidad, aquellos asuntos de espías rara vez resolvían algo.

Con esa conclusión giró sobre sí y emprendió el camino de vuelta al apartamento.

Ella roncaba. Leonardo se desvistió con cuidado y se metió en las cobijas. El sueño estaba por atropellarlo cuando Irina le preguntó si estaba bien. Sí, por supuesto.

—Pensé que no ibas a volver —dijo Irina.

¿Qué habría hecho ella al respecto? Tal vez odiar para siempre a Leonardo, y por extensión a Hegel y, ya que tenemos tiempo, al Servicio Secreto de Inteligencia por adoptar para sus fines a tan incompetentes agentes.

—Creo que tengo un plan —dijo Leonardo.

Lo dijo por decir algo.

NUEVE

Durante un par de meses hubo un hombre llamado Theodor Francis Langham en la cuarta planta de un edificio con vista a la playa situado entre Urquiza y General Paz, en Mar del Plata. Apuesto y bien vestido, favorecía siempre el color azul en chaquetas y corbatas. Su cabello castaño se mantenía sometido al fijador; debía gastar bastante en cosméticos masculinos y se presentaba con una tarjeta en la que ofrecía, al mismo tiempo, sus servicios: T. D. Langham, asesores de imagen y modales, Penningford Street, London.

Francis —porque tras un apretón de manos, un té y más de una hora de conversación pedía cierta informalidad en el trato—, demostraba su oficio a cada instante, corrigiendo la postura de brazos, espalda y mentón en la gente que tenía la suerte o desgracia de toparse con él. Amaba la Argentina, decía; lamentaba no hablar mejor español. Soñaba, según le dijo a varios hombres y mujeres que visitaron su amplio y bien iluminado apartamento, establecer una escuela para mayordomos. Una institución que pudiese brindar, no solo a los grandes hoteles y sitios de descanso, sino también a las mejores familias del país, un modelo de servicio que pocas personas en el mundo pueden pagar.

Pronto llegaron los clientes: vendedores y otros hombres de negocios. La mayoría llegaba ahí motivados por la curiosidad; la idea de pasar veinte horas aprendiendo cómo añadir azúcar al té, o cruzar las piernas al estar sentado, no le atraía a muchos. Llegaron luego varias damas con sus pequeños. Los niños terminaban sentados en el suelo, aburridos hasta el dolor, mientras las madres inclinaban el rostro y sus ojos se llenaban de ternura, o tal vez libidinosidad, ante la elegancia y acento del señor Langham.

Al segundo mes aparecieron las ballenas; los verdaderos clientes, esos hombres y esas mujeres con la chequera para costear el curso completo de modales dieron paso a los posibles inversores que creían en la academia de etiqueta y servicio del amable inglés. Por esta razón, las damas que esperaban corregir asuntos de postura en sus hijas, y horrendos comportamientos de sus niños, dejaron de venir.

Los clientes pasaron a ser unos cuantos hombres y dos mujeres jóvenes. Y estos también dejaron de presentarse al edificio, y el único visitante, durante un par de semanas, fue un tal señor Rogano. Enorme y con sombrero panamá, se bajaba de un coche Audi, era guiado hasta el elevador por un guardaespaldas de mirada escalofriante, a veces venía con una mujer de enormes pechos, a veces solo. Pasaba tres o cuatro horas ahí, según el registro de visitas, y, tras su última visita, nadie volvió a ver al amable inglés.

Según el registro de la cámara de vigilancia. Langham salió del apartamento a las siete de la tarde y regresó treinta minutos más tarde con dos bolsas llenas de cervezas y whisky. A las nueve se presentó Rogano. A las diez un taxi dejó a tres muchachas vestidas con ajustados trajes de acrílico. Uno de los vecinos del cuarto piso denunció música merengue a todo volumen saliendo del apartamento del inglés. Una llamada del portero bastó para recuperar la silenciosa dignidad de la planta. A las once entró a toda prisa el guardaespaldas del enorme visitante, y Rogano estuvo en cuestión de minutos en la puerta con su guardián y un chofer. Los tres arrancaron a toda prisa en el Audi. A las ocho de la mañana salieron las tres mujeres, todavía ebrias; trataron de detener un taxi y terminaron por alejarse caminando. Durante el transcurso del día el portero, luego el administrador del edificio, llamaron a la puerta del señor Langham. Marcaron al número de su residencia, a su móvil y marcaron al teléfono de emergencia anotado en el registro del alquiler. A las nueve, tras veinticuatro horas de no saber del caballero, forzaron la puerta del apartamento.

No encontraron botellas, ni muebles manchados de sustancias desagradables; la cocina apareció en su prístino orden, la cama hecha, los baños esperando ser presentados a delicados clientes. El closet sí tenía cierto olor a encierro, pero nada más: ni un calcetín, ni una toalla dejada por error. Ni el administrador, ni el vigilante que lo acompañaba, eran forenses y, sin embargo, habrían jurado y jurado una segunda vez que, al menos por las condiciones del lugar, nadie había vivido allí. Si las autoridades se hubiesen presentado, registros en video del misterioso maestro de etiqueta, así como su firma y registro de pagos en efectivo, habrían aparecido.

El asunto, con el paso de los meses, se convirtió en un misterio del cual el administrador de cuando en cuando mencionaba a amigos y familiares. Para navidad ya se había olvidado del tema.

DIEZ

Siete y cincuenta en el corazón de Buenos Aires.

—Las cosas son como son —dijo Gigio—, ¿cierto? ¡No! Las cosas son como yo digo que son; sino qué carajos estamos haciendo. Vengo acá todos los días, cuando podría estar haciendo otras cosas en vez de estar boludeando. ¿Cierto? Entonces no me digás que las cosas son como son porque te tiro por la escalera. Yo salgo de mi casa, ¿sabés dónde vivo? Ni te acordás, de seguro. Salgo y tengo que manejar porque nadie de la producción me va a traer hasta acá. Yo no viajo en helicóptero, no soy Cristina. Vengo acá a romperme las pelotas más que todos ustedes para mantener esto abierto. Que si no vengo, ¿sabes qué pasa? ¿Sabes qué pasa si no vengo? Se cae el raiting. Cerramos esto, se acaba la productora. ¿Entendés? Salgo a las dieciocho, una hora de tener el culo pegado al coche porque esta ciudad ya no la arregla nadie. ¿Entendés? Llego yo, no me atiende nadie. El valet no está, está cenando, me dicen. Nadie se acuerda quién soy yo, ¿ves cómo me tratan? Nadie se arrima. Dan las diecinueve; diez minutos esperando se encarguen del coche. Vengo yo a trabajar, que es lo que la gente en este país ya no está haciendo y antes el gobierno que a darles subsidios, ¿ves? Entonces, entro ya podrido con el tráfico y diez, veinte minutos en la puerta que no me abren. Entro y no me dejan pasar que están arreglando la iluminación en el edificio. ¿Y a mí qué me importa? Diecinueve treinta. Diecinueve treinta y me llama mi… Sonia, ¿la conocés? Mi asistente, sí, a preguntar si estoy, si vine a trabajar. Es que a veces su pelotudez es de campeonato. Veinte años trabajando conmigo y aún así tira del hilo. Hace calor en el corredor y pido un vaso con agua. No me dejan pasar. Vengo podrido de ir en coche con el tráfico que hace. Paso a camerino; diecinueve cuarenta ya. Me van a tener sentado aquí otra hora. Tengo que revisar el script. Pregunto por el script, por séptima vez. Nadie tiene ni puta idea. Diecinueve cuarenta y cinco y dónde está el agua. Sudo a mares y no me he tomado la pastilla. Llama Sonia a la asistente; entramos en una hora. La encuentro en el corredor a la minita, conversando con un flaco de producción que ni conozco. "Su agua" me dice ella. Y adiviná qué.

—Tibia —dijo Mauro Saviano.

—Ya entendiste —no dijo nada más. Se limitó a revisar mensajes en su teléfono.

—¿Qué le dijiste?

—¿A quién?

—A la mina. La del agua.

—Qué le podía decir: ¡agarrá el agua para lavarte la puta concha rota que tenés hija de mil putas!

—Dónde está.

—Sonia la corrió. Ya vino a verme el director del canal. Las cosas no son lo que son, Mauro. ¿Qué querés?

Dinero, como siempre. También su apoyo para un pichón de político cuyas alas carecían de fuerza para conseguir una plaza en el gobierno de la ciudad. De lo primero ya habían discutido antes: Mauro le debía un montón de plata. Lo segundo podría mirarse en detalle, durante un almuerzo, todo pagado, en el restaurante que él eligiera. Escogería el de siempre en Puerto Madero, pensó seguramente Mauro antes de insistir de nuevo con unos miles de pesos para pasar el resto de la semana antes de su cliente —un tipo importantísimo, del Banco Nosécuántos— le girara el cheque por haberle estado siguiendo la pista a una morocha que lo traía loco.

—A propósito de eso, mira que Larrea te necesita —dijo Gigio mientras una joven se encargaba de empolvarlo frente al espejo—. Llámalo.

En unos minutos Gigio se encaminó al escenario de paneles de colores, pantallas plasma, proyectores de colores, más de cincuenta desocupados contratados como público y dos señoritas en traje corto a las cuales saludaba con besos en las mejillas. Ocupaba su lugar tras la mesa y empezaba su primer monólogo contra el gobierno. Al mismo tiempo, Mauro caminó hacia su coche Ford Fiesta de segunda, que olía a perro; encendió un cigarrillo, sacó su teléfono y preguntó por Juan Carlos Larrea.

Una recepcionista, un sujeto de seguridad, una asistente, otro asistente, una mujer molesta porque era la hora de la cena y después, la voz pesada y el rastrillar de la barba abundante de Larrea contra la bocina. Qué querés.

Mauro Saviano perdía con poco la paciencia; mas ante el hombre al otro lado de la línea prefería el tono distraído de los peatones ante las encuestas.

—No, no he oído nada de ella en días. No sé dónde anda. ¿Por qué no la llamas vos? Disculpa, es que ando en un embotellamiento y me caliento pronto. ¿Decías? —y siguió respondiendo a las preguntas de Larrea sobre ciertas personas; sobre llamadas que habría recibido, sobre correos, preguntas, hombres o mujeres que se hubieran presentado a su departamento. ¿Alguien raro por ahí? ¿Alguna reparación espontánea que necesitara la presencia de tipos desconocidos, con cara de no ser de aquí, en overoles azules. Tal vez de una compañía de teléfonos que no existe. Camionetas blancas en el estacionamiento, o frente al edificio. Turistas, que nada tenían que hacer por allí, tomando fotos. ¿Nada? —. No, y no entiendo a qué vienen estas preguntas… Estaré al tanto.

Colgó y encendió el Ford. Cruzó la noche oyendo flamenco a toda la potencia que daba un reproductor de discos compactos que lo acompañaba desde días mejores en el siglo pasado. Se detuvo frente a su edificio. Vio los senderos arbolados tras la cerca metálica, pensó en dónde podría esconderse un observador pagado, si ese taxi apostado calle y media arriba ocultaría a un policía. El motor rugió de nuevo cuando un deseo enorme de usar el retrete lo sacudió y, contrario a sus planes, no habló con el portero, ni se fijó en los demás coches aparcados en el subterráneo.

Entró en el apartamento apretando los dientes, no cerró la puerta y sin encender la luz se bajó los pantalones, tomó asiento y dejó correr su necesidad hasta el alivio con los ojos cerrados y una placidez casi envidiable escrita en su cara.

Así lo encontró la policía.

Irina encontró el apartamento de Baltazar; inventó una razón para pasar de la puerta con una caja de chocolates y flores. Marcó la puerta con labial, tocó dos apartamentos hacia el fondo del corredor y se disculpó con la anciana y los tres gatos que la atendieron: ¿Eunice Vera ya no vive aquí? ¿Cuándo se mudó? ¿Tiene su nueva dirección? Disculpe usted, el error es mío, dijo Irina tras escucharle a la anciana decir que llevaba ocho años en aquel piso. A unas calles de ahí se repartió los chocolates con Leonardo mientras le describía la cerradura. Katz entró con el relevo del portero, a las seis. Solo tuvo que saltar la cerca y caminar con el ligero arrastrar del pie derecho que los empleados burocráticos deberían tener, de acuerdo a la televisión.

Libre el corredor sostuvo en su mano derecha las tres ganzúas con las que desmontaría la cerradura. Ningún cable evidenciaba la presencia de una alarma, así que cualquier dispositivo en el apartamento debía ser un tanto más sofisticado de lo que él podría desarmar en los diez minutos que estaba dispuesto a utilizar en su revisión del lugar.

La puerta, no obstante, estaba abierta. Katz respiró hondo mientras su mente inventaba una excusa válida para ingresar sin ser llamado. Unas veinte ideas le pasaron por la cabeza y agarró la mejor mientras ponía las ganzúas en el bolsillo interior de su chaqueta. Presionó la puerta con el índice, vio la cortina pesada tras la cual el sol de la tarde teñía de rojo el cuarto y luego, luego vino el olor.

Olía a mierda. Aunque eso no lo detuvo, le dijo luego a Irina: su primera impresión de aquel lugar congeniaba bien con aquella pestilencia de drenaje. Libros y ropa se mezclaban por el suelo; carpetas atadas con sogas, en enormes paquetes, crecían contra las paredes. Comida en platos plásticos, cajitas de plástico del chino llenaban una gran bolsa de basura. Una no, varias. Siguió por el corredor y el olor se hizo más intenso por momentos y tuvo que agacharse para evitar un ciclón de moscas.

Moscas. Antes de cruzar la puerta de la habitación entendió que debía haber un cadáver en el baño, más grande que una rata común.

Se cubrió la cara con una camiseta —el cuarto era, comparado con el resto del apartamento, relativamente ordenado y abundaban las camisetas—, y empujó con el pie la puerta del baño situado en el corredor.

Mauro Saviano, cubierto de moscas; pantalones abajo, rodillas blancas. Boca abierta entre la barba descuidada. Ojos todavía abiertos y su cerebro formaba un puñetazo carnoso y sanguinolento contra la pared. Dos disparos calculó Katz —se equivocaba—. Hechos desde el corredor y... Salió del baño para buscar casquillos y se regresó de inmediato porque los asesinos pagados disparan con sus automáticas metidas en bolsas plásticas o simplemente se toman un momento para recuperar lo que pueda servir de evidencia. La sangre era de la noche anterior, pensó con acierto. Qué hacer.

Fue a la puerta y se aseguro de poner candados y cerrojos. Encendió la luz de la sala y comenzó a reconstruir todo lo que podría haber hecho o escrito el fallecido Saviano antes de ser ejecutado.

Montañas de abandono y excesiva soltería aparte, Mauro Saviano amaba la literatura barata; acumuló en sus años de habitar aquel tugurio, ahora maldito, toneladas de novelitas de aeropuerto. Ahí estaba Harold Robbins y Robert Ludlum, John Grisham y gente de la que no tenía idea que existían; horribles portadas con calaveras y mujeres mal pintadas, siempre rubias en traje de coctel y un arma en la mano. No encontró pornografía y las preferencias eróticas del muerto no iban, al parecer, más allá de un tomo de Helmut Newton. Revistas políticas, muchas, algunas sin destapar. Diarios viejos que olían a orina de un gato que bien podría andar muerto por ahí. Y luego el archivo, en un cajón con llave fácil de violar.

Katz pensó en llevarse todo aquel material; no podía. La policía podría haber sido alertada del incidente, o bien un vecino curioso, una amiguita de Saviano o simplemente los mismos asesinos podrían volver para llevarse algo que Leonardo podría utilizar y ni siquiera sabía si existía.

Textos a máquina, otros a computador; fotocopias de documentos legales en cuyos renglones podría estar cifrado el misterio que lo había arrastrado hasta Argentina; lejos de la paz y el gozo de enseñar inglés a unas chiquillas. Incluso un periodista mediocre como Saviano podría estar envuelto en una treintena de investigaciones. Quizá esperaba publicar un libro sobre el dinero que había llevado a la presidenta al poder, o mezclarla con alguna danza de bienes raíces y estafas. Casi media hora le tomó darse cuenta que aquellas actas, cartas, textos jurídicos, reportes y propuestas tenían algo en común.

Estaba en los encabezados. A veces era bien visible en mayúsculas, y en otras ocasiones simplemente acompañaba una firma en la última hoja: Sociedad Para el Pensamiento Económico Latinoamericano Juan Galt.

Interesante, pero insuficiente. Algo más debía haber allí: como una computadora, cintas de audio con confesiones, fotografías incriminantes de políticos dándose la mano en parques solitarios durante el invierno y hablando con los dedos sobre los labios para que nadie pueda leerlos... Y a quién querían engañar: a Saviano lo habían asesinado sin romper la puerta y lo tomaron por sorpresa cagando. Quien entró ahí, si quería destruir alguna evidencia o vengarse de aquel remedo de periodista, tuvo que robar todo lo que para Leonardo tenía algún valor. Mejor marcharse antes que el olor a mierda se quedase en su cerebro y lo atormentara aquella noche cuando quisiera dormir.

Dejó los papeles y en el cuarto se acostó a estudiar, desde la perspectiva de un hombre que despierta cada día entre aquella pocilga, qué podría motivarlo a seguir adelante. Como el olor realmente empezaba a recordarle definiciones de la palabra nausea, decidió irse en ese momento.

No obstante salió una hora después. Empleó el corredor, la escalera y el sendero del jardín hasta la cerca que usó para entrar. Tampoco fue detenido y el cadáver de Mauro Saviano fue encontrado por las autoridades a la mañana siguiente cuando las moscas decidieron revelar todo el asunto.

Como esperaría cualquiera, aun sin saber mayor cosa sobre este tipo de instituciones, la Sociedad Para el Pensamiento Económico Latinoamericano Juan Galt estaba oculta a la vista de todo el mundo al norte de Buenos Aires, por Alvear y Libertad. La fachada de enormes ventanas recordaba un museo —cuadros de próceres o líderes políticos del siglo XIX podían verse desde fuera—, y el portón doble en madera, abierto desde las nueve de la mañana, invitaba a la curiosidad. Un hombre de seguridad —a juicio de Leonardo— parecía ocupado en su llamada; un mayordomo o cosa parecida, alto, gris y lánguido, pasó con un vaso de agua en un platito y miró a Leo como a un cenicero sucio. Katz había elegido su mejor chaqueta, una camisa nueva, mocasines color madera y un pantalón de golfista que denotaba más desprecio por las clases altas que un deseo de ser asociado con estas. Gafas oscuras y un pequeño maletín de cuero.

—Disculpe, buen día, ¿le puedo ayudar? —dijo finalmente el tipo calvo de seguridad tras terminar su llamada. Leonardo tuvo tiempo de aclimatarse al ambiente hotelero, aséptico y frío de la soleada mañana. Las oficinas ocupaban uno de los grandes salones, con cinco escritorios, una joven ocupada tras una enorme pantalla y dos muchachos de corbata negra intercambiando chismes. Un patio, varios despachos cerrados; música vieja emergía de algún lado y o todo el mundo estaba de vacaciones o aquel lugar acaso necesitaba de personal.

—Pedro Urrutia —dijo Leonardo extendiendo la mano—, tengo cita aquí a las diez con la señora Natalia Derckman.

El tipo miró su reloj para comentarle a Leonardo que había llegado cuarenta y nueve minutos antes, y este como disculpa le hizo saber el poco conocimiento que tenía de los transportes bonaerenses y su temor a llegar con retraso. Él y la señora Derckman tenían una entrevista. El guardia lo acompañó a un salón imperial con muebles modernos y otro gran cuadro de algún magnate de bigotes blancos. El guardia le ordenó sentarse, le preguntó si aceptaba un café y este le llegó al cabo de dos minutos de manos de una bonita morena en cofia y delantal.

—Uy, un tinto, qué rico —dijo Leonardo en voz baja y miró cómo reaccionaba la joven a sus palabras.

Derckman lo atendió las diez treinta, antecedida por un paje —uno de los dos jóvenes de corbata negra—. Quien le pidió una tarjeta y los temas que trataría con su inalcanzable jefa. Esta, una apergaminada dama cuyos atavíos de oficinista los combinaba con una pañoleta colorida que, tal como lo supuso Leonardo al primer instante, ocultaba la calvicie de una paciente de quimioterapia. Las duras facciones estiradas de la señora y los apagados ojos azules se encendieron en cuanto Leo ofreció su mano y una sonrisa. Pasaron a la oficina y Katz dispuso de una grabadora, sacó su libreta y tomó la postura que él imaginaba emplearía un periodista de verdad.

—¿*La Patria News*? —preguntó la señora tras reclinarse en su sillón y darle una mirada a la tarjeta que le entregó Leonardo— ¿Qué es esto?

Nuevo periodismo con enfoque en los temas de actualidad que los decadentes medios colombianos se niegan a tratar. La primera explicación dejó a la mujer sin más que un gran interrogante en la cabeza. Leonardo, o "Pedro" entró a aclarar: la corrección política y la influencia negativa de ciertos países y sus doctrinas estaban alterando la percepción de la realidad y se busca, con esta revista que —si Dios quiere— pronto lanzará a la venta su primera edición, revelarle a la gente los peligros que acechan la República. Aburrida, la dama aceptó la explicación y dejó la tarjeta sobre el escritorio. ¿Qué quería de ella? Los centros o tanques de pensamiento, dijo Pedro Urrutia con el tono de una primera pregunta, ¿tenían o no influencia en una América Latina cada vez más impactada por la globalización, las demandas del libre mercado y los intereses extranjeros?

Aquella señora habría preferido hablar sobre su testamento y última voluntad, pensó Leonardo al ver la cara que puso esa mujer frente a él.

—Mire, creo que yo soy la persona menos indicada para darle esa clase de entrevista —dijo la vieja tras dos salidas en falso—. Yo no soy economista, joven.

—Comprendo. ¿Le importaría hablarme un poco más sobre este centro? Hay poca información en internet.

Algo agotada, la señora le dio gusto al periodista: El Centro Juan Galt —uno de los próceres pintado al óleo, de talla y bigote rooseveltiano— buscaba mantener un debate económico abierto entre los diferentes sectores de la sociedad y así generar ideas para el fortalecimiento del país. Llevaban ya veinte años y habían conseguido destacarse entre las primeras de su rango —siendo Argentina, según Derckman, el país de América Latina con más "laboratorios de ideas"—, ofreciendo, además, una perspectiva liberal de centro, alejada del academicismo de izquierda que marcaba la hoja de ruta del resto.

Leonardo tomaba notas y asentía.

—En un país que constantemente se debate entre derecha y extrema izquierda, ¿qué rol tienen los centros de pensamiento en la democracia?

Tal vez las décadas mirando por encima de escritorios, dejando que asistentes y secretarios se encargasen de sus llamadas; asistiendo a citas y eventos por compromiso y marchándose de vuelta a casa en la primera oportunidad, tal vez tras años de semejante rutina su pasión e interés por las ideas de gobierno, poder y política, se habían quedado a vivir en un cuarto trasero de su mente, a donde ella misma rara vez entraba, como no fuera durante su largo baño de viernes en la noche, con un whisky doble y los vapores de las sales enviadas de Tucumán por su hermana. En momentos así entraba a debatir con ella misma si los zurdos conducían al país al infierno, o acaso a un tibio y lúgubre purgatorio.

Habló con Leonardo por unas dos horas. Habló de la trayectoria del lugar y sus honorables visitantes; de los reputados economistas, analistas de banca y políticos de corto vuelo que se presentaban allí junto a los gurúes de la mercadotecnia internacional. Al terminar la entrevista invitó a Leo a comer el sábado siguiente en su casa.

Irina no se mostró impresionada. Saludó el asunto con asentimiento y como respuesta a la pregunta de Leonardo por avances en su campo dijo haber encontrado unos antecedentes interesantes en la vida criminal de los hombres ejecutados por Hegel. Quien por cierto seguía desaparecido y, hasta que él no decidiera volver a la luz, podría permanecer de incógnito en la piel y documentos de algún hombre inventado, por años, si era necesario. Katz agarró su chaqueta a las diez pasadas mientras Irina veía el programa de Gigio Gland con una cerveza en la mano.

—¿A dónde vas?

—Tengo otra cita.

Y salió a la estación de metro, se bajó en el microcentro y descendió a las cavernas encendidas de rojo de un pasaje a reventar de punk. Jazmín estaba con tres amigas; cuero, mallas de pescador, botas y labios pintados de negro.

Fueron a una barra y ordenaron cervezas; las amigas partieron pronto y Leonardo la llevó hasta un sofá plástico donde conversaron al oído el uno del otro mientras la cumbia villera reemplazaba al pop ochentero que había usurpado el lugar del punk de cuero y latón. No bailaron, a pesar de que Jazmín no dejó de agitar los hombros y tratar de agarrar de las manos al tímido periodista de la Universidad de la Sábana que hacía su maestría en ciencias políticas. Salieron pasadas las tres y caminaron cinco calles hasta que ella vomitó, y otras cuatro calles más hasta la residencia de estudiantes en San Telmo. A las nueve de la mañana Jazmín encontró a Leonardo en el sofá y lo despertó para que se uniera a un desayuno de huevos revueltos, café paraguayo y pan blanco en compañía de media docena de otros jóvenes colombianos dedicados al estudio y a empleos miserables. Uno barría pelo, dos andaban en pizzerías, otro atendía de noche un quiosco, otra era mesera de un pub. Dormían y pasaban el resto de su tiempo en las sedes de la UBA tomando mate y alimentándose de galletitas.

Tras intercambiar anécdotas cada uno de ellos arrastró los pies hasta su cuarto y Jazmín, cuando el momento fue propicio, lo llevó al único cuarto de la residencia que, por razones de la regulación de la ciudad, no se había podido alquilar. Ahí se dejó sacudir por Leonardo durante siete intensos minutos. Él prometió llamarla.

ONCE

La cena tenía color de fiesta social, coctel o como le llamen a
este tipo de asuntos, pensó Leonardo Katz, deseando, una vez más,
estar en la plenitud de su apartamento; jazz y la lectura de una novela
en su mente mientras da cuenta, copa tras copa, del vino chileno del
supermercado y lonchitas de cheddar. Apenas fue recibido por la
criada —una vieja prusiana en el clásico conjunto blanco y negro—,
Leonardo agarró una copa de vino blanco espumoso y se acercó a la
ventana a mirar la Buenos Aires extendida hacia el sur, las luces del
puerto y los profundos puntos ciegos entre las calles. La luz de las

lámparas era suficiente para que todos los invitados pudieran verse en detalle reflejados en las ventanas, y así Katz empezó un cuidadoso estudio de los presentes, no a partir de señas, sino de impresiones superficiales y chistes crueles.

Estaba, por ejemplo, este caballero cuyo chaleco a cuadros resistía la inclemencia de una barriga de tonel; cuyo corbatín cereza trataba de restarle seriedad y cuya barba le recordó a Leonardo los rabinos de Nueva York. Los hombres, la mayoría, eran viejos sosegados sin corbata y camisas mal apuntadas; chaquetas arrugadas y un vaso de whisky en la mano, muy parecidos a los habituales de un canódromo. Los jóvenes, de barbas bien perfiladas o rubios peinados de juventud hitleriana, lucían impecables y recién bañados con colonia. Se inclinaban sobre los otros para hablar, y lo hacían rápido, como evitando que se les fuera a escapar un cliente.

No debía haber más de diez mujeres entre los veintisiete comensales mal contados. Leonardo cruzó la sala de estar sin ser visto; pasó a la cocina y, ante la salida de dos meseros, se atiborró de jamón serrano. Volvió a la sala, pasó al corredor, entró al baño y salió de nuevo para seguir al cuarto principal. Como esperaba, los abrigos de piel, gabardinas y casacas estaban allí mezclados con bolsos y un par de portafolios. No consiguió abrir estos últimos, pero de su pesca milagrosa consiguió diez tarjetas de presentación. Regresó a la sala y fue hacia Natalia Derckman.

La señora estaba protegida por dos tipos pesados que podrían ser guardianes de un prostíbulo o dirigentes de fútbol. Uno hablaba por teléfono y el otro miró a Leonardo tras un velo de varios golpes de brandi o vodka. Derckman pidió a Leonardo su mano y este la condujo hasta el balcón.

—Te agradezco mucho, me ahogo rápido, ¿sabes? —dijo la señora.

¿Tenía frío? ¿Quería una silla? ¿Le hacía falta algo? Un respiro nada más. Amaba la vida social y, a parte del tiempo con sus hijos, únicamente momentos como esa noche eran podía sentirse entre el calor de otros seres vivos. Su cuerpo, sin embargo, tenía un límite para aguantar de pie y los hedores de caballeros que no saben beber.

—¿Son todos ellos amigos suyos? —preguntó Leonardo.

Algunos; dos, tal vez tres. Ella venía de una época en que otros hombres podían ser parientes, el esposo o unos hijos; nunca amigos. Conocía a la mayoría de ellos desde hacía diez años, a unos cuantos desde hace veinte y a dos desde hacía cuarenta y cinco. Y en el mismo orden se fueron marchando pasadas las ocho y al final se sentaron cinco de los invitados a la cena fría de compotas de cerdo, pavo con olor a conserva y pepinos con requesón que causaron daños menores a los intestinos de Leonardo, acostumbrado como estaba a una dieta de hamburguesas y arepas callejeras rellenas de carne deshilachada. Fue un alivio cuando sirvieron el café.

—¿Y vos qué hacés, Pedrito? —dijo el enorme tipejo que custodiaba a Derckman. El hombrote se inclinaba sobre la mesa y el cómico contraste entre sus movimientos cetáceos y maneras de dandi recordaban a los mafiosos de Hollywood.

Ah, Pedro es apenas un estudiante colombiano que trata de comprender por qué, tras repetidos y sangrientos y famélicos y horribles fracasos del socialismo todavía hay tantas personas tratando de resucitarlo, dijo Leo, con muchas más palabras. Hubo risas en la mesa. Parece, añadió Pedro Urrutia, como si alguien hubiera tomado *Frankenstein* por un manual científico e intentase resucitar a un muerto con una batería de coche. Más risas. Esa era su tesis de grado en la maestría de estudios políticos. ¿A qué autores pensaba citar? Preguntó uno de los jóvenes; traje azul metalizado, broche en la corbata y barba rojiza y mefistofélica. Leonardo alzó los hombros y soltó un "¡ni puta idea!" cuya honesta vulgaridad hizo reventar de risa a los presentes. El pelirrojo enseñó los dientes como los chacales cuando sonríen.

Tras ello todo fue alboroto y comentarios políticos. Sí, era cierto, el socialismo mandaba al carajo a América Latina. Pero no, decía otro: mira que aquí se ha entendido mal el socialismo. Estamos más cerca de Cuba que de Suecia, dijo otro. Esto es la Argentina;

estamos lejos de todos lados, añadió alguien. El pelirrojo, un tanto inclinado sobre su plato, siguió mirando a Leonardo:

—Me parece curioso, interesante incluso, de cualquier manera… extraño, por así decirlo, que alguien esté en un curso de maestría y no sepa, ni tenga, los mínimos fundamentos teóricos para su tesina.

Leonardo se quedó mirando al techo hasta que las voces se apagaron en espera de una respuesta.

—Cuando empecé con esto —fue diciendo Leo con una leve vacilación—, tenía muchos libros en mente. Luego me di cuenta que los pensadores de hoy; los contemporáneos, los que citan mis profesores, bueno, son de la creencia que el capitalismo es un mal, que el Estado debe abarcarlo todo, que la multiculturalidad es el futuro, y que un día habrá que dejar que los niños vayan al colegio con falda como las niñas —ahí le dio paso para las risas del público, pero acaso hubo un par de bostezos—. Luego me di cuenta, que si quiero armar un caso sólido, no tengo que andar citando teóricos. No. Tengo que citar a las *víctimas* —ahí si hubo algunos gruñidos de apoyo—. Y mejor aún: a los que combatieron al comunismo.

—Disculpá, viejo —de nuevo el pelirrojo—, estás confundiendo comunismo con…

¡Déjalo hablar! Ordenó otro de los ancianos. Flaco y narizón, lacio y abundante cabello, piel en exceso bronceada y una cadena de oro al cuello así como anillos de logias misteriosas brillando en sus dedos entrelazados sobre el mantel blanco. Los demás presentes replicaron su gesto de interés en el asunto.

—Quiero hacer un documental —dijo Leonardo Katz con la fuerza de una confesión reprimida por mucho tiempo.

Mauricio salió a fotografiar modelos, a almorzar con la directora de una revista, a verse a escondidas con la esposa de un gerente bancario, a tomarse una copa con un compañero de estudios, ahora arruinado y en problemas, y, previa solución a algunos de los problemas económicos de este, a ver a un hombre de la SIDE en su apartamento en Tigre. Mauricio regresó con Irina al estudio pasadas las diez.

—Un tipo pesado —dijo Mauricio a Irina mientras esta le servía unos espaguetis con pollo, algo de vino, le pasaba dos analgésicos e iba a poner música. Se sentaron a cenar frente al estéreo, casi a oscuras.

En la portería les tomaron fotos, huellas, los escanearon de arriba abajo. Los recibió el guardaespaldas: un israelí de sienes rapadas y deforme por cirugías reconstructivas. Este los condujo hasta el pent-house con puerta blindada y otro detector de metales. Quítense los zapatos y dejen móviles y billeteras en esta canastita, gracias. Siguieron a un suntuoso salón de tapete blanco y la cabeza de un elefante africano adosada en la pared; algo más grande que el frente de un Cádillac.

Romero, así decía llamarse, el ex agente, ahora "analista de seguridad", era un tipo bajito, moreno, de cabello negro. Ancho, sin ser gordo. Sus dedos sí parecían achatados cuando extendió la mano para ser estrechada. De acento raro, añadió Mauricio. Los invitó a sentarse y el guardaespaldas israelí fue a la cocina y al rato apareció un mayordomo de pajarita y chaleco a rayas. Sirvió coñac y permaneció de pie tras Romero hasta que se hizo invisible.

El hombre de la SIDE vio las fotos durante varios minutos. Miraba un rostro, pasaba al siguiente, luego al próximo, al que seguía y repitió el proceso no menos de diez veces. Se inclinó por fin sobre la mesa de centro de vidrio verdoso y extendió las fotos de los tres hombres muertos por Hegel: Reyes empezó como Urrutia de coches; fue a prisión tres veces y se dedicó a las pequeña estafas. Estudiaba derecho y con artimañas de leguleyo le salía al paso a sus víctimas. A Palomino lo había conocido personalmente; un gran tipo, un capo, y qué sentido del humor, iluminaba un velorio, ¿sabes? Andaba en malos pasos pero nunca le hizo daño a nadie. Qué mal como terminó.

Luego habló sobre el tercero, el desconocido cadáver de la deteriorada casa.

—Este se llamaba Gartz. Franco Gartz. Le decían "Misterio" —dijo Romero golpeando la foto con el índice. Tronó los dedos y el mayordomo se inclinó a servir más coñac—. Tenía doce identidades distintas. Decía que era boliviano, que era uruguayo, que era canadiense iroquense, que era mexicano, panameño, italiano, peruano, colombiano, venezolano, chino de padre alemán, alemán de madre china, hasta papeles de esquimal tenía. Todas falsas las identidades del tipo. Nunca dijo que fuera argentino. ¡Odiaba a los argentinos!

—¿Espía? —preguntó Mauricio.

—No, qué espía… ¡Asesino a sueldo es lo que era!

Mataba con cuchillo casi siempre, a veces con revolver, una vez arrolló a alguien con un camión. Dicen que usaba explosivos, pero eso nadie llegó a corroborarlo. A diferencia de lo que el cine ha construido, con personajes fríos y solitarios, que visten trajes impecables y sus duras miradas no aplacan notables fisionomías que enloquecen a las mujeres, Gartz tenía una apariencia ordinaria. Ni alto ni bajo, siempre con la misma chaqueta, el mismo pantalón y mocasines. No alzaba la voz y miraba a todo el mundo con los ojos a media asta. Le daban un nombre, daba un sí apenas audible y desaparecía por un mes. Cobraba muy poco.

¿Qué razón había para que esos tres individuos estuvieran en aquella casa aquel día? Difícil saberlo. Quienes los mataron deben tener la respuesta.

—Sabe usted —preguntó Mauricio—, ¿qué hacía el tal Gartz durante la dictadura?

Romero estudió a Mauricio un rato.

—¿Qué dictadura?

—Digo, durante el periodo…

Se hacía tarde, dijo Romero y se puso en pie. Tenía cita con la masajista en un rato. Le pidió a Sergio —el mayordomo— que los acompañara a la puerta y de ahí el endurecido israelí los condujo a la calle. Mauricio le dijo que se irían caminando pero el sujeto detuvo un taxi y les ordenó subir. Se bajaron en Constitución y se marcharon por caminos separados sin dejar de sentir un par de ojos tras cada ventana y cada coche estacionado.

Irina también se marchaba, pese al cansancio; la esposa del gerente bancario estaba en una cena de caridad y estaría en el apartamento de Mauricio entre la una y tres de la mañana. El remis dejó a Irina en once y Leonardo, desde una esquina, se aseguró que nadie la seguía. Una vez adentro se dijeron buenas noches y tras cuatro horas de sueño empezaron a intercambiar informes de avance con el alba, café importado colombiano y facturas.

—Pará —dijo Irina—. ¿Un qué?

Tras lanzar su improvisado discurso de ventas, la idea de un documental pronto trajo bostezos, conversaciones en voz baja y la partida de casi todos los presentes. La misma Natalia Derckman, aquejada de agotamiento y con veinte pastillas por tomar aquella noche antes de irse a dormir, se despidió. Al final fueron solo Pedro Urrutia y Lorenzo Sagaz, el delgado, narizón y bronceado viejo de cabello gris abundante, muchos anillos, traje a la medida y un raro atractivo que aumentaba al emplear un cuidadoso tono al hablar. Había estudiado derecho y nunca ejercido, dijo; había trabajado casi treinta años en un banco suizo y ahora, ahora su negocio era hacer amigos.

—Soy un club que va a todas partes —dijo con su timbre de locutor radial—. Me llamó la atención su propuesta. Osada.

—Si me da unos minutos le puedo explicar mi proyecto —dijo con emoción Leonardo, aunque menos de tres horas atrás no habría considerado jamás tamaña idea.

—Deja eso para otro momento. Antes decime una cosa: ¿qué querés de la vida? ¿Con qué sueñas vos?

Leonardo se río nervioso: ¡tantas cosas! Una mujer, unos hijos; una casa propia, paz, y vivir en un país con progreso y seguridad para todos.

Sagaz lo detuvo: hablaba en serio. No tenía prejuicios y estaba si para algo Dios lo había puesto en este mundo era para hacer feliz a otros. ¿Con qué soñaba? Si estaba pensando en una mujer, ¿era rubia o morocha? Si pensaba en un coche, ¿dónde lo vendían? Si su sueño era un sauna con cinco jugadoras de waterpolo suecas él conocía un lugar en Malmö donde su fantasía se haría realidad.

—Para conseguir lo que quieres en esta vida, basta con ser específico —dijo.

Con una mano temblorosa Leonardo se llenó hasta el borde un vaso de whisky que le causó una tos estentórea.

Desde niño, confesó, quería ser periodista. Luego pensó hacer cine. Un día se dio cuenta que ambas cosas podían unirse. Se presentó a realizar prácticas en noticieros, habló con periodistas trajinados y solicitó préstamos para desarrollar programas de entrevistas. No. Mujeres había muchas; su novia lo había dejado días antes de que él agarrara sus maletas y se viniera a Buenos Aires. Ya habría tiempo para hacer una familia. Lo tenían harto los liberales, los zurdos. Él respetaba a los gais, a las lesbianas; todo el mundo es libre de creer en lo que quiera, pero ya no quedaban espacios para que las ideas se presentaran con libertad. Le cansaba la censura, lo ahogaba.

—En serio me estás diciendo —y Sagaz se acomodó en la silla como si su postura reclinada le hubiese afectado el oído—, que si alguien te ofreciera el mundo, ¿a vos no te interesa nada más sino hacer un documental?

—Pues sí. A eso vine. Y si no puedo hacerlo aquí, me voy.

Lo dijo con tanta firmeza como creyó conveniente mostrar en un personaje cuya seriedad estaba debilitada por la timidez propia de esos muchachos que habían soñado con ser seminaristas o algo peor. Sagaz no se mostró impresionado, mas su tono si cambió a más confiado:

—Tenemos que ver lo de financiación —dijo y se puso en pie. Apuntó su chaqueta—. Habrá quienes nos apoyen, pero a los bancos… Bueno, les cuesta creer en estas ideas.

—Nombres es lo que quiero.

Sagaz pareció confundido.

Los hombres y las mujeres tras el Proceso de Reorganización Nacional. Quiénes eran, qué los motivaba. El mundo necesitaba oír su versión, dijo el ambicioso Pedro Urrutia. Con un "hablamos el lunes" se despidió el viejo y Katz se marchó al rato.

Una maniobra arriesgada, dijo Irina. Ambos se inclinaron sobre las ventanas abiertas y siguieron la llegada de trabajadores y vendedores a los plásticos que cubrían Once. ¿Algo nuevo sobre Hegel? Nada. ¿Había forma de hacerle llegar un mensaje? Irina miró a Leonardo: si este no sabía menos ella que llevaba muy poco de conocerlo. Si tenían suerte, dijo Leonardo, alguno de los nombres en una lista de personajes mezclados con la dictadura sabría de bonos del Tesoro corriendo por ahí. Con algo más de suerte más de uno sabría del tema y otro, al enterarse, trataría de buscar la manera de saber más. Los misterios son la golosina intelectual por excelencia y cientos de miles de dólares justificaban llamadas a conocidos, enviar correos y visitar a personajes desagradables del pasado. En ese momento la red de Crossbow debía actuar.

—Hay que hablar con Dinesh —dijo Leonardo.

—De momento, no. Veamos qué tan lejos llegamos con esto. Pensemos más bien cuál sería el siguiente paso damos con un nombre, con alguien, con la persona que recibió la guita.

Entre ese amanecer gélido y un mediodía más amigable, Irina y Leonardo determinaron llamar a ese desconocido Condor-6. Una vez determinada su identidad y localizado, sería cosa de los ingleses entrar a hablar con él y sacarle las respuestas, ya fuera mediante largas tardes de té y confesiones en una tibia casa de Knightbridge, o mediante patadas y opioides en un sótano de una ciudad sin amigos. Bogotá, por ejemplo, dijo Leonardo Katz.

DOCE

Entró en un atuendo comprado para la ocasión: esta vez un chaleco se cerraba sobre su juvenil abdomen, un reloj de oro brilló al pasar la recepción y la suela de sus zapatos italianos creaba un tap tap que atrajo curiosas miradas aquella mañana. Fue recibido de inmediato; se le esperaba, no se le haría esperar. Lo condujeron al salón de juntas del segundo piso, donde habría cabido un gabinete presidencial completo y al hablar se creaba un eco horrible. Llegó la chica del servicio con café fresco. Lo sirvió con eficiencia y le dirigió una mirada al elegante caballero recién llegado. Leonardo le devolvió la mirada, murmuró un gracias y le enseñó una sonrisa brevísima que la hizo sonrojar. Al marcharse la puerta se cerró y la orden era que nadie debía interrumpir a los socios principales del Centro Juan Galt en aquella reunión extraordinaria.

Leo reconoció algunos rostros de la fiesta: el barbado gordo de corbatín; esta mañana optó por un colorido conjunto de suéter amarillo de papá y camisa a cuadros.

—Fumo, pibe, ¿te molesta? —le preguntó a Leo.

Para nada.

Sagaz estaba ahí también. Saludó a Leo guiñando el ojo mientras hablaba por celular. Llegó un tipo totalmente calvo con cara de villano turco en una película de acción ochentera. Vestía de blanco, usaba un bastón de Standartenführer, portaba un Rolex. Los otros cinco miembros eran unos ancianos vestidos por pura costumbre con trajes mal planchados y uno de ellos, calvo y sin cejas, llegó precedido por una bala de oxígeno.

Lorenzo Sagaz se inclinó sobre Leonardo:

—¿Nervioso?

—Nunca.

El tipo golpeó los hombros de Leo con emoción paterna y lo invitó a ponerse de pie. Natalia Derckman entró al momento y ocupó la cabecera de la mesa. Tosió dos veces y al instante el cascabeleo de voces masculinas cesó: hora de ver la presentación.

Pedro Urrutia agradeció a los distinguidos miembros de la junta directiva del Centro… Bueno, al grano. La historia, como bien se sabe, la escriben los vencedores… Bostezos, el turco sacó su teléfono y se puso en pie para contestar junto a la ventana. Sagaz le hizo saber a Leo que algo más de dinamismo se requería para despertar a aquellos vejestorios. ¡Argentina y América Latina necesitan saber lo que pasó! Exclamó Leonardo golpeando la mesa de juntas con los nudillos. Necesita comprender, necesita entender, necesita replantearse el pasado, necesita ver con otros ojos, necesita analizar sin emotividades infantiles, necesita... Y mientras señalaba las necesidades del continente le daba vuelta a la mesa y así notó cómo parecían perturbarse aquellos viejos cuando un desconocido se paraba tras ellos. El turco recuperó su silla, sonrió con media boca abierta y fue asintiendo al compas de las palabras de Pedro Urrutia.

—Testimonios, personajes. Las voces que este país no ha escuchado. ¿Cómo va a ser recordado ese periodo de la historia? ¿Ah?

Por momentos parecía que la tempestad de palabras amainaba, que terminaría y todos podrían largarse a sus oficinas, a sus residencias, al frasco de pastillas o ver la televisión, tranquilos, sin oír los reclamos de aquel tipo salido de solo el Diablo sabrá dónde. Cuando se quedó sin aire, o terminó de desahogarse, Lorenzo se puso en pie y comenzó a hablar de números. Durante el día anterior, y antes de ayer, una serie de reuniones telefónicas le aseguraron que la financiación del proyecto El Fin de la Noche —nombre sacado del bolsillo por el propio Sagaz— era un hecho. Un partido político, un par de senadores que preferían mantenerse en el anonimato; un puñado de ex militares, un jugador de golf profesional, una octogenaria reina de la televisión matutina y otros diez empresarios escucharon la idea del joven colombiano y querían ver en todas las pantallas de cine, en la televisión, o incluso en la propia internet, la historia de aquellos que no dejaron caer al país en las garras del comunismo.

—Como lo veo ya lo tenés resuelto —dijo el turco—. ¿Para qué nos querés a nosotros?

Sagaz dio un par de pasos en reversa, miró a Leonardo con una sonrisa de disculpa y le pidió que saliera del salón unos minutos. Leo, con una venia, salió del lugar y fue directo a la cocina, al otro lado del solar.

Tras entrar cerró la puerta, sorprendió a Jazmín agarrándola por la cintura y le tapó la boca para evitar que gritara. Con un mordisco en el cuello consiguió someterla. La puso sobre una repisa y metió la mano bajo su falda hasta que consideró propicio volver a hacer guardia frente a la puerta. Llegó cuando el cerrojo se levantaba y la procesión de viejos y el turco salieron en fila. A cada uno le dio la mano con la que un minuto antes tenía a Jazmín lanzando groserías de todo tipo. Sagaz y Derckman reían y celebraban chocando sus tacitas de expreso.

Los tres arrancaron a mediodía para Bice. Derckman recibió una llamada de su médico y tuvo que ser dejada en casa. ¿Está muy mal? Preguntó Leonardo sin conseguir una respuesta por parte de Lorenzo.

—Pedrito, decime la verdad: ¿qué vas a hacer con la plata? —preguntó Sagaz tras regresarle al mesero la carta. Estaban en la terraza; razón suficiente para que Leonardo no estuviera del todo cómodo. Con brusquedad respondió entonces que tras su proyecto no habían más motivos que periodísticos e históricos. El viejo hombre de negocios le ordenó "cortar el acto".

Un colombiano venía a venderle una idea absurda a un grupo de argentinos: un documental sobre aquellas calaveras que se contaban entre los seres humanos más odiados del mundo junto a los nazis y jemeres rojos. ¿Quién iba a ver eso? Nadie. Ni a los radicales les interesaría semejante cosa.

—¿Usted no cree acaso en mi proyecto?

—Lo que yo crea no importa, nene —llegaron los aperitivos. Lorenzo se mostraba de muy buen humor—. Yo trabajé en banca por más de treinta años. Hice un capital sin siquiera buscarlo. ¿Sabés que hacía mi viejo? Era zapatero. Mis hermanos y yo aprendimos el oficio. Y también nos enseñó a decirle "no" a la codicia. Un día enfermó, había recibos pendientes. Me ofrecieron laburo en el banco, ¿qué iba a hacer yo? En dos años andaba yo en un Jaguar —alzó las cejas—. ¿Me sigues? Hoy día tengo más de lo que puedo querer. Pero no lo dejo. ¿Entendés? Aquí puede haber fácilmente tres millones y medio de dólares en financiación. Adiviná quién se queda con el treinta;

nosotros. El Centro Juan Galt y socios, productores ejecutivos. Y vos tomás, no sé: cuarenta, cincuenta mil dólares.

Katz eligió sonreír, y temblar un poco, y respirar a un ritmo que pronto alcanzó la velocidad del miedo vertiginoso. ¡Cincuenta mil dólares! Por supuesto, le dijo Sagaz, nada es tan fácil. Hay que conseguir un director, presentar un script, esas cosas que constituyen los primeros pasos de un documental cinematográfico.

El muy nervioso Pedro Urrutia agarró un vaso y se lo bebió a toda prisa, maniobra que hizo reír al hombre de negocios. Llegaron las langostas. El colombiano atacó su plato con deleite, mas dos trozos después se limpió los labios y dejó los cubiertos.

—¿Pasa algo?

—Poniendo la plata aparte, don Lorenzo…

—Pará con lo de "don".

—Lorenzo. Poniendo la plata aparte, realmente quiero conocer a estos hombres. Quiero oír sus historias. Esto es un documento que vale la pena.

Sagaz se limpió también los labios y pasó a ocupar la silla al costado derecho de "Pedrito". Desde ese momento tenía que entender que estaba entrando en una zona de peligro. No debía tener miedo, sino precaución: estas personas, fue diciendo Sagaz mientras gradualmente reducía su tono de voz, esta gente no le gusta que la visiten, ni que sepan dónde están, ni mucho menos que les hagan preguntas sobre dónde andaban en esa época, que todo el mundo quiere olvidar, además.

—Un hijo de puta —sentenció Irina—. ¿Será cierto lo de la plata? Tres y medio millones, así, recabados en un par de días.

A esto Leonardo Katz no tenía respuesta. Ambos estaban en una esquina de Corrientes. Diagonal a ellos una pizzería estaba abarrotada de turistas y locales. Leonardo consultó la hora en su reloj y cruzó la calle empapada por las lluvias que venían asolando la ciudad desde el caer de la noche. El calor del lugar le hizo sentir bien y el aroma a especias disparó su hambre. Pensó en comprarse unas cuantas tajadas de muzzarela para cenar con Irina aquella noche. No obstante, tenía que seguir las órdenes de Lorenzo Sagaz: entrar, ver al Turco, recibir la lista y salir de inmediato.

Katz se reclinó en una barra y esperó durante cuarenta minutos. Tal vez cincuenta. Pensó en Irina un par de veces; sola y temblando en la esquina oscura, mientras pretendía interesarse en lo que ofrecían los comercios cercanos. No debió venir con ella; es solo que durante los últimos ocho días se veían a ratos, al filo del amanecer casi siempre.

—¡Pedrito, cómo andás! —le preguntó un tipejo de cabello negro engominado, barba de candado y chaqueta de cuero, bajo y de ojos asiáticos. Acababa de poner frente a Leo una pila de cinco cajas de pizza. Mostró una sonrisa descuidada y se marchó de nuevo dejando frente a Leo una de aquellas cajas. Katz la agarró como cualquier otro cliente, detuvo el primer taxi y lo hizo detenerse dos calles arriba donde Irina lo esperaba. Se saludaron de beso; ella dijo estar extenuada por las largas horas en la oficina y se alegró de que él se encargara de la cena.

La memoria extraíble era un enorme riesgo. Por fortuna CROSSBOW había facilitado una computadora portátil nueva para revisar aquellos archivos. Sin virus, confirmó un programa y un documento les mostró la base de datos con unos ochenta nombres; teléfonos, direcciones, cuentas bancarias, tipo de sangre y fechas de nacimiento. La mayoría debía estar por encima de los setenta años, o muertos. Descartar y encontrar al culpable de robarle al gobierno británico trescientos cincuenta mil dólares podría tomar un par de años de pesquisas. Sin embargo, mientras sentados en el suelo del apartamento a oscuras, iluminados por la pantalla blanca del ordenador, cenando pizza y vino barato, Irina y Leo celebraron sin palabras la primera pieza de inteligencia adquirida hasta ahora en aquella operación.

Se le asignó una oficina a Leonardo en el otrora palacio donde funcionaba el Centro Juan Galt. Era un cuarto estrecho, con escritorio estrecho, silla estrecha, puerta estrecha y un techo, muy en lo alto, de donde habría podido colgarse un elefante por la cola y cuya trompa quedaría todavía a dos metros del suelo. Allá arriba flotaban telarañas. En un tablero de corcho Pedro Urrutia fue añadiendo nombres; unos reales, producto de llamadas a directores, productores, locutores para la narración, salas de edición y expertos en fotografía. El resto eran inventados. Cualquiera que llamara a su puerta durante las ocho horas que permanecía allí, habría encontrado, tras oír un "¡Síga!" al colombiano ocupado tecleando en el ordenador. Lo cierto es que escribía cuentos. Intentó un par de veces darle inicio a una novela sin conseguirlo. Después, frustrado, miraba pornografía.

Irina no tenía tanta comodidad. Pasó los siguientes días en un coche que Mauricio consiguió prestado para facilitar su recorrido investigativo y citas de trabajo.

Tres veces fueron por complejos penitenciarios de la ciudad entrevistando a tipos que anduvieron alguna vez relacionados con Reyes, Tellini o Gartz. El asiento trasero estaba ocupado por incontables bolsas de harina PAN y yerba mate, cigarrillos y revistas de crucigramas.

Las respuestas de las entrevistas, que Mauricio compartía tras una larga ducha y un café, eran generalidades que rara vez dejaban un dato suelto el cual seguir. Sí, habían conocido al timador, al policía, al asesino a sueldo. Lo vieron una vez, en un boliche, se los presentaron una noche mientras jugaban billar; o estuvo aquí, en el patio, hace menos de un mes, verá usted... Muchos no reconocían la foto. Ninguno se mostró agresivo ni se retiró del cuarto de visitas. ¿Cómo eran los tres hombres muertos a balazos? Buenas personas, serios, amables, sencillos, un tanto raros, por momentos paranoicos, cabizbajos, silenciosos, etc. Cada uno de los treinta presos que aceptó hablar con Mauricio tenía una versión distinta y nadie parecía haber trabajado con ellos en nada más complejo que consumir una botella fernet.

—No me sorprende —dijo Irina—. Se querrán evitar algún quilombo.

—Exacto —respondió Mauricio con una toalla húmeda sobre sus ojos—. ¿Pero cuál?

Mientras Mauricio dormía a su lado, Irina encendió la televisión, dejó pasar las imágenes sin volumen y se fumó un par de cigarrillos. Se dedicó a pensar en esa incógnita. Hegel había estado por toda la ciudad buscando aquellos bonos; alguien que le oyó mencionarlos mandó a tres delincuentes vulgares —uno de ellos un eficiente sicario— a matarlo. Luego Leonardo fue a buscar a Mauro Saviano, y alguien le metió tres disparos en la cabeza al fracasado periodista.

Necesitó unas horas de sueño, una ducha en la mañana, el recorrido en micro hasta Once, ver a Leonardo ajustándose la corbata y cepillarse su ajustado traje negro, como un aprendiz de banquero y oler su colonia de baratillo para que la razón la golpeara justo cuando se hundía en las agradables arenas movedizas del sueño: la Cofradía de los Bonos.

Como en sus días de universidad, Irina se deshizo de la colcha y fue por uno de sus cuadernos de apuntes. Escribió las palabras en letra molde, apuntó todo lo que pudo pensar en ese momento y regresó a la cama donde durmió toda la tarde. Revisó sus notas luego; las tachó al notar las incoherencias y al final mandó toda la hoja directo a la papelera. Cuando Leonardo entró en el apartamento, ella hacía correr sus dedos a lo largo de un bolígrafo sin atreverse a escribir una palabra.

Leo preguntó si todo iba bien y fue a quitarse el disfraz de niño bueno.

—Salgo y regreso tarde —dijo desde la habitación.

—¿Al boliche?

—No. Directo a un hotel.

—Vení te cuento algo.

Debió esperar a una ducha rápida de Leo. Este puso ramén instantáneo en el microondas y se sentó a esperar la campanita en el estrecho comedor frente a Irina y su cuaderno en blanco. Al cabo de un rato debió llamar a Jazmín para decirle que llegaría tarde.

Quienquiera que hubiera conseguido los bonos necesitó hacer cuatro cosas, explicó Irina: planear el secuestro, ejecutar el secuestro, recibir la plata y lavarla de algún modo. Existía la posibilidad de que aquellos bonos estuvieran bajo las maderas de una vieja casa en Rosario o la tumba de algún don nadie en Chivilcoy, sí, pero de no ser así tenían que considerar que una banda, bien organizada, se había hecho rica con el rescate. Esto último requería de otro factor: era necesario guardar el secreto.

Leonardo miró su reloj y asintió impaciente, con la mente ocupada en si comprar, o no, otra cajetilla de condones.

Los tres hombres que intentaron matar a Hegel no tenían nada en común a parte de ser delincuentes. Y un problema con ellos —dijo Irina parafraseando alguno de los manuales sobre operaciones de campo que estudió en los talleres del Servicio— es que no son de fiar. Beben, son arrestados, tienen esposas *y amantes*, creen en tonterías como el tarot o simplemente sacan pecho de sus expolios ante otros hampones. Por ello Reyes, Tellini y Gartz debían ser mano de obra externa, sí. ¿Pero por qué molestarse en contratarlos? Porque Hegel había levantado la roca equivocada.

Katz puso el tazón humeante y empezó a comer con prisa.

De la misma manera, Irina había llegado a la conclusión de que la banda tras el secuestro de Jan Krêsto no estaba compuesta por delincuentes vulgares.

—Por supuesto —dijo Leo sorbiendo sus fideos—. Los militares son delincuentes organizados.

Eso había pensado ella por un minuto. Salvo que el ejercito argentino era, y es, una enorme organización; coroneles, generales, brigadieres y oficiales en retiro que todavía se pasean exigiendo saber cosas en los clubes. ¿Cómo habían escondido trescientos cincuenta mil dólares? Solo si un grupo pequeño, y vigente hasta el presente día, había planeado, ejecutado el golpe y repartido el dinero de forma tal que ninguna autoridad pudiera llegar a saberlo. Si fue así, fue con ayuda de civiles. Gente con mucha plata, Leo.

Leonardo asintió considerando la hipótesis.

—Interesante, interesante.

—Gente como tu amigo el Turco —añadió Irina mientras Leo se ponía la chaqueta.

Katz volvió a la silla. Irina en segundos fue al cuarto y regresó con su computadora. Presionó un botón y le mostró a Leo uno de los videos de seguridad que este se había conseguido por intermedio de Jazmín y esta gracias al calvo hombre de seguridad y su fe en que un día Jazmín le perdonaría los insultos raciales que utilizó durante la última pelea que habían tenido.

Irina detuvo el video y señaló en la pantalla al Turco que se bajaba de un pesado Mercedes blindado.

—¿Lo conocés? No, ¿cierto?

Juan Carlos Larrea Araham, director de Medios Q. de Argentina y subsidiarias en Brasil y Panamá. ¿Forrado? Como Dios.

Su familia controlaba el grano al sur del país y negocios pequeños, pero en los noventa entró a conformar, junto a los hermanos Cabrera, otro par de peces gordos, una anciana marquesa y un banco gringo, el holding de medios de comunicación Medios Q. Tenían diarios, revistas, un canal nacional de televisión, varios canales regionales, internet y emisoras radiales de diversos tamaños, así como una alforja llena de pequeñas empresas. Medios Q. se había consolidado en 1995. Sin embargo, según los rumores de internet y artículos desperdigados que Irina anduvo rastreando durante toda la tarde, la familia Larrea tenía problemas económicos cercanos a la bancarrota. Salvatore Larrea, padre de Juan Carlos, había tenido diferentes disputas con el gobierno y la llegada de la dictadura no resolvió en nada sus dificultades de bolsillo ni el cáncer que lo devoraba. Su hijo sacó a la familia de una posible ruina tras el retorno de la democracia: pagó una enorme deuda, liquidó lo que tenían en tierras y se movió a los medios.

—¿Con trescientos cincuenta mil dólares? —dijo Katz— Menos lo que recibió…

—No estoy diciendo eso, Leo. Te pongo en contexto de quién es el tipo a quien tu amigo Sagaz le pidió la lista de los milicos escondidos.

—Pudo haber sido cualquiera en esa sala; la vieja Derckman, por ejemplo.

—Sigo.

Los canales de televisión permanecían bajo el brazo del Estado. La entrega de uno de estos a Medios Q los convirtió en un conglomerado con tentáculos extendidos más allá de las fronteras argentinas.

—Y si querés conseguir una fortuna a veces lo único que necesitás es conseguir la llave donde está guardado el tesoro.

—¿Trescientos cincuenta mil dólares para un soborno no suena mal? El problema es probarlo.

—No tenemos que probar nada, Leo, que nosotros no somos policías. Simplemente se trata de encontrar a quienes llevaron a cabo el secuestro y entregar los nombres y su localización a Londres. Y estamos.

—Si es que siguen vivos y no están conectados a un respirador.

—En ese caso mejor porque no vamos a tener que secuestrarlos.

Leonardo no respondió nada, ni se fue de inmediato al boliche. Prefirió estudiar un rato el tazón de ramén. Se dejó dar un beso ligero en la sien y tras escuchar el agua del retrete correr en el baño y a Irina lavarse los dientes fue a la habitación a interrumpir su lectura durante otros veinte minutos con preguntas y posibles escenarios. Luego se fue a pasar la noche abrazando a una agotada Jazmín.

TRECE

LA BLANCURA DE LA SENCILLA PIPER monomotor contrastaba con la
gris amenaza que se acumulaba en los cielos de Montana. Antes de
encarar la pista de aterrizaje, la aeronave hizo un par de giros sobre la
pista privada a una altura peligrosamente baja. Parecía, pensó el
hombre recién llegado que esperaba recostado contra una camioneta
Ford alquilada, un motociclista de pandilla que hace girar su vehículo
un par de veces frente al policía que lo mira con malos ojos. El piloto
no llevó a su Piper hasta el hangar: se apeó de la avioneta, entregó los
auriculares a una muchacha que llegó hasta él, y se aproximó al
hombre de la camioneta Ford para hacerle algún reclamo.

"Este es…" empezó a decir un mecánico de acaso dieciocho
años y cara grasienta, "Este es el señor ¿Langström?" No parecía
seguro de haber pronunciado bien el apellido de aquel tipo alto y
blanco, de lentes oscuros, cabello y bigote castaño.

"Yo sé quién es el señor Domínguez, Woody", dijo el piloto al
mecánico. "Ahora vete al fondo y que nadie venga a distraerme
mientras escucho qué tiene que decirme el señor Langström".

Woody se alejó con un deportivo trote y se metió en el hangar
donde él y la chica se dedicaron a espiar al dueño del aeródromo y al
desconocido.

"Estaba esperando que me invitara a pasar", dijo el recién
llegado y le señaló la camioneta. "Quizá lo mejor es que hablemos
aquí dentro".

El piloto, otro hombre blanco de anchos hombros, quien
habría rejuvenecido mágicamente veinte años si se hubiera rasurado
una descuidada barba blanca y una cabellera igualmente nívea que le
corría hasta los hombros, se llevó la mano a la parte trasera de sus
jeans para aferrar la empuñadura de un cuchillo Bowie que afilaba en
silencio cada noche como forma de meditación.

"No, mejor usted se sube a su auto y se larga de mi puto
estado", dijo el piloto. "Con todo el debido respeto".

"Es un viaje largo para salir de aquí", dijo el desconocido. "Yo diría que esa tormenta que viene ahí me alcanzará en…"

"Sí, sería terrible que sus ruedas patinaran y caiga en la cuneta y se rompa el cuello y muera despacio en mitad del bosque. Cosas de Dios, ¿sabe?"

"Joe, vine aquí como contratista independiente" dijo el desconocido tras quitarse los lentes oscuros y mostrar dos ojos verde hospital que nunca conseguían generar un átomo de simpatía. "Vengo con una oferta…"

"¡Ah, pero usted se equivoca, señor!" dijo el viejo piloto dando un paso más adelante y sin soltar la empuñadura de su cuchillo. "Aquí no hay ningún Joe. Mi nombre es Raúl, Raúl Domínguez. Tengo una mujer y dos chicos que darán testimonio de eso, señor".

Langström pareció comprender que no había vías de acceso con aquel viejo. Abrió la puerta de la camioneta y estiró un brazo para presentarle a Raúl Domínguez una carpeta. Este dudó pero no se contuvo y estudió el material adentro. Parecía desinteresado en las fotografías, rayos equis y reportes médicos hasta que, en la última página, encontró el nombre del paciente. Cerró la carpeta de golpe y se dio vuelta para maldecir en un acento totalmente distinto al falso tono texano. Durante unos segundos se negó a mirar al desconocido. Cuando lo hizo le puso la carpeta en el pecho y le repitió que se largara.

"Solo necesita un trasplante de médula ósea. Es cosa de unos miles de dólares que estamos dispuestos a pagar. De hecho me han dicho que, acepte o no acepte, Joe, pagarán el trasplante y Kiff vivirá muchos años más."

La confusión del viejo reemplazo su ira.

"La vida de su hijo no es lo que tenía en mente para convencerlo. Creo que salvar una vida cuando se puede hacer es lo correcto. Es todo".

"Entonces estoy agradecido. Lárguese de una puta vez.", dijo Joe o Raúl.

"Mi oferta es esta", y el desconocido pasó junto a Joe y se dirigió a la avioneta Piper con treinta años de servicio e incontables reparaciones. De cerca el fuselaje mostraba tantos parches como los pantalones de un niño mendigo en una ilustración de libro infantil. Olía a aceite quemado y a un próximo y sorpresivo desplome desde las alturas. El desconocido golpeó la tapa del motor de un manotazo y el viejo pareció sentir aquello en sus huesos porque torció la cara con dolor. "Mi oferta es esta: un avión de verdad; un reactor. Una máquina capaz de pasar a ras del mar y de las fronteras; capaz de evitar radares y perderse en las nubes si se presenta algún inconveniente. La oferta es la aventura de quebrantar la ley, Joe".

Joe parecía haberse cansado de fruncir el ceño. Con las manos en los bolsillos se dedicó a recorrer la avioneta.

"Cuando los federales me mandaron aquí dijeron que sería por un año. Me dijeron que me dedicara a tallar madera", su memoria lo hizo reír. "Encontré este montón de desperdicios en un deshuesadero de coches a donde me enviaron a trabajar". Miró al desconocido, ahora con una leve sonrisa. "Sacaba las piezas en la noche. Estos chicos" señaló al hangar donde no se veía a nadie. "Me ayudaron con el resto, Dios los bendiga".

Se acercó al desconocido tanto como para buscar amedrentarlo aunque este media unos diez o doce centímetros más y le habría bastado una mano para arrojar a Joe por encima de la avioneta.

"Hombres como yo necesitamos alas, Matson. Usted y su gente me las quitaron por años. Yo vuelo, y usted es… un chacal que roba de las basuras del callejón. Así que, incluso si su oferta me interesara, ¿por qué confiar en usted?"

Matson pensó un momento antes de sacar de la chaqueta un sobre plástico con un fajo de billetes y un pasaporte que intercambió por la carpeta con el último reporte médico sobre el joven Kiff.

"Aquí tiene un adelanto. Es real. Gástelo si lo desea". Y Matson volvió a subir a la camioneta Ford. "O puede comprar un pasaje a San Salvador y nos vemos allí en un par de días para su misión".

Matson cerró la puerta. Joe abrió el paquete y sacó el pasaporte a toda prisa. El motor del Ford se encendió.

"¿Cocaína colombiana de nuevo?", preguntó el viejo Joe contando los billetes.

La ventanilla opaca descendió:

"No. Es un secuestro esta vez", dijo Matson y se puso sus lentes oscuros. "Es mucho, muchísimo más peligroso, Joe".

Joe Radisson, alias Cotton Joe, alias Raúl Domínguez, llegó a casa entre las tinieblas del barrio. Saltó la cerca y abrió la puerta trasera tras quitarse las botas. Encendió la lámpara del mesón de la cocina y puso un vaso y en este dos onzas de Wild Turkey. No pudo tocarlo. Prefirió mirar el tono sepia bajo aquella luz amarillenta. Le dio vueltas al vaso, lo olió, se lo llevó un par de veces a los labios. Sabía lo que sentiría cuando tocara su lengua. No era lo que quería, quería oír las pisadas apretando las maderas de la escalera; quería oír a María exclamar su nombre con una ligera interrogación y regañarlo por llegar tarde y preguntarle si ya había cenado.

Tras otros veinte minutos —así lo indicaba las manecillas brillantes en el reloj de la sala— esa voz no había aparecido. Arrojó el whisky al fregadero, apagó la luz y subió al cuarto. En la cama se quedó con los ojos abiertos, pese a que ya se asomaba el agotamiento.

María se arrimó, lo cubrió con brazo y le preguntó entredormida si todo había ido bien. Ninguna novedad, dijo él. ¿Y José? Con una amiga, dijo María. ¿La chica Rudford?, preguntó Joe confundido.

"Terminaron. Ahora duerme *mi viejo*".

Había animales correteando por el patio. El viento hacía que el sauce aruñara la duela del tejado.

"María…"

María soltó un gruñido muy leve.

"María…" Había tanto para preguntarle en ese momento que las dudas se le amontonaron en la boca y no pudo cerrarla hasta que sintió la lengua seca. Desde la mañana de 1992 en que lo sacaron del pabellón de aislamiento de la penitenciaría de Florence, rumbo a un destino secreto bajo el ala del Servicio de Protección a Testigos, la idea de pasar el resto de su vida solo lo aterró más que las torturas, los límites espaciales de una celda o morir en un accidente. A veces, allá en lo alto, reflexionaba de todo lo que había perdido en sus aventuras. Una casa en Saint Louis, MO, una esposa, un hijo, vecinos. ¿Qué pasaría si regresaba y lo poco que había construido en esos años se desvanecía.

Se dio vuelta y buscó el calor de su novia. En unos segundos los primeros embates del sueño lo llevaron a ver los ojos verde pálido, el bigote tupido y la tez descolorida de Richard Matson. Despertó con un escalofrío. Si no lo llamo no regresará, pensó. No tocaré el dinero, pensó. De ahora en adelante llevaré la Colt al trabajo.

"Qué pasa, viejo", preguntó María.

"Nada. Fantasmas".

"Un tipo anduvo preguntando por ti. Decía ser de Impuestos. Le dije que no te conocía".

Joe no dijo nada.

"¿Quieren que vuelvas allá?", preguntó María.

"Sí".

"¿Lo harías?"

"No sé".

Ella acarició la blanca y frondosa melena del viejo Joe. Cosas así lo hacían sentir fuerte.

"¿Te gustaría?", preguntó ella.

"Más que nada en el mundo", confesó Joe.

Joe Raddison encadenó su bicicleta a un poste frente a Minslow Brothers a la mañana siguiente. Pasó entre los coches de segunda cubiertos por banderines que se agitaban despacio por una brisa tibia.

Uno de los hermanos Minslow lo vio estudiar los coches pero lo descartó de inmediato como cliente: la barba, las botas de veterano, la chaqueta descolorida.

Joe caminó hasta las oficinas y el menor de los Minslow salió a su encuentro. ¿Le habían atendido ya?

"Busco Ruppert", dijo Joe.

"Vea en el segundo piso".

Un par de cubículos separados por plexiglás y una sala de espera donde Matson leía una revista Time. La dejó, le señaló uno de los cubículos y tras entrar cerró la puerta y corrió unas persianas devolviendo a Joe muchos años hasta aquellos meses tras las rejas. Respiró profundo, luego apretó los puños con rabia: aquel hijo de puta lo ponía allí a propósito.

"Explicaré el contrato muy rápido y luego podrá hacerme las preguntas que crea", dijo Matson.

"¡No, yo le explicaré el contrato!"

Matson retrocedió y se cruzó de brazos. Llevaba la misma camisa a rayas rojas que los demás vendedores de aquel basurero. Cuánto profesionalismo.

"Ustedes pagarán por la cirugía de mi hijo. Voy a encontrar la manera de asegurarme que está bien. O ustedes lo van a lamentar. Me quedo con el avión. Me quedo con los cien del adelanto y quiero otros doscientos. Y quiero un pasaporte. Mi nombre, Raúl Domínguez. Ah, y otro a nombre de Ana María Matta, quien ha vivido en este país por veintisiete años y todavía no tiene su ciudadanía. Así, así volaré para ustedes".

Con toda paciencia Matson asintió y se inclinó sobre el escritorio.

"Muy bien. Ahora sígame en esto: olvídese del avión; puedo conseguirle otros cien, no más. Le di mi palabra sobre su hijo; eso está ya en marcha. Esto no viene de la CIA; trabajo ahora con una firma privada".

Joe se levantó como al final de una película y se dirigió a la puerta.

"Sobre el pasaporte…", dijo Matson deteniendo al viejo. "Nunca conseguirá uno como Raddison. Sobre su esposa, creo que podrá gastar unos quince mil en un buen abogado que podrá encontrar en la ciudad. El papeleo le costará otros diez…"

"Váyase al diablo", murmuró Joe y abrió la puerta.

"No me dejó terminar con el contrato".

Sin cerrar la puerta Joe se giró hacia Matson y cruzó los brazos; incluso sonreía.

"Estoy listo para que me sorprenda…", dijo.

Matson se inclinó a un lado y sacó una bolsa de plástico que dejó sobre el escritorio. El viejo se acercó, tomó la bolsa como quien agarra a un escorpión que creía haber matado ya. Sacó del interior un pasaporte y leyó la primera página. Sus ojos cristalinos parecían suplicar algo al dirigirlos hacia Richard Matson.

"Los narcotraficantes ya están muertos". Matson se puso en pie y se acercó al viejo quien no se atrevía a moverse. "No hay ningún cargo, ni folios, ni fiscales en la corte de Nueva York. Bunky está muerto, Fiona vive en Buffalo, pero la señora Raddison sigue viviendo en el 1500 de Harlan Boulevard. Le doy la oportunidad de volver al mundo de los vivos".

"No, usted me está pidiendo que vuele. Eso fue lo que pasó: un vuelo y se acabó mi vida. Y usted me pide que vuele otra vez. ¿En serio?".

"La última vez usted trajo media tonelada de cocaína. Este es el vuelo de la redención". Matson señaló la silla y, mientras Raddison se sentaba con un tembloroso movimiento, Richard se asomó a la puerta para pedirle a una secretaria que le trajera dos cafés.

CATORCE

LA PARTE MÁS FÁCIL FUE CONSEGUIR un director capaz de alimentarse de sopas instantáneas y aceptar un pago ridículo que apenas cubriría su tiquete de regreso a casa. Hugo Moncada; colombiano varado en Buenos Aires. Tenía un par de créditos por comerciales televisivos y en la pizzería donde se ganaba la vida reconocían que era el mensajero más rápido de los que habían tenido. El Centro Juan Galt lo contactó por intermedio de Jazmín; era uno de sus amigos en la residencia de estudiantes.

Bajo el nombre Esfera Producciones, Leo Katz abrió una oficina situada en un cuarto piso en pleno centro de la ciudad. Se compraron ordenadores, software y se contrató a un técnico en cámara, uno de luz y operarios de sonido y edición. Había una cafetera, una llave para usar el baño del segundo piso, un cuarto pequeño para el archivo y otro con dos escritorios: uno para el productor en jefe, Pedro Urrutia, y otro para el señor Moncada, quien rara vez veía al primero, ya que este salía de la oficina cada tanto con paradero desconocido. Leonardo no iba muy lejos. Simplemente tomaba el ascensor y volvía a subir por la escalera hasta el sexto piso, donde funcionaba Transintertel.

Para Moncada el señor Urrutia era poco menos que un idiota, con apenas una idea o dos de documentales, quien simplemente soñaba con ver sus argumentos políticos de extrema derecha representados en la gran pantalla. Tras el primer encuentro, en el cual el productor describió su idea en un tablero, el director, junto a una docena de objeciones, se le ocurrió insinuar la presencia de testimonios o entrevistas con las víctimas de la dictadura.

—No, no, no, no, no, aquí no le vamos a dar pantalla a esa gente; eso sí téngalo por seguro, Hugo —afirmaba Pedro Urrutia con la boca llena de arroz con camarones—. Ya esos comunistas no hacen sino hablar por todos lados. Véalos usted: controlan la prensa, controlan los noticieros. Eso se acabó. Es hora de dejar hablar a los que han sido acallados.

Se le inflamó una vena de la frente a ese gran marica, dijo Hugo a sus compañeros, entre vasos de vino y rasgar de una guitarra. No entiendo cómo Jazmín puede andar con él.

—¿Celoso o qué, güevón? —dijo alguien.

Sin embargo no dejó de cumplir con su trabajo; cada día tenía agendadas varias citas. Se trasportaban en una camioneta, instalaban equipos, realizaban las preguntas redactadas por Urrutia de Guevara, comían lo que podían y se volvían en la noche a guardar equipos antes de agarrar el subte o los colectivos a los extremos de Buenos Aires donde vivían agradecidos de, al menos, tener un empleo.

"¿Cuándo esperan terminar la pre-producción?", preguntó Dinesh Raima a Leo Katz. Ambos miraban la ciudad con las luces apagadas, media pizza ya fría y una botella de Peroni en cada mano.

"Joder. Nunca", respondió Katz. La falta de interés de Moncada, el pago reducido al equipo de producción, el desinterés general y otros factores conllevarían a un total desorden. En un par de meses, cuando el Centro pidiera cuentas por el añorado proyecto, CROSSBOW tendría a su presa, el misterio del medio millón desaparecido estaría aclarado en un bello y sucinto informe en Vauxhall Cross y Pedrito Urrutia se habría borrado de la faz de la tierra.

Ambos hombres brindaron con las botellas y no dijeron una palabra más.

Un par de kilómetros al norte, por el mismo corredor peatonal que Dinesh y Leonardo podían ver desde el sexto piso de aquel edificio, y un par de calles hacia el oriente, se situaba, en una esquina casi desolada a esa hora de la noche, El Bonaerense. Algo de los ochenta se habían anclado en las pesadas lámparas, de la iluminación ambarina; en los muebles de cuero negro que soltaban chillidos al moverse los comensales en las mesas de caoba lustrada. La especialidad eran los raviolis, así que Irina y Mauricio se aseguraron de ordenar dos platos y aprovechar la promoción de viernes: las dos primeras copas de Malbec eran gratis.

—¿A qué hora dijo que llegaba? —preguntó Irina.

—Pasadas las diez. Bien, ¿no? Nos da tiempo de cenar.

Irina mostró su acuerdo con un leve movimiento del hombro. Algo le ocurría. Anduvo el día entero con el cabello recogido; todos los días parecía vestir igual, aquel suéter negro, los jeans, las botas. Ya casi no se maquillaba; el primer día que llegó así en la mañana él le preguntó si andaba enferma. Nada, quizá un resfrío, respondió ella. Tras ponerla al corriente de lo poco que avanzaba la investigación, ella se sentaba frente al televisor a escuchar las boludeces de los diarios matutinos.

Mauricio ignoró cuanto pudo las formas astutas que tenía Irina para consultar la hora. Le habló de bailarines que llegaban ese mes provenientes de Irlanda, de un concierto al que quería asistir en La Plata porque conocía a la bajista; le mencionó un problema nuevo descubierto en coches eléctricos, de Aerolíneas y las dificultades económicas de las que nadie estaba hablando.

—¡Tenés alguna prisa! —le dijo a Irina y consiguió sobresaltarla. Si a las diez treinta no aparecía su contacto se marcharían. Punto. Es más, él solo volvería a llamarla si daba un paso importante en la investigación. Lo más seguro era que no. El asunto, como muchos otros escándalos, como tantos crímenes, como la mayoría de cosas importantes que suelen pasarle por las narices a los periodistas como él, llevarían a una dirección inexistente, a llamar a teléfonos desconectados a buscar entrevistas con gente que lleva años en un cementerio. Sí, así es esta vida: no es emocionante. No hay una nueva pista en cada capítulo.

Pero en nada cambió el rostro aburrido, los párpados débiles y los delgadísimos labios pálidos de Irina mientras Mauricio desfogaba su frustración.

Tal vez hablaba a un tono poco adecuado para un momento de la noche en que quedaban pocas mesas ocupadas. El gerente, o tal vez el propietario, un tipo, en todo caso, alto y de cabeza maciza, cabello gris y camisa blanca quien, según Mauricio, había pasado la noche recostado contra la barra hablando con el barman. El tipo puso sus enormes manos en los hombros de Irina y Mauricio durante un segundo. Sí, era capaz de abarcar esa mesa en un abrazo. ¿Estaba todo bien?, ¿pasaban un buen rato?, ¿qué tal los raviolis? Receta de mi vieja y ella la aprendió de su madre que trabajaba en una fábrica de pastas.

—Pero qué son esas caras largas —añadió aquel señor cuando su ligera broma no consiguió las risas esperadas—. Permítanme hacerles un obsequio.

—Estamos bien —dijo Irina.

Pero no, dijo Sergio Roja tras presentarse y darles la mano a ambos: no podía soportar la imagen de una pareja peleando. Si aquel lugar era para los románticos, para pasar una velada agradable, para ver al ser amado a los ojos y perderse en sus pensamientos. No para las caras largas, no. Él quería ver una sonrisa; quiere que se lleven un buen recuerdo de El Bonaerense. ¿Saben cómo levantamos este negocio mi señora y yo? Con enamorados. Sí, los enamorados como ustedes que vienen aquí y han ocupado estas mesas por más de veinte años. Pregúntele a mi señora; dirá que soy un romántico compulsivo, y claro, ¡ella es la que lleva la caja!

Dio un paso atrás y los invitó con la mano a acompañarlo. Irina fue la primera en ponerse en pie. Dejó la servilleta con cierta molestia y fue tras el hombre y a Mauricio no le quedó otra opción que ir tras ellos. Cruzaron la cocina ocupada por vapores y más tipos enormes en trajes manchados de todo. Olía tan fuerte a pimienta que Irina estornudó tres veces en un instante y sus lágrimas le dificultaron caminar. Mauricio la tomó por el brazo y bajaron por una escalera hasta el frío y oscuro sótano donde canastas de cerveza y soda hacían compañía a toneles metálicos, viejos barriles y botellas de vino cubiertas de polvo.

Roja encendió la luz con emoción, revisó la repisa y eligió una botella. Con la manga de su camisa retiró el polvo y enseñó orgulloso la etiqueta.

—Adelante —dijo—, es un obsequio.

Irina aceptó la botella con un gracias incómodo.

—Lo de la cena —añadió Roja, con un tono más neutro, manchado con años de bebida y cigarrillos—, yo me encargo de la cuenta. No se preocupen. Y ahora sí díganme: ¿quiénes son y qué quieren?

Sergio Roja se cruzó de brazos como si hiciera falta algún otro movimiento para reiterar su tamaño. Un golpe metálico contra el suelo de concreto llamó la atención de ambos jóvenes: en los últimos peldaños de la escalera uno de los cocineros acaba de sentarse con una olla enorme a pelar patatas armado con un cuchillo para destripar venados.

—Me andan diciendo —continuó Roja— que una rubia y un fotógrafo andan por Buenos Aires haciendo preguntas. A mí me cuentan eso y yo de inmediato me pregunto: ¿qué andarán buscando? ¿Usted no se preguntaría lo mismo?

Con la escasa luz de una bombilla miserable, que emitía más sombras que una luz amarillenta, Irina miró a su compañero. El miedo crecía en él de manera tan evidente que perdía el color como una fotografía que se adultera gradualmente hacia el blanco y negro. No hablaría, pensó Irina. No podía hablar con la boca, los dientes, paladar y garganta tan secos como lijas.

—Oswaldo Reyes —dijo Irina—, Adolfo Tellini, Franco Gartz. ¿Trabajaron para el gobierno? ¿Estaban con los militares? ¿Practicaron secuestros? ¿Mataban? ¿Mataban a disidentes a opositores? Quiere saber qué preguntas estamos haciendo; *esas* preguntas las estamos haciendo.

Roja miraba a ambos, como comprobando que unía al tipo aquel y a la señorita.

—No tengo ni idea de quiénes son esos —y se metió las manos en los bolsillos. Por un segundo pareció querer indicarles la salida, mas Irina lo detuvo abriendo la boca:

—¿Usted es "Gaspar"?

Y de puros nervios Mauricio soltó la risa: ¿qué?

Los ojos relajados de Roja cambiaron apenas lo suficiente como para que el cerebro de Irina le hiciera imaginar la sensación de un cuchillo frío hundiéndose en su estómago.

Roja pasó entre Irina y Mauricio y se dirigió a los dos cocineros, les dijo algo incomprensible y estos se pararon, brazos cruzados y cuchillos en la mano, para bloquear a Mauricio.

—Usted viene conmigo —le ordenó a Irina.

Subieron y la fracción del instante que les tomó pasar de la cocina a la oficina de administración Irina pudo ver que el restaurante estaba a reventar. Todo el mundo metido en lo suyo y nada les permitiría darse cuenta de lo que ocurría en el trasfondo de aquel lugar.

La oficina parecía el cuarto de un niño rebelde de 12 años, que en vez de tener su ropa colgando de muebles y abandonada por el suelo tiene carpetas, recibos, informes, periódicos; se apilaban a un extremo cajas plásticas para envíos, envases de poliestireno, vasos de papel, una caja entera de servilletas desechables, un pendón que anunciaba La Semana de la Gastronomía Argentina 1999, una bicicleta contra la pared y dos torres de periódicos La Nación esperando el día en que alguien se tomara la molestia de entregarlas a una empresa de reciclaje. Roja le enseñó una silla a Irina y tras espantar a un gato verde y gris, se descargó en un sillón de los setenta cuyo gemido fue una advertencia de su mal estado. Antes de hablar el hombre se ajustó unas diminutas gafas para revisar algún mensaje en su móvil e Irina tuvo tiempo de contar los trofeos y fotografías que a un lado testimoniaban la exitosa carrera de un ajedrecista aficionado. Hasta con Karpov había competido, caramba.

—Te cuento algo —dijo la voz ronca de Sergio Roja—. No me gustan dos cosas: una, la gente que anda por ahí indagando así, como a escondidas, como si yo hubiese hecho algo ilegal. Dos: las mentiras. Entonces, vamos a hablar, hablamos. Y si yo siento una mentira, una sola mentira… Tenemos problemas. Tu novio está abajo esperando a que vos no digas una mentira. Y yo sé cuando me están mintiendo.

Quería saber quiénes eran ellos dos y qué buscaban. Irina no ocultó nada: preparaba una tesis de historia política argentina. De irle bien, de ser capaz de sacudir del sopor a las autoridades académicas de los jurados, podría obtener una tesis para hacer sus estudios de posgrado: un doctorado en España, quizá en Francia. Había sido periodista, pero no se le daba. Alguien le contó una historia: el secuestro, a finales de los setenta, de un extranjero, y el millón de dólares que se había pagado por su rescate.

A diferencia de los instructores de interrogatorios enviados desde Londres, a quienes Irina conoció en Frankfurt, durante un remedo de curso para espías, aquel tipo frente a ella no se inclinaba sobre el escritorio, ni pretendía estudiarla con escrúpulo científico, ni su mirada parecía dura para amedrentarla. Se parecía en algo a su propio padre: escuchaba sí, mas con la mente puesta en otra cosa; tal vez en las propinas que recogerían sus meseros peruanos esa noche.

—Cuando apareció la noticia de lo de Gartz, Tellini y Reyes… no sé, fue como demasiada coincidencia, porque alguien me dijo que Gartz andaba o tenía relación con esos secuestros en esa época —concluyó Irina.

Algo buscaba Roja en su memoria mientras miraba al techo y jugaba con su anillo.

—¿Y él? —por la forma en como señaló a un lado hacía entender que preguntaba por Mauricio.

—Es un periodista, un fotógrafo. Sabe más de investigación que yo, por eso hablé con él.

—Amigo no, entonces. ¿Tú novio, no?

Irina dudó un momento y consideró sus opciones.

—Mi novio —dijo tras aclararse la garganta que se le había endurecido en segundos—, mi novio, mi novio trabaja, bueno… A él no le guste que yo hable de eso, pero ahora anda trabajando con uno de estos… —no estaba fingiendo, realmente le costaba poner frente a sí las palabras que pensaba emplear— centros, ¿cómo se dice? Centros de pensamiento, ya sabe usted: donde se reúnen gente, ya, como gente importante. Y bueno, él colabora con ellos ahora en este tema también de los —se aclaró la garganta por tercera vez— de los desaparecidos… no, no tanto, sino de los secuestros durante la dictadura.

—Dónde me dice usted que trabaja él.

—Juan, Juan algo.. Juan Galt. Centro de Pensamiento Juan Galt —añadió Irina con un tanto de emoción al poder poner al fin una oración completa.

Un tercer mesero descendió un par de peldaños y le hizo saber a sus compañeros que el retenido podía volver a su mesa. Frente a la puerta estaba Irina y salieron juntos a un taxi, sin decirse una palabra hasta que llegaron al edificio donde vivía Mauricio. En cuanto el taxi arrancó, Mauricio alcanzó a alzar la voz exigiendo saber qué había pasado en El Bonaerense. Ella esperó a que se calmara. Eso tomó casi diez minutos. Agotado se sentó en el andén frente al edificio, saludó avergonzado a un par de vecinos que llegaban de alguna pomposa fiesta. ¿Se tomaba una copa con ellos? Más luego, dijo. Irina se paró frente a él proyectando una sombra:

—Hasta aquí llegamos vos y yo —le dijo al periodista y fotógrafo.

—No, nada de eso, Irina —volvió a ponerse de pie. Ella dio un paso atrás—. Subimos y arreglamos lo que esté pasando.

—Pasa que me voy y vos vas a dejar de investigar lo del tiroteo. Lo dejas, hoy, punto. Disculpame. No es cosa tuya, yo te metí en esto. De nuevo te pido que me disculpes.

Acaso había terminado esa oración cuando Mauricio saltó a recriminar en voz alta toda clase de cosas: ella, su comportamiento, las caras que hacía, cómo dormía: siempre dándole la espalda. Por qué lo había buscado, qué era tanto misterio, a dónde se iba y quién hablaba por móvil. ¿Acaso no le importaba nada lo que él sintiera?

—Marianela —dijo Irina y, como una palabra clave, la voz de Mauricio se apagó al instante.

—Qué…

—¿Cómo está ella, Mauricio? ¿Bien? En el cole, ¿todo bien?, ¿muchos amiguitos?

La quijada de Mauricio se quedó fija en aquel "qué" y, al no poder cerrarse, dejó caer una larga línea de saliva que brilló bajo la luz del poste. Irina se cruzó de brazos; Mauricio parecía inclinarse cada vez más.

—¿La querés ver de nuevo? ¿Le querés llevar los regalos esos que guardas bajo la cama y que no sos capaz de entregarle a los papás de tu ex?

—Sos una hija de puta —apenas fueron un débil aullido sus palabras.

—La calle donde vive. El cole donde estudia. Te puedo decir incluso…

Él le gritó para que se callara y se alejó unos metros para pegar su frente contra un poste. Irina se acercó posó con suavidad su mano derecha obre el hombro del joven.

—Gente, gente mala puede averiguar todo eso también, ¿sabés? Tomate unas vacaciones, un sabático, qué se yo.

Mauricio gruñía, primero, luego lloraba. Irina retrocedió sin perderlo de vista y se desvaneció entre las sombras de la esquina y caminó junto a Leonardo Katz hacia ningún lado haciendo planes.

QUINCE

El primer coche se parqueó en la esquina; la camioneta frente al edificio, unos minutos, antes de seguir hasta el final de la calle. Del Chevrolet salió un solo hombre; gorro de lana, chaqueta térmica deportiva negra. Era casi un viejo pero todavía podía tirar a un pugilista desaplicado en un primer asalto. Los de la camioneta eran dos; no se bajaron porque venían apenas a cerrar la calle. Eran las ocho y cuarenta cuando apagaron los motores y dos minutos pasadas las nueve cuando Pedro Urrutia, el colombiano, entró en su traje gris y portafolios con una mano en el bolsillo.

—Caroncho, ve —dijo Sergio Roja desde el asiento trasero del Chevrolet.

Caroncho, en veloces pasos, alcanzó a Pedro y lo tomó por la chaqueta un instante. Apenas un roce para llamar su atención.

Leonardo parecía sorprendido sí, no molesto. Saludó con un "Disculpe" y siguió su ruta hasta la puerta del Centro de Pensamiento Juan Galt.

—Vení, vení, vení, vení un momento —dijo Caroncho—. ¿Sos Pedro?

—Pedro, Pedro Urrutia. ¿Me permite el señor? Es que tengo afán en llegar a trabajar.

Sergio Roja destapó una bolsa de medio kilo de nueces, pasas, cacahuates y demás que fue masticando a manos llenas mientras su chofer y guardaespaldas convencía al joven de traje de acercarse al coche. La escena se repetía en cada oportunidad con pocas variaciones: el sujeto de interés —no importaba la edad— intentaba caminar y se encontraba con Caroncho; el sujeto diría entonces unas palabras para, con toda formalidad, solicitar al ex boxeador que se hiciera a un lado. Caroncho continuaría la invitación sin dejar de enseñar su sonrisa de dientes amarillos y su amabilidad de provincia. Añadiría, como ocurrió esa mañana con el señor Urrutia, las ventajas de tiempo y comodidad en seguir de una vez y tratar el asunto en vez de seguir dilatándolo. Si nada de aquello servía, Caroncho mostraría su pistola Colt 1911 y repetiría su invitación a subir al auto. No fue necesario esa mañana, el joven Pedro se acercó con pasos temerosos y sin soltar su portafolios.

Pedro Urrutia se sentó en el asiento trasero junto a Roja sin dejar de mirar al frente. Caroncho destapó un termo y se cebó un mate.

—¿Frutos secos? —preguntó Roja.

Pedro Urrutia tenía los ojos encolados al parabrisas. El propietario del restaurante El Bonaerense le pidió se relajara. Esto solo tomaría unos minutos; quería confirmar un par de datos, disipar un par de dudas y dejarle en claro un asuntico menor, dijo tras limpiarse las manos. Se presentó, ofreció la mano y el joven colombiano respondió al gesto estrechando la mano con la rapidez con la que se acaricia a una cobra.

—Hablé con su novia hace un par de días. Simpática la mina, muy despierta.

Le había contado todo: el proyecto que arrastraba desde hacía años de cambiar la perspectiva que se tenía en América Latina del conservatismo, luchar contra los lugares comunes e ideas recicladas sobre la historia del continente durante el siglo veinte, en especial en la lucha contra el comunismo y demás. El tema del documental sonaba interesante; a él, a Sergio Roja, el asunto le aburría. Era mejor dejarlo; el pasado en el pasado y mirar hacia delante. Él, por ejemplo, había crecido en una miseria inmunda; fue empleado casi toda su vida, y hoy, tras mucho esfuerzo, tenía cuatro restaurantes. ¿Cómo lo consiguió? No se quedó mirando atrás.

—Sí, señor, yo le entiendo —dijo Pedro entre dientes—. Dígame en qué puedo colaborarle.

—Me dice la muchacha que ustedes están haciendo entrevistas, hablando con gente, haciendo llamadas, esas cosas. Me dice que ustedes tienen una lista de personas a las que entrevistan.

Pero Pedro no respondió nada. Por todo el interior de la camioneta se le escuchó pasar saliva. Sergio Roja insistió en saber si aquello correspondía a la verdad.

—No puedo hablar de eso —otra vez entre dientes.

—A mí me interesa esa lista, ¿sabe usted? A mí me interesa mucho.

Con, al parecer, dificultades para respirar, Leonardo dejó el portafolios sobre sus rodillas y miró a Sergio Roja.

—Mire, señor. No sé quién es usted, pero me puedo estar metiendo en un problema grave por hablar con usted. Así que no quiero ser grosero, pero me retiro.

Fue por el seguro de la puerta y consiguió abrirla dos centímetros antes que la enorme mano de Roja se posara sobre el portafolios. No tenía porque terminar todo ahí, dijo el hombre: si le facilitaba darle una mirada a la lista él lo recompensaría si perdía su trabajo.

—Y de todos modos —añadió la voz rasgada de aquel tipo—, por tu tiempo, por ayudarme, estoy dispuesto a darte una recompensa.

Pedro miró al señor Roja: parecía el angustiado padre de una joven fugitiva que se ha escondido entre proscritos.

—A mí no me permiten sacar la lista. Y ya le dije: no quiero problemas. Y por estar aquí sentado hablando con usted me puedo estar metiendo en un lío grave, así que déjeme bajar y yo me olvido de que tuvimos esta conversación.

Tal vez las palabras salieron con más seguridad de lo que Leo Katz habría querido.

—Joven, usted no se preocupe por su trabajo, usted no se preocupe por su futuro. Usted piense en lo que le pueden ayudar... qué se yo, ¿cinco mil dólares? Ya mismo, los tengo aquí mismo —se tocó el bolsillo de la chaqueta donde de seguro no había sino un peine de plástico.

Pedro Urrutia se limpió las manos y la frente mientras sus labios se mantenían apretados.

—Dos mil.

Roja le pidió repetir el número y luego exigió una explicación. Dos mil, repitió el joven apretando el portafolios y mirando hacia la puerta del Centro de Pensamiento Juan Galt. Dos mil dólares por cada cada uno de los nombres que necesitara. Direcciones, números de teléfono, los nombres de las personas que vivían con ellos.

Roja soltó una risa que podría ser artificial u honesta.

—Me salió astuto el colombiano, mira. Por eso son buenos para hacer guita con la merca, sí. Yo te pago y vos me das la lista, es así de simple.

Con ira que podría deberse al comentario sobre las drogas, o simplemente una exasperación nacida del miedo, Pedro explicó que la lista era mantenida en la computadora de la gerencia, con un programa muy avanzado cuya clave solo la tenía la directora, quien debía estar presente cada vez que él, Pedro, necesitaba preparar una entrevista. Solo le permitía sacar un nombre a la vez, y Pedro debía primero entregar tanto el script que tenían preparado como el itinerario de viaje que él, el director y el equipo de filmación, realizarían para llevar a cabo el encuentro. Katz añadió con el nerviosismo de quien confiesa al sacerdote un horripilante sacrilegio, el protocolo tipo base militar ultra secreta para acceder a la lista; y, en un rapto de ingenio, dictó de memoria los párrafos del juramento de confidencialidad que, de ser quebrantado, lo mandaría a la peor penitenciaría del país.

—Mirá, yo a vos te veo muy emocionado. Necesito unos cuantos nombres nada más; por la guita no te preocupés. Hablamos mañana; mi gente te contacta. Pensá en una manera de sacar esos datos, que no te metás en ningún quilombo. Y hablamos —añadió un par de palmadas en la rodilla de Pedro y este casi se cae al suelo con torpeza cuando Caroncho le abrió la puerta.

La casa en Caballito tenía tres pisos y era ridículamente más moderna que el resto de viviendas en la calle. Una fachada de ladrillo, un muro negro, ventanas en madera y un diseño que le permitió a Leo Katz entender que su dueño la había mandado a diseñar a su gusto. O bien era obra audaz y bien pagado arquitecto. Tocó el timbre a las cinco y media del sábado con una botella de vino adquirida en el Día, mostró su mejor sonrisa de niño bueno y aceptó la invitación de Cecilia, la esposa de Lorenzo Sagaz. La mujer se presentó y ofreció la mejilla para el beso de saludo antes de mostrar una mueca fugaz al ver la etiqueta del vino. Invitó al recién llegado a seguir a la sala; era el primero en llegar a la cena.

—Qué pena, don Lorenzo, llegar tan temprano. Decía cinco y…

Sagaz lo detuvo y con un gesto lo invitó a aproximarse al mueble donde el señor de casa hacía una selección de discos de vinilo para amenizar la fiesta. A parte de su esposa y una criada, nadie más estaba allí, supuso Leonardo con la atención puesta, no tanto en la colección de tangos y son cubano, sino de las dimensiones del lugar donde se encontraba. La música nunca un fuerte de Pedro Urrutia, quien decía preferir la música campesina cundiboyacense —término que Leo tomó prestado de un recuerdo pero cuyo significado se le escapaba— y que, si bien un tío de él era gran fanático de Gardel y Piazzola, y lo obligaba a escuchar tangos los domingos en la mañana cuando lo visitaba en su taller de bicicletas, no había aprendido nada de tan maravillosa música.

Lorenzo, como la mayoría de mortales que tenían la desgracia de toparse con Leonardo, sintió un sopor horrible al oírlo decir más de dos frases seguidas. Prefirió llevarlo por la casa: un patio de enramadas, flores y helechos alrededor de una mesa de hierro forjado. Un espacio protegido por plexiglás con máquinas de ejercicio, la cocina donde una peruana cocinaba en delantal blanco y uniforme tabaco. Suba a la primera planta: el cuarto principal y el estudio a reventar de libros. ¿Lee usted? Muy poco, dijo Pedro Urrutia. Dos cuartos para huéspedes en el tercer piso y un desván inaccesible donde debía estar amontonado todo lo que aquel hombre, su esposa e hijos había acumulado en una cómoda existencia.

Bajaban de vuelta cuando Leonardo mencionó a Sergio Roja. ¿Había oído hablar de él?

Sagaz sugirió que se encerraran en el estudio. Él fue al sillón de su escritorio; Leonardo eligió quedarse de pie. En cosa de dos minutos describió la situación ocurrida el jueves anterior. Sagaz lo escuchó mientras hacía girar un encendedor de plata. Cuando Leo terminó su relato el hombre de negocios hizo arder la llama un par de veces de manera inconsciente.

—No me dice mucho el nombre —dijo—, pero puedo preguntar. ¿Te habló de plata?

—No.

—Amenazas.

Leonardo alzó los hombros.

—Me dijo que me podía evitar problemas y hacer mucho bien si le entregaba la lista. No anoté el número del registro del carro.

—La patente.

—Eso. Luego busqué en la cámara de seguridad, pero donde estacionó no tenemos cámara.

Convinieron en esperar una llamada del misterioso sujeto, aceptar una reunión con él, en algún lugar abierto, y darle largas para que Lorenzo Sagaz y sus amigos en inteligencia le permitieran saber quién era y por qué podría querer aquella lista de nombres. Hay gente mala en todos lados, dijo Sagaz mientras entraba con Leonardo al comedor, ya concurrido con una docena de invitados; el secuestro se está disparando de nuevo en Buenos Aires, la gente se tiene que andar con cuidado. Sirvieron milanesas a la napolitana. Los invitados, gente de clase media que debió dejar las buenas maneras en el sótano de sus residencias, hablaron de polo y rugbi mientras llenaban hasta el borde sus vasos con vino tinto, encendían cigarrillos con un mechero que recorría la mesa más rápido que un coche fórmula uno; las conversaciones entre los más viejos se tornaban más agitadas por instantes y las señoras esposas dialogaban entre sí al oído. Leonardo, sin encontrar entre aquellas personas nada de valor, se limitó a degustar su cena con la paciencia de un reo.

El martes siguiente, pasadas las tres, Leo Katz volvería a sentarse en aquel comedor. El ambiente empapado de humo, el hedor a manteca que provenía de la cocina, el constante rasguño de cubiertos y las conversaciones habían desaparecido. La esposa de Sagaz le sirvió una porción de torta de fresas a Leo junto a una taza de té mientras Lorenzo llegaba de la oficina.

La señora preguntó a Leonardo de dónde venía. Colombia, respondió él.

—¿Es lindo allá?

—A ratos.

Un timbre indicó que Lorenzo y su coche entraban en el garaje y la mujer se fue a preparar más té. Sagaz le indicó a su esposa que se lo subiera al estudio. Ella anunció que tenía cita con el club de bridge de Palermo. Él le deseó suerte y cerró la puerta del estudio. Apagó su teléfono móvil, desconectó el internet y se sentó sobre el escritorio para escuchar a Leonardo, quien muy cómodo ocupó una poltrona contra la pared.

—Fui esta mañana a su restaurante, como me sugirió —dijo Pedro.

Las puertas de El Bonaerense se abrieron a las diez cuando una ola de agua jabonosa salió del lugar y un empleado apareció a ocuparse de la entrada. Katz preguntó por el gerente; no estaba, vuelva luego, le respondió el tipo: un peruano con contextura de boxeador. Leonardo se alejó unos metros y esperó a que alguna empleada mostrara la cara y con ella fuera más fácil acceder a Sergio Roja.

Roja apareció pasados unos minutos en un Mazda blanco que él mismo conducía. Vio a Leo, de pie al otro lado de la calle, dejó ver algo parecido a una sonrisa y entró al restaurante. Leo le dio un minuto antes de hacer lo mismo. El peruano no intentó detenerlo, sino que lo condujo de inmediato a la misma oficina llena de trofeos y recuerdos ajedrecísticos donde Irina había pasado doce minutos de nervios.

—Pero no, no es ajedrecista profesional, ¿viste? —dijo Lorenzo Sagaz en aquel punto de la historia—. Según me cuentan ha patrocinado eventos, ha participado en campeonatos amateur.

Sergio Roja, según averiguaciones hechas por conocidos de Lorenzo, había aparecido en Buenos Aires con el cambio de siglo. Venía, según decía Roja, de Posadas, con un capital para encargarse de un matadero. Pasó muy rápido de carnicero a dueño de un restaurante, y de este pasó a tener tres.

—¿Nadie sabe qué hacía antes?

—Mayordomo, según él.

Roja, tras asegurarle a Pedro Urrutia que él no se dejaba engañar de nadie, y que era capaz de leer las mentiras en cualquiera, preguntó si había discutido con alguien su pasado encuentro con él.

—No, señor —respondió casi molesto Pedro—. Ya le dije que no quiero problemas con la gente del Centro. Vengo con una propuesta; y si le interesa, bien, y hacemos negocio. Si no, si no entonces sí le voy a pedir que no vuelva a contactarme. ¿Estamos claros?

Pedro Urrutia le aseguró a Sergio Roja que ya tenía un plan para copiar y sacar información del computador principal del Centro.

Había calculado que podría extraer cuatro o cinco nombres anotados en una servilleta de tela.

—¿En un pañuelo? ¿Pero de qué me estás hablando vos? Agarrá una hoja, o llevá una cámara. Podés copiar todo el material en esto —le mostró una memoria USB.

Pedro tuvo entonces que explicarle el entramado de procedimientos que requería acceder a la computadora. No se trataba de un aparato ubicado en un escritorio cuya única defensa es una contraseña que nadie se ha molestado en cambiar. Solo se podía acceder a ciertas horas; una cámara custodiaba el aparato y aquella era monitoreada por uno de los vigilantes en la empresa de seguridad privada contratada para, además, registrar cualquier acceso al material secreto. Memorizarlo todo era algo fuera de las posibilidades de Pedro.

—No tenés que memorizarlo todo. Yo no he dicho eso.

Roja solo necesitaba unos cuantos nombres. Una corta lista de cuatro individuos cuyas direcciones y teléfonos le interesaban. Pedro pareció más optimista. Hablaron entonces de dinero.

—Cinco mil dólares —dijo Pedro.

—¿Por cada nombre? ¿Cómo es que la cifra subió tan rápido?—preguntó Lorenzo.

—No, por todo. Usted mismo me dijo …

Sagaz soltó la risa y alguna ternura. Preguntó por los nombres. Leonardo sacó un cuaderno de apuntes y se lo entregó a Lorenzo quien, tras ajustarse las gafas y sentarse al escritorio, leyó entre dientes. Katz se dedicó a estudiar los objetos, decorativos y prácticos sobre la mesa de trabajo: abrecartas, plumas Parker, un globo dorado del tamaño de una pelota de tenis, con una inscripción en su base, dedicada al empresario del año, agradecimiento de Industrias No-Sé-Qué. Un bloc de hojas legales, dos pesados ceniceros, la foto familiar con dos niños tomada dos décadas atrás, clips de diversos tamaños y correspondencia sujeta a la boca de un sapo hecho de madera.

Lorenzo estaba jugando con el cuaderno de Pedro y su mirada parecía desactivada para no interrumpir el complejo análisis de la situación.

—Solo estos cuatro —dijo Sagaz—. ¿Ningún otro?

No. Ahora Pedro Urrutia tenía veinticuatro horas para llevarle a Roja cuanto pudiera averiguar sobre Efraín Palacio Ruda, Natalio Echenique Sierra, Claudio Saroni y Diego Hausmann.

—¿Quiénes son? —preguntó Leo Katz.

A Lorenzo pareció sorprenderlo la voz de ese joven de pie al otro lado del escritorio. Arrancó la hoja y la dejó a un lado antes de devolverle el cuaderno a Pedro. Nadie, respondió y se puso en pie con el ceremonial y reflejo gesto de apuntarse la chaqueta.

—¿Cuándo quedaron de nuevo?

—Mañana al mediodía. Antes de la una. En su restaurante.

—No vas a ir —Lorenzo se acercó a Leo y puso una mano sobre su hombro. Ahora, explicó, el asunto quedaría entre ellos. Lidiarían con Sergio Roja a su manera; nada de qué preocuparse, añadió poniendo algo de fuerza en la mano para hacer girar a Leonardo en dirección a la puerta. Este no obedeció.

—¿Y si vuelve a buscarme?

Lo mejor, dijo entonces Lorenzo, era darle un breve aplazamiento a todo el asunto del documental. El proyecto continuaría, claro que seguiría adelante; si era algo que él y otros muchos miembros del Centro soñaban con llevar a cabo. Y en Buenos Aires vos, Leonardo, vas a ser siempre aceptado; pero en este momento necesitaban asegurarse que Roja no iba a ser problema, y para ello habría que hablar con él, y tratar con algunas cuantas personas, gente pesada, ¿sabes?, unos amigos jueces y un par de periodistas. Con tipos como Roja uno no sabe qué problemas anden buscando. Abrió la puerta y se paró junto a ella con la mano firme sobre la perilla.

—Te volvés a Colombia y esperas unos, no sé, mes, dos meses. Nosotros nos vamos a comunicar con vos…

—Me dijo "Leonardo".

La sonrisa de Sagaz parecía la de un romántico descubierto en medio de la planificación de una fiesta sorpresa.

—Pibe. Yo no habría sobrevivido treinta años, entre la política y los negocios, si no supiera informarme bien de quién estoy rodeado —la sonrisa desapareció poco a poco; la mano continuó sobre la perilla—. Estoy cansado; podemos hablar de estos asuntos en la mañana.

Leonardo no se movió.

—Roja es un peligro —dijo. Algo tenía diferente la voz de ese joven, debió pensar Sagaz, ya que tomó aire y salió del cuarto.

—Como digo, lo podemos discutir mañana.

Leonardo no se movió.

—¿Qué es lo que quiere? —preguntó.

—¿Yo? De momento tomarme la pastilla para la coronaria.

—Sergio Roja.

Ahora ya Lorenzo no necesitaba esconder la molestia que crecía en él al ver a ese tipo, su chaqueta, sus cejas, su mirada y rigidez de muerto. Tenía el móvil en el bolsillo de la chaqueta, colgada en la silla tras el escritorio. No alcanzaría el teléfono si corría a llamar a la policía; ese hijo de puta tenía al menos cuarenta años menos que él. ¿Gritar? Se había construido una casa para leer en paz y ni el raudo pasar de los coches en la calle al frente, o el griterío de los estudiantes en la mañana llegaban a él.

—El tipo, este Roja, tenía, no sé, unos negocios con gente de la organización —dijo Lorenzo—. No me preguntés cuáles, yo de esos asuntos no tengo la menor idea. Hablo con total honestidad.

Asuntos de plata; préstamos y deudas. Un conflicto, posiblemente, por sociedades hechas por debajo de cuerda entre gente de fútbol, los de la televisión y un frigorífico. Un tema complicado del que él no sabía mayor cosa; chismes, la verdad, solo chismes y comentarios de la gente. En las reuniones, en los cócteles uno se entera de todo; pero solo en detalles, en la superficie. Roja tenía varios amigos entre los militares retirados. Fue el mayordomo de uno de ellos, ni idea cuál. Se pelearon, al parecer, se pelearon y le quedaron debiendo un dinero. Vaya uno a saber cuánto; algo largo, me imagino, porque Roja había contratado a un par de detectives. Bueno, no eran detectives, eran unos maleantes, unos cuchilleros de poca monta, de esos capaces de sacarle las tripas a una pensionada por dos mangos. En fin…

—¿Nombres?

Para Sagaz tales historias, por mucho que pudieran alimentar su curiosidad, jamás lo llevaban a preguntar de más o tomar notas. Aquellos infames usaban toda clase de apodos del bajo mundo: la Rata, el Loro, Pinzas, el Tucumano, el Piola, Paraguayo, el Concha…

Leonardo lo detuvo con un gesto.

—¿Tiene socios?, ¿familia?

—¿Y qué carajos sé yo? Vos viniste con esta historia y esto es lo que sé y he podido averiguar hasta ahora. ¿Por qué no vas vos y le preguntas y me dejás la puta vida en paz? Mi señora y unas amigas se van a aparecer acá en menos de una hora, tengo que arreglarme.

Leonardo no parecía siquiera haber parpadeado hasta el momento. Sagaz trató de conservar una postura tan rígida como la de su interlocutor. No pasó de los veinte segundos de silencio.

—No sé… coño —volvió al interior de la oficina y se dejó caer en el sofá. Su camisa parecía haberse desconfigurado sola—. El dato me lo pasó una, una conocida. Trabajó en la SIDE, es buena con las caras, memoria de elefante, la doña.

Leo pidió el nombre.

—¡Vos querés que a mí me jodan! —se golpeó las rodillas con violencia— ¿Te das cuenta que la mayor parte de estos tipos son delincuentes? Son motochorros, venden merca y todo lo demás.

Katz se dio vuelta, encontró una botella de brandi en el mueble, sirvió un par de onzas y se las pasó a Sagaz. El viejo miró el vaso con tanta incomprensión como si le hubiesen servido una pelota de ping-pong. Se puso en pie y dejó la bebida sobre el escritorio. Parecía repuesto:

—Yo te doy el nombre, vos te largás ya mismo de mi casa y ni al Centro ni aquí ni a ningún lado te volvés a aparecer. ¿Está claro?

Leonardo aceptó las condiciones con una ligera venia.

Nelida Irragori, una viuda. Tenía un piso estrecho que compartía con una familia de gatos. Vivía de la pensión, de unos ahorros y de su prodigiosa memoria. Diez años como secretaria, luego veinte como espía de mil caras. Podía hacerse pasar por una sirvienta formoseña, una joyera judía o la esposa de un diplomático español. Un cáncer, o quizá la diabetes, le habían robado movilidad y también la belleza, dijo Lorenzo Sagaz antes de darle la dirección y el teléfono.

Katz dijo que encontraría la salida y un minuto después Sagaz se tomó su brandi al oír los cerrojos de la puerta principal al cerrarse. No se movió durante la siguiente hora y cuarenta minutos. Sí, él conocía pillos, algunos. La mayoría eran imbéciles; ninguno tenía aquel semblante cadavérico que vio en las facciones de Pedro Urrutia, o "Leonardo", o como quiera que se llamase aquel desollador.

El timbre eléctrico lo despertó y corrió escaleras abajo; casi se mata en el proceso. Abrió la puerta y encontró a su esposa luchando con un paraguas. Cenaron al rato, conversaron un poco, se fueron a la cama y él se quedó oyendo la radio en su móvil hasta que dieron las cuatro. Trabajó con la caminadora un rato, luego la bicicleta estática. No tenía sueño y estaba muy agotado. Tras la ducha preparó café y una tostada mas no pudo con ello y pasó a la cochera y activó el portón. Por primera vez en quince años no le molestó el parsimonioso ritmo del aparato.

Giro la llave en el encendido y nada pudo hacer cuando una mano le agarró el pelo y otra le tajeó la garganta con el desmedido cuchillo para pan de la cocina.

En la oscuridad de la cochera y la gris mañana, Katz pudo oír, pero no ver, los chorros y chasquidos de sangre que brotaban de la garganta de Lorenzo Sagaz. Dejó el cuchillo en el asiento, salió despacio, presionó el interruptor y salió, con las manos en los bolsillos, antes que la compuerta volviera a cerrarse.

DIECISÉIS

FUE IDEA DE IRINA, la verdad. Ella llegó al McDonalds pasadas las dos; hamburguesa cuarto de libra, fritas y un gran vaso de 7 Up. Leonardo, con apenas una soda, andaba escribiendo algo en el segundo piso. Una familia de dos y un bebé, junto a un empleado dedicado al aseo del baño, eran los únicos a esa hora que podrían haber visto el encuentro entre la rubia y Leo. Este no mencionó nada sobre Lorenzo Sagaz ni ella preguntó. Discutieron otros asuntos: la lluvia de la noche anterior, por ejemplo, que en los parques consiguió abatir varios árboles, causó un accidente en la avenida e inundó algunas casas.

Leonardo le mostró la lista de Sergio Roja y, tras un rato de estudiarla y oír a Leo relatar de nuevo los dos encuentros con el propietario de El Bonaerense, dijo:

—Uno de estos sabe.

—¿Sabe qué?

—Qué le pasó a Jan Krêsto.

—Tal vez los cuatro —dijo Katz.

—Sí. O pudo pedirte los otros nombres para despistar, ¿sabes?

Durante un rato Leonardo consideró esto en silencio, comiendo una papa a la vez y mirando sin ver al bebé regordete de la pareja de vendedores ambulantes estacionada en la esquina opuesta del restaurante.

Pidieron café y medialunas. Mientras la luz del mediodía daba paso a las sombras de un anochecer cargado de más lluvia, adolescentes de alguna escuela técnica se apoderaron del lugar y su griterío hizo sentir más cómodos a Leo y a Irina mientras trazaban un plan para el día siguiente. Katz no lo mencionó, pero la muerte de Sagaz acababa de acortar su tiempo y recursos.

Irina llamó a la puerta pasado el medio día, mientras los corredores olían a sopas y milanesas. El lugar parecía, por momentos, un hotel antiguo, y a ratos, las entrañas de un viejo transatlántico. Supuso que la vieja andaba tomándose el primero de los muchos mates que marcarían su rutina hasta la hora de tomarse la pastilla para dormir. Acertó: al abrirse la puerta olió la hierba y sonrió. ¿La señora Nélida?

La joven frente a Irina era baja, de larguísimo cabello negro y enormes ojos indios. Vestía como se visten ahora las enfermeras, de azul y zapatos de caucho; se hizo a un lado sin decir palabra. Nélida Irragori no era tan obesa como el diagnóstico de Leonardo le hizo pensar, y sin embargo su inmovilidad era patente: veía la televisión hundida entre los cojines que armaban un gran sofá; tenía una revista de crucigramas en la mano, un lápiz número dos en la otra y sus ojos parecían tener la ternura y el miedo de todas las ancianas.

Salvo que esta mujer conservaba un finísimo cabello rubio, y si bien la piel de su garganta andaba un tanto desprendida, con maquillaje y un vestido acaso aparentaría pasar de los sesenta y tres.

—¿Le puedo ayudar? —saludó un tanto agresiva. La misma Irragori lo corrigió al instante: una sonrisa y con un gesto le permitió a Irina pasar.

Los gatos tenían sus torres, un puente colgante, sogas de escalada, cajitas por las que se asomaban ojos curiosos. La sensación de hacinamiento que alcanzó a Irina la producían, en partes iguales, los viejos y enormes muebles amontonados en el estrecho apartamento, el olor a una sopa muy condimentada y la cantidad de felinos que gobernaban el lugar. Donde pudo ella se sentó y preguntó qué gatos estaban para adopción.

—Disculpá —dijo Nélida—. A vos quién te dijo que yo tengo gatos para adoptar —y miró con una mueca a su enfermera.

—Bueno, una amiga que vive aquí junto…

—¿Cómo se llama ella?

—Bueno, ella…

—El nombre, te lo acabo de preguntar.

Irina se levantó atemorizada.

—Disculpe, si he venido en un mal momento.

Nélida pareció cruzar por un instante de dolor craneal. Con los ojos cerrados y un movimiento de las manos le pidió a Irina volver a sentarse. La joven obedeció.

Con el mismo esfuerzo de una actriz que debe encarar una vez más el escenario, la señora mostró una sonrisa y pidió una explicación. Irina, o "Natalia" como dijo llamarse, tenía una amiga. En realidad menos que una amiga; conocida más bien, compañera de estudios en la Universidad de Palermo. ¿Estudiaba allá Natalia? Sí, hacía tiempo. Decidió posponer el semestre por asuntos personales. Para no extenderse, aquella compañera de estudios había oído que la señora del departamento 1103 tenía incontables gatos. Que los adoptaba, la mayoría. De seguro varios eran abandonados ¿y quién, díganme, tiene acaso espacio de sobra en un lugar así para criar a tantos animales?

—¿De dónde sos?

Irina dijo vivir en Banfield, con sus padres. Vivió un tiempo con un novio; él se marchó a estudiar a Londres. Entregaron el piso y ella regresó a su cuarto. Un gato anterior, enorme y naranja llamado Barbas, falleció de sida dos meses atrás. Sus padres, muy encariñados con el animalito, le pidieron adoptar otro.

—¿Y cómo se llama tu novio? —preguntó Nélida, con una sonrisa que le causaba dolor. ¿Y dónde me dices que vives ahora?, ¿y antes? ¿Y tu novio se fue a estudiar a dónde? ¿Y vos dónde estudias? Ah, ya no, es cierto. ¿Y en qué trabajas? ¿Y tus padres qué hacen? ¿Y qué estabas estudiando? ¿Y cómo se llama la chica esta que dijiste era tu amiga? Compañera, eso. ¿En qué piso? ¿En qué apartamento? ¿Vivía sola o con sus padres?

En cada pregunta parecía brillar algo en las negras pupilas de la anciana. Como si cierta seguridad interior pretendiera mostrarle a Irina que, alguno de los puntos de su leyenda, estaba mal elaborado.

Sin aviso las preguntas terminaron, la vieja, con ayuda de la enfermera, se puso en pie e invitó a Irina a seguirla a una habitación sin luz donde descansaban otros siete gatos. Una yacía acompañada de un cachorrito cuyos imperceptibles gemidos enternecieron a Irina más de lo que su papel estipulaba. Agarró a la criatura en una mano y la sostuvo a centímetros de su cara. Acarició la suave cabecita que permaneció con los ojos cerrados y dejó escapar un ronroneo apaciguador. Se lo llevaría.

—Cinco mil pesos —dijo la vieja.

Irina miró a Nélida Irragori. Con delicadeza dejó al gatito.

—Pensé, perdón, creí entender que estaban en adopción estos.

Algo volvió a torcerse en la cara de la vieja. Era como si sufriera breves ataques neurálgicos que causaran un espasmo entre su frente y sus labios. Recuperó con la misma rapidez su sonrisa, no del todo convincente, y explicó que, una pobre vieja como ella, hacía algún dinero vendiendo gaticos de raza; como era el caso, aseguró, de este adorable gato nepalés.

Por bello que parecía el adormilado animalito, *nadie* habría pagado semejante cantidad. Y lo de la raza era cuestionable.

—Bueno —y lo siguiente Irina lo dijo a través de una serie de interrupciones y dudas—, yo podría, podría hablar con mis padres. Podría… pero digamos, dos mil, dos mil quinientos.

—Aquí yo no negocio, hija, yo vivo de esto —respondió de tal manera la vieja que Irina sintió corriente por la espalda. ¿Por qué no me das el número de tus padres? —ahí regresó por un instante a la sonrisa y a una ensayada calidez— Yo hablo con ellos, les explico, ¿eh? ¿Cómo se llaman ellos?

Irina miraba los pasos torpes del gato recién nacido alrededor de la madre. Se cruzó de brazos, miró a Nélida, miró al gato:

—Cree que ya para el sábado lo haya vendido, ¿o puedo venir con mi viejo que él quiere verlo?

—El sábado, el sábado… Ya hablé, disculpá, ya hablé con una amiga, una sobrina. Ella está ahora fuera del país; está casada con un diplomático, un tipo importante. Quedamos en seis mil… Te dije cinco mil a vos porque me caíste bien, pero ya había hablado con ella.

—La llamo esta noche. Salgo ya mismo a casa y lo discuto con mi viejo.

—En ese caso me dejás tu número, el número de tu casa (no soy de llamar a móvil, me disculpás por eso). Tu dirección también.

Irina inventó otra serie de deberes esa tarde y la posibilidad de no poder llegar temprano a casa; de verse obligada a hablar con su padre por teléfono, y discutir otras cosas, y tal vez, solo tal vez mencionar al gatito. Terminó por disculparse, había sido una mala idea. Fue un capricho, la verdad. Se levantó en la mañana con la imagen de unos gatos que vio en internet y pensó en Barbas, y se dijo "por qué no". Agarró su mochila, se despidió con cierta tristeza y salió del apartamento.

Nélida Irragori se dejó caer de nuevo en el sofá:

—¡Irma!

La enfermera se acercó y dio su informe: en la mochila de la joven había un libro de Paulo Cohello, esferos, tampones, un paquete de pañuelos desechables, una botella plástica de agua, maquillaje, un monedero con poco más de quinientos pesos. Un cuaderno de apuntes de una clase de francés. Ningún número. El móvil con contraseña.

Nélida le hizo una seña a la enfermera y esta se encerró en la habitación de los gatos. La vieja marcó un número y esperó unos segundos.

—Coronel Mattos —dijo y esperó unos segundos—. Dígale que llama "Frida". No, él sabe quién soy yo, hágame el favor de pasármelo ya mismo… ¿Cómo se llama usted? No, dígame cómo se llama usted primero. Muy bien, no se meta en problemas, joven.

La vieja encendió la televisión y estuvo unos cuatro minutos esperando a oír una voz al otro lado de la línea. Redujo el volumen hasta lo imperceptible y saludó con su forzado candor de suegra en una comedia barata.

—Coronel, necesito que me revise un nombre: Natalia Porta —tapó la bocina un instante para alzar la voz—: ¡Irma! ¿Porta es que se llama?

—Puerta —respondió la enfermera desde el cuarto de los gatos.

—Puerta, coronel, Natalia Puerta —pausa—. Pero coronel, si es un asunto muy sencillo; hable con uno de sus asistentes… No le estoy dando una orden, es un favor, sí es de interés operativo… Si no le quiero quitar tiempo, coronel. Vino una joven… ¡No es cada persona que viene! No es cada persona que viene. Si pregunté por el joven del deliveri es porque me pareció curioso que alguien, educado, blanco… ¿aló?, ¿aló?

Para ese punto Irina estaba muerta de risa. Leonardo, quien junto a Dinesh ya había oído la llamada, se limitó a sonreír y a terminar su hamburguesa.

El número pertenecía a un ex coronel retirado, Gregorio Mattos; ahora en la dirección de seguridad del Gobierno de la Ciudad. Sin antecedentes graves; oficial de carrera, un breve flirteo con la política, varios amigos en el PRO.

Los otros dos micrófonos puestos en el apartamento de Nélida revelaron únicamente que la enfermera era simplemente una sirvienta colombiana y que la vieja era terriblemente paranoica; que odiaba el fútbol y el peronismo. Leo e Irina dejaron las oficinas de Transintertel tarde en la noche y buscaron un pub recóndito. Entraron con diez minutos de diferencia pero ocuparon una misma mesa.

¿Llamaría? Preguntó Irina. El tiempo se acababa. En cosa de diez días o menos Londres querría saber del cierre de CROSSBOW y un informe de media página con una respuesta clara: ¿qué había pasado con el dinero?

—Pagaron un soborno —dijo Leonardo.

—¿A quién? ¿Por cuánto? ¿Quién exactamente pagó, Leo? Trabajamos con evidencias sólidas.

Leonardo se bebió la mitad de su pinta con cara de viejo meditabundo antes de preguntar por Hegel.

Imposible saberlo: en Londres, tal vez, o con sus padres, en su castillo alemán. En Uruguay, rodeado de mujeres hermosas.

—¿Te preocupa eso?

—¿A mí? No estamos por eso acá —dijo Irina—. Que garche con quien quiera. No estamos por eso acá; esa no es mi relación con él.

Leonardo le daba vueltas al vaso.

—¿Sigues con Dinesh? —preguntó.

—Nah, él es casado. Eso fue cosa de un par de días; yo estaba recién llegada, él me dio posada.

—¿Y él fotógrafo?

—¿Qué es esto? ¿Me preguntás ahora por mi vida privada? O qué, ¿estás celoso? ¿Estás pensando en qué momento me voy a meter en tu cama y si vas a durar más que los otros? ¿Es eso?

Leonardo no tenía una respuesta ni intentó dar una.

Irina se inclinó sobre la mesa. Terminó su cerveza y empujó el vaso a un lado.

—Sabes una cosa: cuando entré en esto… Bueno, antes de entrar, cuando andaba todavía por Berlín sin la más puta idea de qué iba a hacer con mi vida, y era esto, o volverme a la ensambladora y cagarme de frío en Río Gallegos, pensé que me iba a topar con puros tipos como vos. Y no. Encontré gente de muchos lados, con muchas historias. Sí, uno que otro pesado. Pero la mayoría gente brillante, gente despierta. Me sentí contenta porque encontré unos hermanos, ¿entiendes? Gente para la que la palabra "inteligencia" significa eso: *inteligencia*. Y vuelvo yo aquí y me encuentro con vos, Leo; o como te llames. No sos feo, hablás bien, sos calmado. Pero veo esos ojos, Leo, y siento algo acá en el pecho: miedo.

—Hegel…

—No, no me ha contado nada; no me tiene que contar nada, de lo que vos y él han hecho. Me basta con mirarte a los ojos. ¿Sabes? Ni siquiera es miedo; es algo peor. Es como mirar al fondo de un abismo, tan profundo, que al fondo ni llega la luz.

La mesera apareció para romper el momento. ¿Deseaban algo más? Leonardo aceptó tomarse otra pinta de cerveza rubia. Irina se puso de pie en silencio y dejó la mesa. ¿Estaba bien la joven? Preguntó la mesera. Con algo de vértigo, explicó Leonardo.

Al salir no pudo verla. Una banda de jóvenes artistas, o intelectuales, o simplemente gente de la moda, con grandes atuendos, cigarrillos y risotadas, ocupaba la acera del frente. Las mujeres eran todas igual de altas, de trajes cortos y grandes peinados. Entre ellas hombres, de voces profundas, rubios o agraciados en cierta manera, conseguían con anécdotas hacer reír a las chicas. Unos hablaban por móvil, otros formaban círculos, otros andaban en pareja, diciéndose cosas al oído. Leonardo pasó entre toda esa muchedumbre sin hacer ruido y al dar vuelta a la esquina las voces, la música del pub y sus luces de viernes en la noche habían desaparecido. Leo pensó en volver al hotel en Constitución y dejar a Irina sola en el apartamento. No consiguió decidirse y se pasó hasta el amanecer caminando despacio y envidiando a los muertos.

La llamada se presentó a las tres y dos minutos de la mañana. Ocho días después de la visita de Irina a Nélida Irragori. Un día después de que el SIS cerró oficialmente CROSSBOW con un resultado negativo: la misión había fallado.

Sergio Roja salió de Nélida llamándola "Mercedes"; esta contestó llamándolo a él "Paco". ¿Cómo andaba? ¿Bien? ¿Y la familia? ¿Qué tal de salud? Cosas así por espacio de tres minutos.

—Vino alguien aquí, Mercedes. Me dejó un dato.

—Vino a dónde —preguntó Nélida con voz todavía más ronca.

—Simplemente estuvo aquí. Me tiene un dato.

—¿Quién?

—Vino alguien, un pibe, pero bien. Me tiene un dato, de Fuller.

—Por aquí no lo mencionés que no tengo la línea protegida.

—El dato es bueno.

—¿Qué pibe? ¿Es de fiar?

—El dato es bueno, Mercedes.

—Me estás llamando a mí para decirme qué cosa, Paco. No entiendo.

—Una dirección en Tigre, un piso.

—¿Quién vive ahí?

—Mi gente está en eso. El piso parece no está ocupado.

—¿Quiénes viven ahí?

—Necesitamos confirmar varios números. ¿Es posible eso, Mercedes? ¿Será posible que me llames con esos números?

—Ando ocupada ahora, los nenes necesitan atención. Viene mi prima de Rosario también. ¿Quién te dio el dato a vos?

—¿Qué dato? ¿La dirección?

Entre preguntas ya respondidas, frases sueltas y repeticiones, Sergio Roja consiguió que Nélida consiguiera averiguar por el destino de un tal Fuller, residente en Tigre, provincia de Buenos Aires. La dirección, según la lista del Centro de Pensamiento, pertenecía a Diego Hausmann, abogado y profesor de historia retirado.

—Podría ser su hombre —dijo Dinesh Raima en la oficina ahora desierta de Transintertel. Quedaban por el suelo cables, tornillos, un par de computadoras. Quedaba un olor a polvo de yeso, el eco de la ausencia y bolsas de basura llenas de tiras de papel que serían incineradas antes que Dinesh hubiera cruzado el control de pasaportes del aeropuerto—. Podría no serlo. ¿Por qué no lo dejan? ¿Qué más da?

—No sé —respondió Leonardo Katz. Se le notaba las noches sin sueño, la dieta de panchos, pizzas y café barato—. Ya supongo que es cuestión de curiosidad.

Raima, quien mascaba chicle de nicotina y tenía unos ojos grandes y oscuros, parecía haber encontrado en Leo Katz al típico demente que se le escapa la vida resolviendo algún misterio banal publicado en el periódico. Negó con la cabeza y le dio una palmada en el hombro antes de marcharse. Tras cerrar la puerta de la oficina, Leonardo caminó hasta la ventana y estudió un rato la ciudad: sí, podía irse en ese momento, pedir a Hegel sus honorarios y emprender sus nuevos planes en Bogotá. Tal vez regresar a la escuela, o aceptar que sin un título no llegaría a ningún lado. Aprovechó lo cómoda que encontró la alfombra de nylon y en segundos se quedó dormido. Despertó cuando un coro de risas pasó por el corredor y tosiendo llegó a la puerta. Sentía la ropa pegada al cuerpo, los dientes cubiertos de azúcar por la soda y tenía un deseo intenso de agitar su cuerpo de alguna manera.

Una ducha, café, dentífrico, una camisa limpia, la agradable sensación de una rasurada y Katz salió convertido en un tipo nuevo a tomar un taxi. Eran las ocho. Se bajó en Puerto Madero y, tras unos minutos de espera en la portería, consiguió ser aceptado en el apartamento de Natalia Derckman. La señora, a quien Leonardo se acostumbró a ver en elegantes trajes de negocios y un par de conjuntos de noche, ahora descansaba de una larga jornada en el hipódromo con leggins grises y un gran suéter. Tenía un vaso de whisky en la mano y ella misma abrió la puerta, con lo que Katz consiguió saber que la servidumbre estaba fuera.

El agotamiento era evidente por la forma en que esas viejas manos se pasaban por la cara cada tres minutos; inhalaba profundamente y dejaba ir el aire con decepción. Leonardo describió los avances del documental, así como una congestión intestinal que lo tuvo en casa soportando fiebres y constantes visitas al baño. En este punto de los detalles Derckman estaba notablemente irritada por la presencia de Katz.

—¿A qué vino usted?

—¿Le molesta si la acompaño? —preguntó Leonardo indicando el vaso de whisky.

—Sírvase lo que quiera si va a ir al grano. No estoy del mejor humor.

—Necesito encontrar a Diego Hausmann —dijo Leo cuando volvió a sentarse plácidamente, whisky en la mano y sonrisa en la cara.

La mujer alzó una ceja. El nombre le decía algo sin concretarse en su mente qué; la curiosidad, entonces, la llevó a pensar dónde había oído el nombre antes. ¿Era alguien de la lista? Preguntó. De ser así, en la lista debía estar su información.

—No se encuentra ahí —explicó Katz—. Debe estar escondido. Necesito encontrarlo.

—La lista es la información que tenemos; que los socios nos han dado, para cuestiones de correspondencia y demás. La última vez que se hizo una revisión fue hace unos diez años; siete cuando menos.

—Debe haber una forma de llegar a él.

Hasta ese momento el vaso de whisky en manos de Natalia Derckman había estado girando con un ligero movimiento de los dedos. Dejó el vaso y empezó a apretarse las sienes. Estaba cansada, tuvo un día horrible y no sabía mayor cosa.

—Robó quinientos mil dólares mediante el secuestro de un extranjero a finales de los ochenta —dijo Pedro Urrutia.

—Mire, no sé de qué me está hablando. Si usted como periodista quiere seguir esa historia…

—Dígame dónde está.

La vieja se puso en pie y fue al teléfono sostenido por una ridícula columna jónica en un extremo de la sala.

—Me está obligando a llamar a alguien, ¿eh?

Cuando Derckman vio a Leonardo Katz arrancar el cable del teléfono de un violento tirón abrió la boca y quedó paralizada. Katz cerró su mano izquierda sobre la nuca de la mujer y acercó sus labios al oído de la aterrorizada señora:

—Grite y la mato. Corra y la mato. Dígame una mentira más y la mato.

Como quien arrastra a un niño, Leonardo llevó a la vieja hasta la ventana y de ahí pasaron juntos al balcón con vista a Buenos Aires y a la serena frialdad de la noche desde el piso 11. El viento apenas permitió oír el susurrar de un "dios mío".

—Tengo tres preguntas…

Derckman soltó un chillido de dolor. Leonardo la hizo ver el suelo veintitrés metros abajo haciéndola callar.

—Tengo tres preguntas. Número uno: Hausmann, Fuller. ¿Cuál es la relación?

—Hausmann —las palabras salían entrecortadas—, es un alias. Fuller es un alias, un nombre clave.

La presión sobre la nuca se suavizó.

—Número dos: ¿dónde lo encuentro?

La mujer repitió que no sabía, así que Katz volvió a mostrarle la distancia que la separaba en ese momento del frío concreto allá en la lejanía.

—¿Alguna vez ha sentido vacío en el estómago al bajar por el elevador? Dígame de una vez, ¿dónde lo encuentro?

Tal debía ser el terror en Natalia Derckman que sin una sola lágrima sus ojos se agitaban convulsos y no conseguía articular palabra.

—El sobrino —consiguió entender Leonardo a la tercera vez que la mujer musitó algo incomprensible—. El sobrino viene seguido. Viene cada tanto, no sé cuánto. Pero viene. Tienen una casa en Tigre, la alquilan. Y otros negocios.

—Nombre.

—Satch, creo. Patricio le dicen.

Leonardo dio paso atrás y dejó a la mujer resoplando. Ella se dio vuelta despacio agarrada de la baranda. Parecía incrédula; miraba a Leo de arriba abajo.

—Esto no se va a quedar así —dijo la vieja mientras Leonardo formulaba alguna despedida o una amenaza.

—¿Qué cosa?

—Dije que este insulto no se va a quedar así.

Lo siguiente que Leo sintió fue la vetusta y frágil armazón de la vieja bajo su pie. Pudo sentir, en el medio segundo que duró esa patada, la caja torácica, el debilitado corazón y los pulmones deteriorados. El cuerpo se dio vuelta sobre la baranda, en un segundo Leo vio los pies hacia arriba y luego le sorprendió no escuchar ningún grito. Tampoco pudo oír el estampido del cuerpo contra el piso: entró en el apartamento, buscó y dio pronto con un atizador de la chimenea y se descargó contra la licorera. Agarró las botellas una a una y las hizo estallar en medio de la sala. De la cocina sacó un mechero. Antes que cerrara la puerta la alfombra ardía en llamas.

Salió junto entre la muchedumbre de vecinos. Unos salieron mojados por los aspersores; la mayoría en piyama y unos pocos en trajes de noche. Leonardo desapareció tras las potentes luces del camión cisterna de los bomberos.

DIECISIETE

EL COCHE, UN TAXI EN MAL ESTADO, se detuvo pasadas las ocho, un domingo. Uno de los meseros, quien fumaba a esa hora y vio llegar el vehículo, dejó el cigarrillo y fue hasta la oficina de Sergio Roja: la policía estaba ahí, informó. Sergio salió junto a su empleado y fue a encargarse de la barra: señaló todo lo que la nueva chica no había limpiado, la forma en como debía ordenar las botellas y que, si ya no tenía nada más que hacer, o se presentaba fácil la noche, siempre debía brillar las copas con un paño limpio. Y cuando dos policías, en ropas civiles, uno rubio, narizón y flaco, el otro obeso y sin cabello, entraron, Sergio le mostraba a la muchacha cómo dejar el vidrio impecable.

—¿Usted es el encargado? —preguntó el rubio.

Sergio Roja sonrió y les preguntó si deseaban algo allí y si preferían una mesa.

—¿Le molesta responderme un par de preguntas? —dijo el policía obeso.

—Mi oficina está al fondo.

—Aquí está bien.

Sergio le ordenó a la chica que se retirara. Luego rodeó la barra y se sentó junto al policía. Al instante el rubio se sentó tras él.

—La viuda Derckman —dijo el gordo—. ¿Sabe lo que le pasó?

—Primero —dijo Roja—, ¿usted de dónde viene?

El policía mostró la identificación federal: Arteaga, homicidios.

—Mire —dijo Arteaga—, no me voy a tardar con esto; sé que usted tiene cosas por hacer. ¿La conocía?

—A quién.

—A la viuda, Natalia Derckman.

—En la vida la habré oído nombrar.

—¿No ve noticias usted?

Aunque ya en menor medida, el misterioso asesinato o posible suicidio de la señora Derckman tenía ocupados a los medios. Los vecinos aparecían con el rostro tapado para decir que la mujer recibía toda clase de visitas; celebraba fiestas y eventos sociales de manera repetida y, si bien nadie se atrevía a hablar mal de la fallecida, era sabido que varios hombres jóvenes se presentaban en su apartamento desde hacía dos años y salían en la mañana. Lo que más confundía a los aprendices de detectives de la televisión nocturna era el incendio: los bomberos no tardaron en establecer que este no fue accidental. La alfombra de alpaca y los muebles de roble tapizados con poliéster ardieron en segundos poniendo en llamas el resto de la sala y el comedor. Cortinas, estantes, libros, recuerdos, pistas de quién o quiénes habían estado allí. Según el registro de visitas, un hombre llamado Leoncio, venía a verla.   Arteaga había hablado ya con el tal Leoncio, claro: un tipo alto y flaco que trabajaba como jefe de seguridad del Centro Juan Galt. Este juró repetidas veces en su diminuto apartamento que esa noche había estado en casa viendo al River.

Otro detalle: el cadavérico rostro de Leoncio y su pelada cabeza no se parecían en nada al aspecto que tenía el joven que se presentó esa noche en el edificio de Puerto Madero. En nada.

—Si he visto yo a esa mujer —dijo Roja—, habrá sido hace muchos años; no recuerdo.

—Tres años, cinco meses, cuatro días —dijo el rubio de gran nariz con la mirada puesta en la televisión.

—Mire —dijo Arteaga—, mi trabajo es confirmarlo todo. Usted me dice que está lloviendo y yo salgo afuera con la sombrilla, ¿me sigue?

—En algún evento habremos hablado, sí. No lo estoy negando.

Arteaga tenía una par de ojos pesados, rodeados por capas desmedidas de piel que le daban un leve aire de pintor derrotado.

Pasaba, tras cada pregunta, unos segundos de más estudiando la cara de su entrevistado. Tal vez pensaba, tal vez estudiaba las reacciones inconscientes propias de la incomodidad de sentirse observado por aquellos ojos caninos. —Qué me dice de Lorenzo Sagaz.

—¿Quién?

—¿Oyó el nombre? Lorenzo Sagaz.

Sergio Roja negó con la cabeza. Parecía que estar en aquella butaca lo incomodaba. Se puso en pie y dijo que, si prefería, podía darle una cita para la mañana siguiente, y con más tiempo, responderle si conocía a toda la gente anotada en el directorio telefónico.

Roja se dio vuelta y no vio al rubio narizón:

—¿Y su compañero?

—Lo estaremos llamando si hay más preguntas—dijo Arteaga y fue hacia la puerta.

En el vetusto taxi ya lo esperaba el rubio con los dedos ocupados en armar un cigarrillo. Lo encendió con un zippo y, mientras Arteaga revisaba mensajes en su móvil, el narizón sacó una cámara digital, presionó los botones y se la entregó a su jefe: la pared de la oficina podía reconstruirse con las veintidós fotografías tomadas: la mayoría de caras no decían nada; algunas tomas quedaron borrosas; las más importantes, por suerte, estaban ahí.

Arteaga marcó un número en su móvil:

—Eva, hablá con el juez. Decile que necesito unos puntos marcados. Luego sube y hablá con Moreno para que me envíe a dos de sus hombres para que sigan aquí a un cliente.

El narizón, dedicado a fumar mientras su compañero hacía la llamada, dejó el cigarrillo en suspenso durante el largo minuto en que Arteaga estuvo en silencio.

—A ver —dijo al fin el obeso policía federal—, repetime el nombre. ¿Urrutia? Urrutia, Pedro —miró al narizón—. ¿Ecuatoriano? Bueno, ¿ecuatoriano o colombiano? A ver si te averguás bien la información. Vamos para allá.

Las puertas del Centro Juan Galt estaban cerradas y los teléfonos eran respondidos por un sistema automático. Los corredores permanecían vacíos, mas algunas computadoras seguían corriendo, contabilidad todavía operaba y, al ver en la cámara de la puerta a Arteaga y a su compañero, Leoncio se ajustó la corbata, buscó algo de coraje en los bolsillos y fue abrir la puerta.

Los policías no dijeron hola, sino que se dejaron guiar por Leoncio hasta la estrecha oficina donde Pedro Urrutia había estado trabajando durante cerca de un mes. Al sacar del bolsillo el manojo de llaves, Arteaga y su compañero vieron el nerviosismo del vigilante, pese a sus absurdos intentos de portarse con la seriedad y desenvoltura de un agente del servicio secreto. Leoncio abrió la puerta y dejó entrar a los policías. Adentro estaba Jazmín dibujando garabatos en una hoja blanca.

—Jazmín, estos dos señores vienen de la policía federal… —y antes que consiguiera terminar la frase el narizón le cerró la puerta en la cara.

La chica no parecía tímida ni atemorizada. Respondió, dijo Arteaga luego, como él quisiera que todas las personas llamadas a declarar lo hicieran: con sí y no, con direcciones y nombres específicos, sin detalles, sin citas y sin vueltas. Los policías estuvieron de regreso en su taxi menos treinta minutos después. Al llegar a Esquiú, Arteaga subió por la escalera a grandes zancadas, saludó con un movimiento vago a sus compañeros y fue hasta el atiborrado escritorio donde una mujer de casi sesenta años y cabello teñido de azul trabajaba tras un monitor y dos pilas de papeles.

—¡Eva! —dijo Arteaga.

La señora se puso en pie y fue junto al policía hasta la esquina donde el gordo mantenía su propia cuota de carpetas y cajas de cartón.

—Volví a llamar de nuevo —dijo Eva—, que tienen que hacer todo un chequeo del sistema, pero me dice el técnico…

—¡Pará! Qué te dijo a vos Migraciones.

—Que ningún colombiano, ni ecuatoriano, ni venezolano de apellido Urrutia ha entrado al país, al menos en los pasados tres meses. Digo, Pedro Urrutia. Porque hay un señor Urrutia Clavijo…

Arteaga la detuvo con la mano.

—¿Y otra nacionalidad?

—Nadie. Nadie con ese apellido, Guille.

El narizón estaba ya de pie tras Eva. Le pidió a la mujer un café y esta pasó de largo sin siquiera mirarlo.

Arteaga agarró un bic del escritorio y empezó a jugar con este. Cosas por hacer abundaban en el metro por metro y medio de aquel escritorio. Cada una de las setenta y dos carpetas ahí acumuladas contaba la historia de alguien que un día, por decisión de otro u otros, dejó de vivir. La mayoría, podría haber dicho Arteaga con más de doce años en el cargo, eran asuntos entre bandas criminales. Gente metida en pastillas, marihuana, cocaína, sedante para caballos o lo que hubiera; que robaban casas, departamentos, fábricas, material de construcción, motos de alto cilindraje; que se especializaban en asaltar banqueros, hombres de negocios, viejos ricos, extorsionaban celebridades o simplemente traficaban con seguros de vida. Un día las cosas salían mal en su mundo desregularizado y arreglaban el impase con navajas o a balazos. Uno de los sonoros, todavía en investigación, era el un ex sacerdote asesinado con una cadena de bicicleta. Arteaga lo encontró con el cráneo abierto, todavía frente al computador atiborrado con fotos de chicos desnudos. Así va el mundo.

Si esa tarde estaba tan pensativo acerca del tal Pedro Urrutia era porque esto le sonaba a algo todavía muy distinto. Verán: la mayoría de esos setenta y dos homicidios se resolvería en cuestión de meses o años. Bastaba poner en la sala de interrogatorios a uno de aquellos mafiositos; ya porque lo agarraran robando otro coche, ya porque le encontraran, en una revisión rutinaria, tres kilos de merca. Se le da una mirada al expediente, se le vincula a una banda y en un par de horas ya podías asociarlo al asesinato de este u otro individuo.

El fiscal se encargaba del resto; se le añadía a los cargos y se le informaba a la familia del difunto que, por fin, se había hecho justicia.

En ocasiones, sin embargo, cadáveres sin nombre flotaban en el río, degollados eran encontrados por deportistas en la costanera, ancianos apuñalados bajo un puente y mujeres sin rostro aparecían descompuestas. Nadie los había reportado como desaparecidos, nadie sabía sus nombres; quedaba en el misterio la razón de sus muertes y jamás se llegaban a encontrar a sus asesinos. Natalia Derckman no entraba en esa lista, pero sí corría el riesgo de convertirse en otra carpeta sin resolver durante el resto de la carrera de Guillermo Arteaga.

—Existe la posibilidad de… —Arteaga se tomó un momento para recordar las palabras que había elegido mientras se duchaba un par de horas antes. Ahora estaba sentado en la cocina de la fiscal Nuria Marucci y, desde alguna habitación de su departamento, un bebé lloraba.

—¡Amor, cerrá la puerta! —exclamó la fiscal—. ¿Posibilidad de qué Arteaga?

—La vieja y el asesino tenían un amorío —dijo el narizón mientras devoraba una medialuna.

La fiscal pareció fastidiada por el sonido de la masticación del rubio al hablar. Le pidió a Arteaga que hiciera callar a su compañero.

—Iba a decir que existe la posibilidad de que este hombre, Pedro Urrutia o como se hacía llamar, y la víctima en este caso, Natalia Derckman, se conocieran, tuvieran una relación cercana, íntima acaso, y que en medio de una discusión…

—Usted, Arteaga, usted me está pidiendo que vaya yo ahora a las diez, cuando debo hablar con la familia de esa mujer, y les diga que la señora, de casi ochenta años, la abuela de la familia… ¿Usted sabe, Arteaga, quién es la familia de la víctima? Tiene idea de lo que representan en este país. El esposo de…

—Con todo respeto, Nuria, un momento: la vida es dura. Si la señora tenía un amante…

—¡Ese no es el tema! Me dicen que el sospechoso ahora es boliviano.

—Colombiano —dijo el narizón.

—Da igual. Tal vez trató de robarla o robó algo. Yo podría pensar en sesenta razones distintas para tirar a una vieja de un piso once. Pero ¿qué son ustedes?, ¿redactores de Crónica?

Mientras la fiscal subía a sus dos retoños rumbo a la escuela, Arteaga y su compañero fueron caminando hacia el metro. El taxi solo se podía usar durante el servicio, y, según las reglas del departamento, citas con fiscales no se consideraban parte de ese tiempo. Caminar, sin embargo, les permitió discutir posibles explicaciones a la prensa.

El teléfono del narizón vibró entre la muchedumbre sobre el andén del subterráneo. Resultó difícil entender lo que decían las voces al otro lado de la línea, y no fue sino hasta una hora y media más tarde, ya en la estación, cuando los sucesos fueron explicados con claridad.

Dos patrulleros de la metropolitana fueron a darle un vistazo a Sergio Roja a las ocho de la mañana. Lo encontraron subiendo su automóvil y decidieron seguirlo. El propietario del restaurante se detuvo a desayunar y luego fue a un edificio de apartamentos en Villa Crespo. El número del apartamento, el nombre asociado al registro y el tiempo de duración de la visita estuvieron en el breve reporte de los patrulleros: Nélida Irragori y Roja habrían estado conversando durante una hora.

Arteaga tomó el elevador y el rubio debió emplear la escalera y así evitar que la señora decidiera salir a hacer las compras del almuerzo en ese momento. Al llamar a la puerta abrió la enfermera y, tras la presentación de los policías, Nélida le dijo a su empleada que fuera hasta el Disco por galletas. La muchacha miró a la anciana, miró a los policías, asintió en silencio y se fue.

—Siempre es un gusto tenerlos —dijo Irragori—. No les ofrezco nada porque, como acaban de ver, la sirvienta debió salir al súper.

Siguiendo su estilo, evitaron rodeos: ¿de dónde conocía a Sergio Roja? No lo conocía. ¿Había hablado con él en las últimas 72 horas? Tal vez, tal vez no, repuso la anciana.

—Sabemos que estuvo acá esta mañana —dijo el rubio.

—De pronto estuvo acá y ya no me acuerdo. La cabeza, ¿sabe? Viene gente todo el tiempo.

—Mire, yo puedo volver acá con una orden. O mejor, la hago presentarse ante el despacho de la fiscal del caso, y usted le responde, y le cuenta todo.

—Usted haga lo que tiene que hacer, señor. Que yo vivo ocupada.

Arteaga, cuyo ancho cuerpo ocupaba una estrecha silla del comedor, extendió sus piernas y se cruzó de brazos.

¿Qué pasaría, preguntó el detective, si él, en vez de escuchar de la propia Irragori explicar su relación con Roja, decidía buscar a través de la oficina de inteligencia, los registros de la SIDE, sus conocidos, su hijo mayor… Y ahí la señora estalló indignada: ¿se le acusaba de algo? Su vida era un libro abierto: su trabajo con el gobierno estaba bien documentado y ella no temía a nada, menos a una superficial insinuación. ¡Adelante! Que la llevaran ante cualquier fiscal, que ella conocía gente en puestos tan altos del gobierno federal que podía mandar a Arteaga y a su compañero a Formosa esa misma noche. Así habló Nélida Irragori escupiendo durante varios minutos.

En apariencia satisfecho, Arteaga se puso en pie y, seguido por su compañero, salió sin despedirse ni cerrar la puerta. La anciana esperó un rato antes de moverse de nuevo. Arrastró los pies hasta su cuarto y movió una caja de arena bajo la cual ocultaba un teléfono móvil. Sus envejecidos dedos necesitaron repetidos intentos para insertar la batería y un chip. —Hola, Maximiliano. Soy yo, Anastasia. Hay algo que te quiero contar pero no por teléfono. No me devolvás la llamada a este número que es un móvil de emergencias, lo mantengo apagado. Dejá un mensaje en la portería de mi edificio y yo paso a las siete por tu casa. Adiós.

DIECIOCHO

Con una amarga discusión por el cambio con el taxista, Nélida se apeó frente al Château Libertador a las siete y veinte. Llevaba un sombrero, una peluca negra y gafas oscuras que intensificaban su palidez mortuoria. Se presentó como Anastasia en la puerta y, tras serle negado el acceso, pese a su insistencia, dio su verdadero nombre y la puerta de hierro se abrió permitiéndole el paso. El apartamento de Gigio Gland se encuentra en el octavo piso y cuenta con una vista envidiable sobre el Monumental.

Al entrar en la sala principal había una chica sin más ropa que una camiseta viendo la tele. Gigio le ordenó encerrarse en el cuarto. Aquel calvo de gran papada agarró el control remoto y se quedó allí de pie, descalzo y a medio vestir, atento a la televisión.

—Tenemos que hablar —dijo Nélida.

—¿Vos viste esto?

Alrededor de una mesa de plexiglás, en medio de un colorido estudio abarrotado de público, dos sujetos de traje y camisas de diseñador discutían sobre la vida de Natalia Derckman.

—Pará un momento con eso —dijo Nélida

Ella se sentó en el largo sofá de cuero blanco. Parte del decorado que debía lucir bien treinta años atrás cuando Gigio era todavía director de revista, podía permitirse usar un peluquín y Nélida permanecía en activo usando atuendos de veinteañera para infiltrar marchas del Partido Comunista.

—Yo te dije a vos una vez —empezó a explicar Irragori.

—Cómo está de gordo ese pibe. Eso o no lo saben maquillar bien —Gigio seguía atento a la televisión.

—…que a mí no me gustan las visitas a mi departamento.

—No lo sabrán iluminar, digo yo.

Con una exclamación Nélida logró hacer que Gland apagara el televisor y se sentara.

Nadie, como no fuera su empleada, entraba y salía del apartamento de Nélida Irragori. Odiaba el aire libre, no veía razones para enfrentarse al smog, al ruido constante de los coches y la violenta mirada de los otros. Podría tener otras razones para no asomar su cara por Buenos Aires, pero ese era su argumento. No quería desconocidos contaminando el aire controlado de su residencia y a quienes conocía, menos aún. En los últimos días una chica, Sergio Roja y dos policías federales habían roto con la paz de su retiro. ¿Por qué?

—¿Y vos por qué me preguntás a mí? ¿Soy tu secretaria acaso?

—Mirá, Gigio. Treinta años en los servicios de inteligencia, ¡sí! Poné es cara que tenés si quieres. Treinta años en la calle y uno no pasa tanto tiempo sin aprender a desarrollar una enorme sensibilidad a los cambios de la marea. Ahora veo en la tele, además, que esta señora, la Derckman, se murió o la mataron a ella. Y qué tengo yo que ver con alguien que habré visto dos veces en la vida para que la policía se me presente en *mí* departamento un día a interrogarme.

El rostro imperturbable del presentador televisivo parecía ablandado por una larga jornada de trabajo. Bostezó y prometió preguntar con algunos amigos qué estaba pasando. Se puso en pie y se guardó las manos en los bolsillos.

—Tengo que ver una gente en un rato —explicó Gigio—. Me vas a disculpar, Nélida.

—No, vos te sentás y me escuchás.

—¡Y vos quién coño te creés para darme órdenes en mi casa!

Las palabras hicieron vibrar las ventanas pero no consiguieron amedrentar a Nélida, cuya rostro tallado por las décadas y brazos firmemente cruzados no se alteraron. Con una breve revisión a las botellas del bar, Gigio decidió no alterarse más, gritó un nombre rarísimo y la muchacha a medio vestir apareció de nuevo, aceptó traerle unas pastillas de la mesa de noche y servirle un vaso de agua.

Algo debía hacerse, explicó Nélida Irragori cuando notó que la lustrosa superficie craneal de Gigio Gland recuperaba su blancura natural. ¿Y hacer qué?, preguntó el periodista limpiándose el sudor del cuello y su abultada nuca. Algo debió hacerse desde el principio y no dejar que la situación avanzara hasta ese punto. La televisión repetía las imágenes captadas unas noches atrás: en lo alto de la noche el fuego escapando del piso once en el edificio donde por unos veinte años había vivido Natalia Derckman con toda la placidez del retiro. Los bomberos, las ambulancias y los vecinos atontados, mojados y ahora enceguecidos por las luces de la prensa. ¿Quién habría de hacer una cosa así?, murmuró Gland. Nélida, sin una respuesta clara, prefirió lanzar toda clase de hipótesis: intentarían robarla, se prendió fuego ella misma, la empleada habría dejado encendida la estufa, vos sabés bien cómo son de estúpidas esas bolivianas…

—Vos supiste algo… —dijo Gland interrumpiendo a Nélida en su enumeración de imposibles escenarios— de que estaban, ¿de que hacían una película?

—Quiénes.

—¡Ellos!

—Ellos quiénes.

—La gente del Instituto.

—Hablá más claro que no estoy entendiendo.

Gigio contó lo que sabía, o al menos lo que su memoria retenía sobre los comentarios que pasaban por el estudio, en los almuerzos los fines de semana, las llamadas de conocidos a quien el tiempo casi había borrado por completo, y una llamada que él mismo le había hecho al Turco Larrea, quien solo tenía un bosquejo muy básico del asunto.

—¿Y de quién fue la idea? —preguntó Nélida.

—No sé. Según me dijeron un ecuatoriano con mucho dinero vino a poner en marcha todo el asunto. Se reunió con unos, con otros, consiguió una guita y han estado haciendo entrevistas y llamadas a todos.

—Pero ¿me estás hablando en serio?

—No, es una joda. Pero claro que es en serio.

Todo ánimo y furor, antes representado en el intenso brillo que emergía de los ojos grises de Nélida, acababa de borrarse. El fenómeno llamó la atención de Gigio, mas al preguntarle si le pasaba algo, la anciana movió la cabeza con la mirada puesta en la alfombra. Si no era más entonces, dijo el presentador apagando el televisor, a él se la hacía tarde para seguir con su agenda social.

—Karina —exclamó Gigio, y en segundos la chica regresó, envuelta en un vestido de lentejuelas negras y un cepillo en la mano luchando por alisar su cabellera castaña.

—Hay algo que necesito saber, Gigio —dijo Nélida.

—Preguntá de una vez y déjame en paz. Karina, llamá a ver dónde carajos está metido mi smoquin y por qué no ha llegado.

—¿Dónde está Fuller?

En menos del tiempo que tarda describirlo, Gigio estuvo casi encima de Nélida:

—A vos cómo se te ocurre, vieja pedorra, mencionar a ese tipo aquí —susurró con las venas de la sien encendidas y una respiración cavernosa que parecía preceder una amenaza.

—Me decís y me voy, Gigio.

El puño derecho del viejo presentador apareció en lo alto con un ligero temblor que hacía refulgir el anillo de oro y esmeraldas que llevaba en el dedo del medio. O Nélida se marchaba o su cráneo se iba a partir en setenta partes, aseguró Gland. Todavía sentada la señora permanecía imperturbable.

—Andá, matame —dijo Nélida—. Y luego a tu amiguita para que no se lo cuente a todos los del canal cómo le diste una tunda a una pobre pensionada.

Gigio Gland bajó el puño y se guardó las manos en los bolsillos. Recuperó la respiración pero ahora tenía sendas manchas de sudor bajo los brazos. ¿Por qué venía con este asunto ahora? Nélida se reclinó en su asiento, abrió el bolso y sacó un cigarrillo Gavilán.

—¿Tenés que fumar esa mierda acá?

—Sí. A ustedes —dijo Nélida tras soltar el humo—, mejor dicho: ustedes y yo llegamos a un acuerdo, y a ustedes se les olvidó esta vieja.

Gigio se acercó a la puerta que conducía al corredor y se cercioró que su amiguita no estuviera ahí. Sentado en un puf, unió sus manos en un inconsciente gesto de súplica: todos habían recibido su parte; ¿necesitaba dinero? Él le podía aflojar unos miles.

—¡No necesito limosnas! Vos tenés un canal, Sergio tiene seis restaurantes. Si cuando yo lo conocí a él andaba recogiendo la mierda de los caballos en casa del Turco. ¡Tiene seis restaurantes y yo qué tengo, Gigio! —Fumó con premura, se puso en pie y, sin encontrar dónde abandonar el cigarrillo, lo arrojó a un florero con orquídeas. Gigio seguía sentado, con la vista seguía a la mujer y entre los dedos jugaba con la idea de ahorcarla—. Decime ya mismo dónde está.

—Mirá Nélida —dijo Gigio con los ojos cerrados.

—¡Dónde!

—Yo a vos, yo te puedo… Mejor, explícame, sin sobresaltos, por qué carajos te dio ahora por buscarlo al tipo este.

Nélida se colgó el bolso al hombro, de los bolsillos de la chaqueta sacó unos guantes y se fue abotonando el centenario chal que la cubría.

—Vos sos periodista y no has entendido lo que está pasando. Gigio, alguien anda por ahí removiendo huesos y piedras. Y no es un periodista, un periodista ecuatoriano como crees vos. Hay gente, Gigio, removiendo huesos y piedras; y no sé qué es lo que puedan querer. Lo que sí tengo claro, porque yo puedo parecer una pobre vieja estúpida, y lo de pobre y vieja será cierto, pero lo de estúpida no, Gigio; lo que tengo claro es que yo soy la que tengo más que perder aquí. No tengo, como ustedes, plata para defenderme, si esto estalla y se vuelve un escándalo nacional.

No había razones para tal escándalo; cosas peores pasaban a diario, aseguró Gigio y repitió su oferta de dinero, con lo cual solo consiguió hacer estallar a Nélida:

—¡Yo fui el cerebro de toda esta operación y no me tocó una mierda!

La joven Karina, ya lista con su traje, bolso en la mano y claramente confundida bajo las tres capas de maquillaje, permanecía en la puerta y le preguntó a Gigio si aquella anciana se encontraba bien o era necesario llamar a alguno de sus familiares para que la arrastraran de vuelta al hogar geriátrico de donde parecía haberse fugado. La chica fue devuelta a su cuarto y Gigio se aseguró de que cerrara la puerta.

Nada va a cambiar, aseguró el hombre. El tema no le importa a nadie, y si hasta el momento nadie había ido a su casa a importunarla con preguntas, es porque no tenían forma de vincularla a ella con lo que había pasado hacía casi una vida atrás.

—La policía, Gigio. Ahí estuvieron en mi departamento.

—Ellos no son periodistas.

—¡Son peores que los periodistas!

Gigio, hastiado del asunto, fue claro: era hora de que la vieja agarrara el subte de vuelta a donde había venido. Tenía todavía una noche larga de aguantar el aliento alicorado de políticos y la falsa simpatía de medio centenar de mediáticos; tenía que tomarse todavía tres pastillas y estar a las siete en el otro lado de la ciudad viendo al reumatólogo.

—Decime dónde está y me marcho, Gigio.

—No.

—Voy entonces con los policías y les cuento todo, todo.

—Y qué carajos les vas a decir, gárrula de mierda. Qué historia te van a creer a vos.

Por un momento pareció estar clara la situación. Nélida Irragori bajó la mirada y caminó a la puerta, abrió y miró de nuevo a Gigio:

—Aquí la gente te odia, Gigio; si salgo a decir que sos un marciano pedorro me dan dos horas al aire. Vos deberías saber que así son los medios en este país de descerebrados.

Un padre y su hija de doce años compartieron el elevador con Gigio y Nélida. La chica hablaba de sus planes de fin de semana: su novio, o algo así, vivía en San Isidro. El padre hacía muecas bajo la barba. Al ver a Gigio lo saludó. El presentador estrechó la mano de su vecino, a quien tal vez no había visto nunca, sin quitarle de encima la mirada a Nélida. La anciana no conseguía, como el padre de familia, apartar sus pensamientos de su rostro; y una sonrisa, débil, era notable en el reflejo metalizado de la puerta del elevador.

La puerta se abrió en el lobby. Nélida dio un paso adelante; Gigio bloqueó su avance con el brazo:

—Yo te cuento y vos me sacás de todo esto —dijo al oído de Nélida.

—Bueno, decime dónde está entonces.

—Te digo y vos desaparecés de mi vida para siempre, ¿correcto?

—Mirá: yo trabajé por treinta años en inteligencia. Yo sé proteger a mis fuentes. ¿Vos podés decir lo mismo?

Unas cinco modelos en trajes platinados, faldas muy breves y tacones que espaguetizaban sus frágiles estructuras se aproximaban al elevador riendo a carcajadas. Gigio habló tan rápido como pudo. Nélida necesitó un par de aclaraciones más. Las hermosas jóvenes entraron y el viejo presentador sse unió a ellas mientras Nélida Irragori se alejaba a toda prisa por el lobby hacia la puerta.

Con un vaso de agua y una empanada, Nélida esperó en El Bonaerense hasta que las mesas ocupadas fueron pocas, los meseros se permitieron reclinarse en la barra, o fumar frente al restaurante, y Sergio Roja la hizo pasar a su oficina.

Si mal no se acordaba, dijo Roja mientras revisaba algo en su computadora, y su mirada iba de la pantalla a la vieja y de esta a la pantalla, Nélida nunca más dejaría su apartamento: que en la calle solo había putos y desvergonzadas, que los comunistas querían matarla, que robaban hasta en las iglesias, que si a una pobre vieja la aplastaban en la calle a nadie le importaría porque, en este mundo de mierda, ya nadie se preocupaba por sus mayores. ¿Qué hacía en un restaurante a la una y cuarenta de la mañana?

—Esa fiesta —dijo Nélida tras estudiar las fotos que decoraban la pared lateral de la oficina—, esa de la foto ahí arriba, es en el Club Olímpico de la Plata, ¿no?

Roja dio un vistazo rápido a su pared sin emitir réplica.

—¿Qué fue eso? ¿Mil nueve noventaicinco? Cosa así —prosiguió Nélida—. Año nuevo. Sí, ya me acordé: el año nuevo 1995. ¿Quién más estaba ahí?

—Nélida…

—¡El Turco estaba ahí!

Sergio se puso en pie de un brinco y le ordenó a la vieja bajar la voz. Tenía las venas en sus puños inflamadas de deseo por moler a la vieja a golpes.

—El Turco, el Turco, el Turco Larrea de Medios Q., ni más ni menos bebiendo y celebrando con la ex esposa del futbolista este… Ah, no, no era todavía la ex esposa; cómo iba a serlo si llevaban un año casados. Y la mina ya festejando…

De una palmada en el escritorio Sergio hizo callar a Nélida, quien pasó de los chismes a una risita que emitía con breves susurros.

—Estás a esto —dijo Roja, desprovisto de toda emoción, con el índice y pulgar y menos de un centímetro entre estos—, de que te rompa a patadas, vieja de las mil putas.

—No, estás equivocado, Sergito. No vas a hacer una mierda; antes me vas es a ayudar —ante la falta de una respuesta por parte de Roja, la vieja continuó—: vamos a ir juntos a ver al coronel. Y vamos a arreglar las cosas.

Sergio Roja no quería problemas, ni meterse en más líos. Tenía, le dijo a Nélida mientras le servía un coñac, todo arreglado en su vida: sus hijos eran empresarios, él y su esposa manejaban los restaurantes. Se compraría a fin de año una lancha, ampliaría su casa. Y ella, Nélida, ¿acaso quería morirse?

Digamos, respondió Irragori, de pie tras su segunda copa de coñac, digamos que me muero haciendo esto. Arriesgo una vez más la vida y me meten un tiro en la cabeza; o me entierran viva en la hacienda del coronel —alzó los hombros—. O tal vez no; tal vez algo de razón y sentido de justicia le quedaban todavía al coronel Fuller en su cabeza y aceptaba cumplir con su parte del trato. Y ella se marchaba de aquella ratonera en Buenos Aires, de la que no la habían expulsado porque sus vecinos conseguían siempre amedrentar a los de los bancos. Unos ahorros; un último viaje a Israel. Por qué no quedarse allá, junto a la tumba de su esposo, y morirse en un lugar cálido y ser enterrada junto a él.

—Planeé y ejecuté más de ochenta misiones, Sergio —decía Nélida Irragori, con los ojos y el tono que se emplea en la iglesia para invocar un poder divino—. Jugándome la vida… por nada. (Bueno, por el país y todo esto) Me llegó el momento de pelear por al menos una muerte digna. No voy a morir en la inmunda, te lo juro.

—¿Qué gano yo con todo esto, Nélida?

Vivir en paz, dijo la anciana. Y a la mueca burlona de Roja añadió: si era necesario ella iría sola. Si no regresaba, dos abogados llamarían a sus contactos en Página 12 y el Buenos Aires Herald. Allí les contarían toda la historia de cómo una de las mayores fortunas de la Argentina empezó con un secuestro llevado a cabo por los servicios de seguridad del Estado. Darían los nombres; cada una de las identidades y cargos que Nélida y su increíble memoria retenían:

desde los porteros de los edificios, hasta los gerentes de los bancos que ayudaron a lavar el dinero del rescate, hasta los ministros y los oficiales que consiguieron apagar cualquier asomo de investigación, ya fuera por parte de inquisitivos entrometidos hasta los propios servicios de inteligencia extranjeros.

—Es como con un cadáver, Sergio: ponés una tapia de concreto encima, pero cuando la levantes el hedor hará vomitar al país.

—De verdad, ¿te vas a ganar encima a todo el mundo por una plata?

—O muerta o rica, Sergio.

Roja se puso en pie; respiró profundo, se cruzó de brazos, mandó a la mierda a uno de los meseros que vino a consultarle algo y, tras mirar de nuevo a la foto en que aparecía, sonriente y animado, en la fiesta de Año Nuevo de 1995, junto a Juan Carlos Larrea, asintió: irían por el coronel a enmendar el pasado. Solo puso una condición:

—Vos te largás de la Argentina, Nélida. A Israel o a donde te cante el orto. Y nunca vuelves.

Pese a las dolencias, las débiles caderas, los temblores, leves pero incontrolables, Nélida Irragori se paró tan erguida como pudo y extendió su mano. Sergio miró el gesto y con un Dejemos así, le abrió la puerta. La vio caminar entre las mesas ya vacías, esquivar un trapero y salir a la calle a oscuras, a perderse en la noche con sus estrechos pasos de pingüino. Le bastaría, pensó Sergio apoyado en la puerta de su restaurante, encender su coche, ir tras ella y arrollarla. Jugó con la llaves en su mano un momento, vio su camioneta Ford Explorer estacionada al otro lado de la calle, dio un paso, se devolvió, se le secó la boca… Cuando un taxi se detuvo frente a la vieja entró de nuevo al restaurante a revisar la contabilidad del día.

Arteaga supo del encuentro cuatro horas más tarde; de inmediato llamó a la fiscal y esta aceptó verlo frente al jardín de niños tras dejar a su hija.

DIECINUEVE

EL VIENTO DE LAS PLANICIES CORRÍA libre y frío frente a la estación
de trenes. La casita, blanca y azul, parecía abandonada bajo las débiles
lámparas de la calle. Eran las once y treinta cuando Leo Katz, gafas de
marco, sombrero y una chaqueta verde mordisqueada por los años,
salió a fumar con su bolso deportivo en el hombro derecho. Desde su
arribo, en el último tren del día a Viedma, se limitó a leer las revistas y
a beberse una Coca Cola en la cafetería. Un empleado sin mucho por
hacer entabló con él una conversación sobre el clima y el estado del
mundo. Los extraterrestres, dijo, Leonardo, planeaban ya ocupar el
planeta, preocupados de ver tanta devastación. El encargado limpiaba
la misma mesa con un paño ya seco mientras Leo le explicaba que
pequeñas naves, ninguna más grande que un plato para taza, se
mantenían flotando en la estratósfera y descendían en las noches más
frías a recolectar datos para una futura invasión.

—¿Y cuándo va a ser eso?

—Creemos que en el 2091 —dijo Leonardo entre un sorbo y otro de Coca Cola.

El joven le aseguró haber visto luces extrañas un par de inviernos atrás. Como de coches, pero se movían muy rápido para ser coches, ¿sabe? Katz le dio un número telefónico en Rosario. Si volvía a ver las luces, por favor llamarlo. En ese mismo momento una mujer de largo cabello gris y abrigo morado lo miraba.

—¿Es usted Valencia?

—Sí —dijo Leonardo y se despidió del encargado.

Siguió a la mujer y subió a la camioneta de esta. Soy Helga, dijo la señora antes de encender el motor y dejar que la música de Kenny Rogers apagara el silencio de las grandes praderas. La ruta, sin asfaltar, y la falta de vida en las cercanías de la estación, hicieron sentir a Leonardo como un personaje de western televisivo de bajo presupuesto, como los que veía de niño los sábados en la tarde. Bordeaban el río casas de familia ocultas entre los árboles de sus jardines. Ni en las bancas ni por la alameda se veía un alma.

—Encendido el pueblo —se atrevió a decir Katz pese a su costumbre de guardarse sus opiniones.

—Es martes —dijo Helga, y no volvió a abrir la boca sino una media hora más tarde, cuando la camioneta se detuvo frente una casa cualquiera, la mujer le entregó las llaves, le hizo firmar un contrato de alquiler bajo la luz de un mechero y se despidió.

Katz sacó de su bolsa deportiva cuatro teléfonos móviles adquiridos en Mar del Plata. Encendió uno y llamó al Hotel Austral, esperó a ser conectado con la habitación 505 y tras oír un apagado "see", dijo la dirección de la casa donde se encontraba y colgó al instante. Apagó el móvil y lo desarmó sobre la mesa auxiliar de la cocina. Pensó en el hambre que sentía; en el frío que dominaba los dos cuartos, la sala comedor y la cocina, y sin embargo no se movió sino cuando su espalda empezó a dolerle. Salió al patio trasero. Probó el césped. Se tendió en el piso a ver la noche y atestiguó un amanecer deslumbrante.

En la soleada mañana vio la calles: planchas de concreto indistinguibles de las aceras de no ser por los árboles y arbustos que se alzaban hasta el infinito. Leo Katz empezó caminar hacia el oriente. Durante la siguiente hora no vio más que casitas de una o dos plantas, una reja al frente y ocasionalmente otro mortal paseando a su mascota. Aquel lugar empezó a aterrar a Leonardo. Alguna vez escuchó a su padre hablar de Melmont, Arizona, donde uno de sus tíos vivía como técnico nuclear.

"Allá es a donde van a morir los sueños. Todo el pueblo es una cuadrícula trazada por los ingenieros y urbanistas de la planta. No hay un cine, ni un museo, ni otra cosa que bloques de casas con cochera, todas igual de blancas, todas con el mismo césped. Y sus habitantes parecen nunca haber visto a otro americano, porque te siguen con la mirada como lo hacen los perros".

Viedma, a ojos de Leonardo, no era un lugar distinto.

Tras caminar por una hora encontró un supermercado. Con jugo de naranja, huevos, Nescafé y otras tantas cosas caminó bajo el sol creciente y frío de vuelta a la casa que tenía alquilada. No le sorprendió ver a Hegel y a Irina conversando en la cocina, pero sí habría preferido tener un desayuno a solas y un par de horas más para debatir consigo mismo, de nuevo, por qué diablos estaba en el confín del mundo preparándose para cometer una larga lista de delitos.

Desayunaron sin decir mucho y luego fueron a sentarse en el patio con cafés y cigarrillos.

—Satch viene los viernes —dijo Irina—, tiene una ferretería. A veces va al banco también. Suele llegar en la mañana pero no hay una hora específica en que se marche. Podría estar aquí todo el día o si acaso una hora.

—Insisto en el plan diplomático —dijo Hegel.

Tenían dos ideas distintas. Katz, harto de la situación, de los meses pasados en Argentina y de jugar a las escondidas, planteó seguir a Patricio Satch, hombre a quien no había visto todavía, pero que según la base de datos trabajaba como mano derecha del coronel Fuller. Encontrarían la hacienda del hombre, someterían a quien estuviera con él mediante sogas, armas y palabras fuertes, se reunirían con el Barquero y este los sacaría del país al amanecer. Alguien más se encargaría de sacarle al viejo militar la información sobre el secuestro y paradero del cadáver de Albert Horkmeder, así como el medio millón de dólares que el gobierno británico pagó por su rescate.

Hegel confiaba todavía en que Katz podía usar su fachada de periodista sin talento ni fortuna, dedicado a la absurda tarea de entrevistar a militares retirados, para crear un documental sobre la dictadura desde una perspectiva de derechas.

Para Katz aquello era absurdo.

—Pedro Urrutia está muerto —dijo—. La policía de Buenos Aires debe estarlo buscando en cada casa y deben tener una de mis miles de fotos adornando cada estación de metro y el aeropuerto. La noticia de que es el sospechoso número uno de haber matado a la viuda Derckman debe haber llegado acá también. Y si Fuller la conocía me va a disparar apenas me asome. No. Sigan a Satch, marquen el perímetro, establezcan una salida y asaltamos el lugar al amanecer.

Pedro Urrutia está muerto, repitió más tarde Irina. Leonardo miraba la televisión en el cuarto principal y ella se quedó de pie bajo el marco de la puerta.

—Pero no el proyecto —añadió—. Derckman murió pero no fue el fin de la escuela de pensamiento, a quien todavía le debemos entregar un documental. Hay un contrato que tenemos firmado, ¿cierto? ¿Y qué si yo me presento con un camarógrafo a entrevistar a Fuller?

Los riesgos, dijo Leonardo, aumentaban considerando que ellos tres no tenían idea del tamaño de la oposición; si con todo lo ocurrido Fuller podría estar preparado, o alguien con enorme inteligencia unió los puntos y lo tenía advertido. Finalmente, del archivo solo habían conseguido un par de direcciones en Tigre y en Viedma, mas no datos más valiosos, como la ubicación exacta de la hacienda del coronel.

—El tipo podría vivir solo en una chabola —dijo Irina.

—¿Y si tiene una mansión con lacayos de levita y ametralladoras? Irina, vamos a encontrar el sitio y hacer una labor de reconocimiento. Si ustedes se presentan allí van a sentir que algo en el ambiente ha cambiado. Tal vez el viejo no ha visto a nadie en meses, o años. Cualquier alteración en sus costumbres y podría decidir tomar un vuelo a la China o al Más Allá.

—Al menos podríamos tratar de hablar con Julio Satch, ¿no? No sé, yo podría acercarme, hacerme amiga de él.

La forma en como la mano de Irina empujo su largo y dorado cabello hacia un lado convenció a Leonardo de que la vieja y simplona táctica podría servir. Primero, le explicó a Irina levantándose de la mesa, debía hablar con el barquero.

La sensación fantasmal que recorría las calles del pueblo se vio, en la mente de Leonardo Katz, intensificada por el amplio lote de parqueadero donde se detuvo una motocicleta BMW clásica. Su conductor, en un atuendo reservado a quien puede pagar una barbaridad por las prendas vintage de cuero —águila de alas extendidas sobre la bandera de estrellas y barras—, dejó el vehículo y, tras quitarse el casco, dio dos pasos hacia la puerta de la pizzería.

Dos bocinazos le impidieron abrir. Unos veinte metros atrás permanecía un Chevrolet familiar, y, al menos desde la posición del motociclista, no parecía tener conductor; de todos modos se acercó al coche.

Y la puerta delantera se abrió como operada por un fantasma.

El motociclista tomó asiento frente al volante, dejó el casco en la silla del pasajero y no cerró la puerta sino hasta que Leo Katz se lo pidió.

—Buenas tardes, Leo.

—Buenas tardes, coronel.

—Este no parece un automóvil de alquiler.

—No lo es. Su dueña está de viaje.

—¿Está bien aquí o lo muevo a algún lugar?

—Está bien por ahora.

Leonardo, notó el teniente coronel Matson, yacía reclinado en el asiento trasero; miraba hacia arriba y parecía listo a confesarse ante un siquiatra. Matson le hizo saber que había llegado de Chile el día anterior, según el horario que habían establecido. Cruzó la frontera en moto, a pesar del frío, de la carretera congelada que por momentos parecía querer sabotear su viaje haciendo patinar las ruedas. No dijo dónde se estaba quedando o qué identidad había empleado para llegar allí. Leonardo dio entonces su parte y le preguntó a Matson cuál era el mejor camino para dar terminado el asunto: entrar cuidadosamente en la casa del coronel Fuller, drogarlo y llevárselo en una camioneta, al abrigo de la noche, antes de emprender la fuga, o asaltar el lugar, someter a los presentes, y, mediante pistolas y amenazas, sacar al viejo criminal.

—¿Tienen algo para drogarlo? —preguntó Matson.

—Sí.

—¿Tienen armas para asaltar el lugar?

—Sí.

Durante la siguiente media hora, solo tres personas habrán cruzado frente al auto para entrar en la pizzería: una pareja de ancianos de pasos abrumadoramente lentos, y un domiciliario en bicicleta. Pese al invierno, un sol de verano llenó todo de esplendor unos minutos antes que la amenaza de una borrasca agrisara el cielo. En ese momento el coronel se dirigió hacia su moto y partió de nuevo. Quince minutos más tarde, bajo la llovizna, Leonardo llevó el auto de vuelta a la calle donde lo había encontrado y caminó las diez calles que lo separaban de la casa alquilada, y al entrar, mojado pero sin prisa por cambiarse, dijo:

—Vayan por Satch. Si consiguen tratar con él en términos civilizados, saldremos con el coronel sin problemas. De otra forma.

—Balas —dijo Hegel.

—Balas —confirmó Katz.

Patricio Satch jugó rugbi por un tiempo; nunca fue bueno, le costaba trabajar en equipo. Tampoco tuvo nunca el menor interés por entrar a la universidad y cursar una carrera; sus padres querían que fuera abogado, él decía que un hombre corriente no necesitaba más que un empleo honesto y constancia para trabajar. A los veinte dejó Tigre y se fue a vivir con su tío en las llanuras infinitas del sur. No lo conocía, ni sabía gran cosa de él; su madre, cuando lo mencionaba, era en voz muy baja, como si aquel nombre fuera una mala palabra. De niño, Patricio supo que aquel viejo pariente vivía solo, separado de las ciudades, de las rentas elevadas por departamentos de un solo cuarto y el ruido interminable de las reparaciones. Una vida de montar a caballo, de estar rodeado de árboles, de alimentarse saludablemente, caminar largas distancias para encontrar el teléfono más próximo, y otras tantas ideas románticas sobre el mundo de las haciendas convencieron a Patricio de marcharse una mañana, llamar a sus padres desde la estación del tren y convencer a ese tío desconocido de que le diera trabajo y un cuarto.

—No es por nada —dijo Satch— pero la hacienda la he levantado yo. ¿Cómo está el filete?

Frente a él estaba Irina. Su mesa era una de las pocas ocupadas en un restaurante de comida marítima, desolado, salvo por una anciana pareja de noruegos que no se despegaban el uno del otro; un hombre de negocios, en la barra, pasaba las noticias del periódico con una soda y, salvo la voz de Satch, cuyo tono se extendía hasta el interior de la cocina, el resto era silencio ese mediodía. El sobrino del coronel Fuller y la rubia compartían una mesa y Hegel, ocupado con su teléfono móvil y una enorme cámara de video, permanecía en otra.

—¿Vivir tan lejos —dijo Irina con un tono de aprendiz de periodista— no lo afectó para hacer una vida social, como, pensaría uno, cualquier otro joven nacido en la ciudad?

—¡Cómo si aquí tenemos todo! —y la risa de Patricio fue secundada por Irina— No, bueno, a lo sumo cuando me llevaba la nostalgia y si no había mucho trabajo agarraba y me marchaba de vuelta a la capital. Pero tampoco fui un hombre de muchos amigos; no, al menos, amigos de mi edad.

Hegel se levantó de un salto que rompió la conversación entre Irina y Satch y fue a la puerta del restaurante para contestar su teléfono móvil y, bajo la amortiguación de las ventanas, se oían algunas palabras de alemán escupidas con ira. Hubo ademanes también mientras Hegel se paseaba frente al restaurante agitando el puño contra quien estuviese conversando.

—¿Está bien tu amigo?

Irina escondió la vergüenza mirando al piso. Sonrió y trató poner el asunto a un lado barriéndolo con la mano.

—Está algo preocupado —confesó Irina—. Están por cancelar la producción —bajó todavía más la voz—. Nos hemos pasado del presupuesto, los días; todo este quilombo con la fundación Juan Galt…

—Pero a vos no te veo tan preocupada.

—No, si es que lo disimulo bien —intentó reír un instante antes que su cara se debilitara de nuevo—. Este es el único laburo que he tenido en meses. La cosa no está fácil cuando no tenés amigos en los medios. Y ser periodista es lo único que se me da.

La sonrisa fraternal que Patricio Satch conservó hasta ese instante dio paso a un gesto reflexivo. Se cruzó de brazos, miró la taza de café vacía sobre el mantel blanco. Apenas soltó un "gracias" entre dientes cuando el camarero vino a dejar la cuenta, y, antes de que Irina pudiera despedirse, puso una de sus blancas y encallecidas manos de cuarenta y tantos años sobre la delicada y larga mano de la rubia.

—Como te digo, mi tío no quiere saber, ni de cámaras, ni de fotos, ni de periodistas, ni de preguntas... Es un hombre completamente hermético, que ama muchísimo su privacidad; tanto como un hombre puede amar a una mujer por la que daría la vida —soltó la mano de Irina—. Pero yo puedo convencerlo de que hable con ustedes. Con vos al menos. Le pueden hacer algunas preguntas; eso sí, dentro del mayor respeto. Una entrevista. Pero, a parte de las notas que quieras tomar, nada más. Si eso le sirve a tus jefes para el proyecto que tienen, fantástico —y volvió a reclinarse en la silla—. De otro modo, lo siento.

En ese momento terminaron dos horas y veinte minutos de negociación y entrevista. El plan fue establecido aquella mañana por Hegel y Katz, con una simplicidad que hizo palidecer a Irina: Irían directamente a hablar con Satch cuando este fuera a Viedma. Lo esperarían a la entrada de la ferretería; Irina, con su mejor sonrisa, el cabello recogido y un ceñido suéter gris, se presentaría y le haría saber, de la manera más directa, su propósito de hablar con el coronel Fuller. Si Patricio negaba conocerlo, si se disculpaba con sequedad para seguir adelante, si se cruzaba de brazos y, armado de una mirada punzante, trataba de averiguar quién era Irina o cómo había llegado allí o porqué preguntaba por el coronel; si reaccionaba de alguna manera violenta, si empleaba malas palabras, si le arrancaba el bolso de un zarpazo para buscar su documentación, o simplemente corría de vuelta a su automóvil, Leo Katz, en overol negro, escoba en la mano y apenas a unos metros, le clavaría cinco balazos en la cabeza con una pistola A7-77 provista de silenciador.

Irina no preguntó por ningún coronel; tampoco tuvo que mencionar el apellido Fuller. ¿Conocía el señor Satch al capitán retirado Armando Vengoetxea? Por supuesto, respondió el sorprendido Patricio ante la hermosa mujer que en las últimas horas de la mañana andaba buscándolo en compañía de un camarógrafo de la televisión alemana.

Amable, sencillo, algo reservado como un astro del fútbol que desea tener un fin de semana en paz, o una estrella del séptimo arte quien, tras escándalos y persecuciones, solo trata de gozar del retiro, Patricio Satch ofreció disculpas, habló de la imposibilidad de llevarla a ver a su tío; de lo huraño y asocial que el viejo se había vuelto en los últimos años —al punto que yo lo veo acaso dos veces por semana—, sus problemas de salud y los incontables deberes, en Viedma y la hacienda que Patricio cargaba sobre sus hombros.

—Bueno, podés dejarme tu tarjeta, tus datos —dijo Satch, todavía con sus lentes espejados en la cara y el teléfono móvil en la mano—, y durante este mes o el próximo yo llamo a tu productor, no sé, ¿está en Buenos Aires? Y de alguna manera hacemos tiempo para una entrevista.

Irina, admitió luego, no tenía más ideas. Con Hegel y Katz había practicado algunos escenarios de negociación, pero ahora, al pasar la lista, en medio segundo, se dio cuenta que si insistía el amable Patricio podría cambiar de tono, enviarla a la porra, y terminar muerto a balazos. Se quedó entonces con sus bellos ojos claros fijos en el sobrino del coronel hasta que este, conmovido, o acaso fascinado por aquella mirada, la invitó a almorzar.

Leonardo desplegó un mapa sobre la mesa auxiliar de la cocina y se inclinó sobre este. Hegel e Irina tomaron asiento. El registro local de propiedades identificaba el terreno a nombre de Camila Satch, fallecida. La hacienda tenía las dimensiones para haber dado cobijo a un pueblo de cinco mil habitantes, mas, a parte de la casona principal, de dos pequeñas unidades residenciales para los empleados, y un enorme granero con agua y electricidad donde jornaleros temporales debían vivir, no había otras edificaciones. Una ventaja estratégica era el bosque y las dimensiones. Aún con la tecnología actual, con guardias a caballo o en vehículos todo terreno, cubrir cada metro del perímetro sería imposible. Había campos de pastoreo para vacas u otros animales; se criaban caballos y ovejas, también. A una pregunta de Irina, Hegel descartó que una aeronave pudiera encontrar pista ahí. La carretera principal estaba a cuatro kilómetros de la casona, y los vecinos más próximos a otros diez.

—¿Cuántos peones tiene el coronel? —preguntó Leonardo.

—Trabajadores de tiempo completo casi veinte —dijo Irina—. Los jornaleros no llegan sino hasta primavera.

—Veinte o más —dijo Hegel.

—¿Y la familia?

—Sabemos del coronel Fuller y Patricio. Está la esposa del coronel, ella tiene un hijo de otro matrimonio. Es un chico todavía.

—¿Policía? —preguntó Leonardo.

La estación más cercana estaba en Viedma. En una antigua casona y establo permanecían los policías en ocasiones, mas, según lo que Hegel había averiguado, el lugar estaba por caerse a pedazos.

—Treinta minutos —dijo Hegel.

Sirvieron café y miraron el mapa un rato. Irina describió su plan: su arribo, lo que diría al coronel, sus argumentos para sacarlo hasta un lugar remoto donde Leonardo y Hegel pudieran someterlo a punta de pistola. Hegel tenía una idea distinta: entrar, hacer la entrevista, pasar un buen rato, ganarse la simpatía de la familia y marcharse cuando la tarde estuviera a punto de disolverse en la noche. Establecidos todos los elementos de la ecuación, asaltar el lugar como si se tratara de una banda de ladrones corrientes: amenazas, tomar algo de dinero, agarrar un par de rehenes y luego llegar al punto de reunión con Matson.

—No sabemos en qué condiciones esté ese viejo —dijo Leonardo—. Podría estar enfermo, conectado a una máquina de diálisis. Agonizando, obligado a desplazarse en una silla de ruedas. Podría ser un gordo de 200 kilos a quien deben desplazar al hospital en helicóptero. Podría estar ya consumido por el Alzheimer, o alguna otra forma de senilidad y tal vez ni siquiera se reconoce en el espejo.

—Razón de más para que Irina y yo entremos a hacer reconocimiento.

—Eso está muy bien —dijo Leo—. Lo que no me convence es la estrategia de salida. ¿Realmente creen que pueden convencerlo de salir de su casa? ¿De separarse de sus guardaespaldas o familia? ¿Creen que pueden establecer toda la oposición que se van a encontrar allá?

—Leonardo —dijo Irina tras unos minutos de permanecer reclinada en su silla, de escuchar a aquellos dos hombres debatiendo asuntos de tiempo y espacio—, Hegel y yo entramos; si no hemos salido en veinticuatro horas, entras vos y tu amigo y sacan al viejo por la fuerza. Y punto.

Leo miró a Hegel. Hegel negó con la cabeza.

—Tienen veinticuatro horas, entonces —dijo Katz—. Luego sonará la trompeta de Jericó sobre esa hacienda y no quedará nada para contar la historia.

Leonardo se irguió y manos en los bolsillos dejó la cocina. Hegel lo siguió con la mirada hasta que el cierre de la puerta principal confirmó que Leonardo Katz estaba fuera de la casa.

—No quiero ver nada de violencia en esto —murmuró Irina tras un incómodo silencio.

—Entonces pensemos una vez más nuestra parte. Porque Katz es capaz de convertir el asunto en un baño de sangre.

VEINTE

EL TAXI SE DETUVO en un cruce de caminos; el viento glacial que recorría un día soleado contrastaba, a los ojos de Hegel, con la polvorienta vía que se extendía por las ahondadas superficies de pastizales y cercados hasta donde el horizonte permitía ver. Tenían dos maletas, sus mochilas, un trípode y la vieja cámara televisiva encontrada en una compra venta de Constitución. El taxi arrancó, dio un giro y, levantando polvo, fue a perderse de nuevo en el horizonte de campos verdes y cielo azul. Irina le preguntó a Hegel si extrañaba su hogar. Para nada. Y no le gustaba el campo, ni el frío. Estaría feliz tomándose un mojito en medio del calor de la Habana. Esto último no se lo dijo a Irina.

Pasaron casi cuarenta minutos de pie en el cruce de caminos. Intentaron practicar algunas situaciones; el frío y el bramar del viento los hacía callar.

Lo primero que oyeron fue el motor, distante: la camioneta apenas se veía. ¿Será él?, preguntó Irina. Quién más vivirá por acá, dijo Hegel.

—Hegel —dijo Irina cruzando sus brazos tanto como podía—. Esto que estamos haciendo… Es lo correcto, ¿cierto?

La enorme camioneta Ford Bronco parecía en buen estado y su avance por encima de la accidentada carretera lo hacía parecer un animal desbocado.

—Lo será si triunfamos.

Derrapando un poco la camioneta se detuvo y Patricio Satch, sonriente y emocionado se apeó del vehículo. Hegel fue presentado una vez más; Patricio saludó efusivamente a Irina y soltó un par de bromas al verla temblando pese a su chaqueta térmica. Maletas y equipos fueron subidos a la Ford y arrancaron. Satch tenía aquella sinuosa carretera grabada en los reflejos que controlaban sus brazos. Se sumergieron por bosques de pinos idénticos, cruzaron un par de profundos baches de agua estancada, ascendieron por una cuesta y entraron en una larga curva que le permitió a los recién llegados ver la casona, a unos dos kilómetros: paredes blancas, altos y empinados tejados, diminutas ventanas, los senderos y arcos que en la primavera estallarían en rosas y arbustos. Ahora, salvo algunas especies, todos los árboles ofrecían el mismo esquelético aspecto, que por demás, añadía cierto aspecto de declive a la propiedad.

La Ford Bronco se detuvo entre un Audi y un Porsche. Otro vehículo, un impecable jeep rojo, así como dos motos, causaron una preocupación en Irina que Hegel leyó de inmediato.

Y aquel temor se disipó una vez cruzaron el portón principal. Fue como dar un paso al vacío del espacio: un recibidor donde dejaron los abrigos, una sala principal, un saloncito y una escalera en madera para acceder a la planta alta. Todo en perfecto orden, todo en espera de una gran familia que no estaba ahí.

—Buen día —exclamó Patricio, y aunque su voz no tuvo ningún eco, consiguió resaltar la ausencia de vida allí.

Una anciana de rasgos indígenas en traje gris y delantal blanco apareció de mal humor secándose las manos con un trapo:

—Dorotea ¿y todo el mundo? —le preguntó Patricio.

—Y usted cómo espera que lo sepa, joven. ¿Ah? Si de aquí sale todo el mundo, llegan visitas, nadie avisa de nada, ¡no hay nadie para preguntarle qué hacer de almuerzo! ¿Usted desayunó ya, joven?

Patricio en tres largos pasos alcanzó a la empleada y se la llevó a un lado hablándole al oído. La mujer escuchó sin alterar el profundo fastidio que sentía por toda la situación. Respiró hondo, y con entrenada amabilidad se acercó a los recién llegados:

—Tengan ustedes muy buen día, me llamo Dorotea, soy el ama de llaves. ¿Café, té, jugo de fruta?

—*Einen Kaffe, bitte* —ordenó Hegel.

Sin necesidad de una traducción Dorotea giró militarmente su cuerpo hacia Irina:

—Estoy bien por ahora, gracias —dijo la rubia y, con otro disciplinado giro de los talones el ama de llaves se marchó.

Hubo un incómodo momento hasta que Patricio consideró oportuno ir a buscar ayuda con el equipaje. Irina y Hegel se sentaron en la sala principal sin siquiera mirarse a los ojos. Cada uno, con similar interés, estudiaba la decoración del lugar: un águila disecada coronaba un globo terráqueo del siglo XIX; una réplica, se dijo Hegel, acostumbrado desde niño a estar rodeado de antiguedades. Platos decorativos, algunas porcelanas, un fauno y una ninfa, ambos forjados en hierro, se alzaban a ambos lados de la chimenea. Jarrones circulados por dragones chinos; en la pared un fallido intento de capturar al oleo un atardecer. Hegel se preguntó cuánto de lo que en ese momento los rodeaba eran objetos de familia. Cuánto podría haber sido adquirido en un impulso en la tienda de recuerdos de un museo en Zurich, o simplemente fue idea de un decorador. Hegel se puso en pie para mirar con mayor cuidado el techo en busca de la edad del lugar y la cantidad de dinero que pudo haber costado.

El café llegó en un platito que Hegel sostuvo en una mano y, mientras daba cuenta del horrendo café, prosiguió su estudio de puertas y ventanas. El ama de llaves miraba a Irina y a Hegel; más a Hegel quien parecía a punto de tirar su taza de café al suelo mientras deambulaba por la sala con la vista, al parecer, en busca de telarañas.

—¿Les puedo ayudar en algo más? —preguntó Dorotea.

Hegel le dijo algo a Irina; esta se acercó, intercambiaron en voz baja un par de palabras y la rubia se acercó sonriente al ama de llaves.

—Disculpe, ¿será posible que usted nos respondiera un par de preguntas sobre la casa?

Entre dudas, respuestas monosilábicas, uno que otro dato que se le volaba de los labios contra su voluntad, el ama de llaves dijo que la hacienda, donde llevaba diez años trabajando tras venirse de Sonora, era propiedad de la familia del capitán Vengoetxea desde mediados del siglo XIX. Tenían mucha más tierra hasta los límites del mundo visible desde el tejado. La casa era más reciente; construída en 1992 después de que un incendio consumió la centenaria edificación que allí se alzaba desde que los antepasados del capitán llegaron al Nuevo Mundo.

Irina y Hegel ocuparon un par de sillones playeros en la parte trasera de la casa y conversaron en alemán —practicar sería la palabra correcta para los tortuosos intentos de Irina de hablar sin quebrantar las reglas gramaticales— hasta que un grupo de hombres a caballo aparecieron bajo el sol del mediodía. Cuero y sombreros, jeans de azul intenso, camisas blancas bajo sombreros Stetson; un grupo de modelos en una sesión de fotografías para cigarrillos habría tenido una presencia más real, brusca y polvorienta que los cinco hombres que rodeaban al alto vaquero de camisa roja y chaleco gris en lo alto de un caballo pinto. La forma en como se dirigían a este los demás eliminó la necesidad de hacer conjeturas: el coronel Fuller, ahora bajo el seudónimo de Armando Vengoetxea, era aquel hombre mayor, de cabello intenso y blanco, bigote bien perfilado, anchas espaldas y una estatura que rebasaba por mucho a los mestizos de provincia que lo rodeaban.

Hegel e Irina, como dos alumnos en espera del castigo del rector, se mantuvieron en sus sillas sin decir palabra. Por momentos, ya fuera de la cocina, o de fuera de la casa, la voz modulada, fina y densa de Fuller llegaba a la sala. Daba órdenes, hacía preguntas o, tal vez, demandaba saber por qué unas flores estaban ya marchitas, su camisa tenía una arruga o qué razones tenían aquellos dos desconocidos para estar ahí, en la sala de su casa, sin haber hecho una cita previa.

En un momento en la cabeza de Irina no hubo espacio para otros pensamientos distintos a los sonidos de aquella casa; las voces que venían de lo lejos y los pasos de botas con tacón por los suelos de madera. Y cada nota le causaba un ligero estremecimiento del estómago, un movimiento incorrecto de sus intestinos, la contracción o la parálisis de un músculo. Intentó pensar en su madre, en Misiones, en su casa, en la última vez que vio a quien, posiblemente, todavía era su novio; en sus amigas de Misiones, sus amigas en la residencia de Munich, el club de conversación en alemán, las cervecería donde trabajó hasta el día que alguien, sorprendido por que esa rubia hablara tan bien español, la invitó a participar en una serie de seminarios ofrecidos por una agencia de cooperación internacional británica. Todo pago, posibilidades de un gran empleo, de viajes llevando ayuda del gobierno de Su Majestad a los más necesitados. No sonaba mal. Aceptó. Y ahora estaba, dos años más tarde, en la hacienda de un criminal de guerra, con la sensación de que, si alguien le ponía una pistola en las manos no sabría cómo extraer el cargador, quitarle el seguro o apuntar usando ambas manos.

El coronel Fuller entró en la sala.

Cárdigan gris de millonario, camisa azul celeste y pantalones blancos. Las canas, en su abombado cabello y vigote no conseguían avejentarlo. Gozaba de una tez cobriza y saludable, de grandes ojos claros y la mirada de un galán de telenovela mexicana que ahora interpreta a un hombre mayor, todavía capaz de seducir a una mujer cuarenta años más joven. Sonrió y se acercó a Irina primero: mocasines color miel y un reloj Tissot en la muñeca, notó la joven.

—Les doy la bienvenida a mi casa, yo soy Armando; ni "don Armando", ni "señor Vengoetxea"; todos aquí nos tratamos por el primer nombre.

—Soy Irina, y él es mi compañero Lothar.

Hegel le dio la mano a Armando sin abrir la boca.

—Hay muchas cosas de las que me gustaría conversar con ustedes —dijo Fuller—. Desafortunadamente esta casa es un oficio de tiempo completo. Les pido que me disculpen hasta la cena. Prometo que les dedicaré a ustedes todo el día de mañana.

Sin alzar la voz hizo aparecer a Dorotea y le ordenó llevar a Hegel y a Irina al cuarto de invitados. Con la reverencia que se destina a las deidades más terribles el ama de llaves acató la indicación y llevó a los recién llegados por un largo corredor hasta una habitación con tres camas y baño propio en una esquina de la casona. Fueron llamados a almorzar por una extensión interna y les sirvieron filetes apanados, vino nacional, agua y frutas en almibar. Irina y Hegel dieron cuenta del almuerzo y salieron a caminar.

Ambos lo habían imaginado más viejo: coincidían en un hombrecito decrépito, calvo, de facciones distorsionadas por los años, carente de peso por alguna enfermedad, obligado ahora a apoyarse en un bastón, si es que la mala suerte no lo había dejado ya postrado en una silla de ruedas.

—Entonces tenemos un problema —dijo Hegel apoyándose en una cerca. Se dio vuelta para mirar la casa, a unos cien metros, los establos y, a medio kilómetro por un sendero de grava, las pequeñas casas habitadas por peones y servidumbre.

El coronel debía medir un metro con noventa o algo más. Tenía las dimensiones para someter a un caballo arisco, para cargar una silla de montar en el hombro derecho y ocupar su brazo izquierdo con una oveja adulta. Era amable, confiado y pacífico. En un militar esos rasgos, al menos para Hegel, hablaban de alguien que ha conseguido establecer una posición de seguridad. Alguien capaz de trazar planes, de preveer contingencia, de planear rutas de escape y mecanismos de defensa. El coronel Fuller debía controlar aquella propiedad como una pequeña república que, ante la amenaza de una fuerza exterior —como la policía federal y una orden de arresto por parte de un tribunal internacional— lucharía hasta la muerte, o bien se desvanecería por medio de un tunel hacia otro nombre, otra cara y otro pasado.

—Y nosotros somos solo cuatro.

—Solo dos —dijo Irina.

Hegel pidió una explicación. Según Irina, Leo y el coronel Matson estaban fuera de la partida. Tal vez tenían las armas y el conocimiento para asaltar el lugar y tomar rehenes, pero, como el propio Hegel había dicho alguna vez, para entrar en la partida hay que estar en el terreno.

Siguieron caminando sin decirse una palabra. Por momentos Hegel, en alemán, preguntaba por algún dato histórico o geográfico del país. Irina probaba una respuesta y aceptaba las correcciones. La cerca se extendía otro kilómetro hasta donde empezaba el sendero marcado por el paso del ganado y los caballos. Ahora el invierno tenía convertido aquello en un lodazal. Rodearon las casas prefabricadas de los empleados, siguieron las líneas de electricidad y teléfono, el almacenamiento de agua y cuando estuvieron de vuelta, Hegel, quien se tendió con los ojos cerrados en una cama sencilla del cuarto de huéspedes, pudo ver en su mente un mapa completo del lugar.

A las seis en punto Dorotea llamó a la puerta y la abrió al instante.

—El señor quiere hablar con la joven —dijo.

Irina miró a Hegel, este no dejó de mirar al techo. Ella se puso en pie; estuvo por dejar el cuarto sin zapatos y sin mucha prisa —de seguro al notar la impaciencia de Dorotea—, se calzó unas zapatillas y fue tras el ama de llaves, quien intentó señalar lo mal apuntada que estaba la camisa de la rubia, así como lo poco decente que se veía esa abundante cabellera dorada sin peinar.

El despacho del capitán Vengoetxea, en una esquina de la casa, tenía solo dos paredes y las otras dos eran amplios ventanales desde los cuales en verano debía poder verse el sol desaparecer tras un cerco de pinos afilados. Un tapete rojo sangre cubría el enorme espacio y horribles muebles conservados de la edad colonial, así como un olor a Old Spice y música barroca en el estéreo hicieron sentir a Irina el jet lag de viajar repentinamente en el tiempo. Se quedó de pie frente al escritorio —otra enorme pieza en madera oscura, mas sin fotos enmarcadas o documentos por ser firmados— mientras Vengoetxea atendía el teléfono.

El capitán notó que Irina estaba ahí y sonrió, señaló una de las sillas del siglo XIX que la joven ocupó mientras Dorotea se marchaba. La música continuó y Fuller seguía reclinado en su sillón gerencial con el aparato al oído y sin decir una palabra.

Mientras Irina revisaba sus uñas la música se detuvo y un chirrido metálico indicó que el coronel Fuller, el hombre tras la desaparición de un agente de inteligencia británico y quién sabe cuántas personas más, se puso de pie. Una mirada y vio al hombre, alto y ancho de hombros como una puerta, aún el oído al teléfono y ahora una mirada fija sobre Irina que se fue prolongando hasta llenar de dudas y malestares a la rubia. Pudo haberse puesto en pie y preguntar qué ocurría; pudo mirar a otro lado, cruzar las manos, los brazos, tal vez bostezar, rascarse un tobillo; sentirse en casa, por qué no, y mirar la reproducción a menor escala de la Rendicion de Breda, o esa otra pintura holandesa de un chico armado con un rifle y un pato abatido en su mano derecha. Prefirió sostenerle la mirada al coronel hasta que este empezó a asentir.

—De acuerdo —dijo el viejo oficial—, me mantinen informado de cualquier cambio.

Colgó y rodeó con agilidad el escritorio. Con pasos veloces fue hasta el cuadro rembrandtiano del muchacho con el rifle y lo abrió, no para revelar una caja fuerte, sino una licorera.

—Hace frío estas noches, ¿puedo ofrecerle un coñac?

—Es usted muy amable.

Irina fue a recibir su vaso y aceptó el brindis sin palabras de Fuller:

—Podemos dejar un poco la formalidad —dijo el hombre con una sornisa que lo tornó más joven en un instante—. Me alegra recibir visitas.

Sin dejar su simpática faz, tomó asiento frente a Irina y señaló el escritorio:

—Ese que acabo de dejar es mi abogado; un buen hombre. Antes de cualquier entrevista prefiero tenerlo al tanto. Espero que no le moleste que esté grabando esta conversación, señorita Biancci.

Irina abrió los ojos:

—Si vamos a empezar ya mismo, ¿puedo llamar a mi camarógrafo? Tomará dos minutos ajustar…

Irina se vio acallada por un gesto del coronel.

—Primero hablamos los dos, ¿le parece? —Irina alzó los hombros y asintió— ¿Quién sos vos, Irina Biancci?

VEINTIUNO

HEGEL NO SE MOVIÓ DE LA CAMA sino hasta que Dorotea le ordenó
seguirla al comedor. La cena era una sopa de tomate, especias y
champiñones, rebanadas de pan y mantequilla. Tras oír un tímido
gracias en español el ama de llaves se marchó. Hegel arrancaba

pedazos de pan y bebía con formalidad su sopa mientras ennumeraba lo que podría haber ocurrido con Irina: el viejo la interrogaba embriagándola en su oficina; el viejo y su sobrino la tenían atemorizada en un establo y buscaban saber cada paso de la operación blandiendo objetos pesados contra su cara o artículos afilados contra sus ojos. Posiblemente calentaban un cuchillo. Quizá estaban apenas en la parte amable del interrogatorio: las promesas, las explicaciones, la importancia de, cuanto antes, decirle al coronel por qué estaban allí.

Si Hegel siguió comiendo con la poca prisa que un pensionado habría terminado su cena mientras sigue las noticias de las ocho, es porque, si Fuller y su gente estuvieran informados de los propósitos de aquellos dos recién llegados, él ya estaría muerto, o a punto de morir tras una soberana paliza.

El carrillón que anunciaba la apertura del portón principal detuvo la mano de Hegel que sostenía la cuchara. Al cierre de la puerta siguieron pasos en tacones que Hegel calculó medianos, propios de una mujer de relativa buena estatura y algunos centímetros perdidos por la edad.

—Buenas noches.

Quien saludaba era una elegante dama de negro, de cabello gris recogido, ojos invernales y las facciones propias de individuos de sangre azul. La protegía un chal negro y sí, como sospechó, era una mujer alta que a sus más de 65 años conservaba el largo cuello y rectas facciones de una impresionante belleza.

Hegel se puso en pie. Ella se acercó, ella dejó ver una incómoda sonrisa y estiró su mano. Se detuvo, se retiró el guante y ambos estrecharon manos.

—Soy Ignacia del Castillo, ¿usted es el periodista?

—Yo trabajo con cámara solo. Mi compañera es periodista.

Ignacia miró alrededor del opaco comedor arturiano y volvió a sonreír.

—Ella y el capitán hablan—dijo con esfuerzo Hegel.

La señora del Castillo atrapó el rastro de pronunciación europeo y en un par de intentos descubrió que su visitante era alemán. En el idioma de Hegel le pidió regresar a su cena y se sentó junto a él. ¿De dónde venía? ¿En qué trabajaba? ¿Hace cuánto tiempo estaba en Buenos Aires? Y otras preguntas mientras una aterrorizada Dorotea llegaba, ya no en su uniforme de trabajo sino en jeans y blusa, a servirle una ensalada y agua a la esposa del capitán Vengoetxea. Ignacia era de Nuevo León. ¿Monterrey? No, Montemorelos. Al igual que Dorotea, su criada de toda la vida. Hija de ascendados, cursos de administración no terminados en Bonn, cinco años en Viena como embajadora. Un matrimonio difícil con un capitán de polo y navegante profesional a vela. Cuatro hijos, dos fallecidos. A las once de la noche, cuando Ignacia se vio sorprendida por su propio reloj, terminó su relato sin haber llegado a cómo había conocido al coronel Fuller.

Hegel se puso en pie:

—Una vida digna de ser conservada en una biografía —dijo.

Ignacia rió halagada.

—O una película —añadio Hegel y la dama soltó una corta carcajada antes de ofrecer su mano para que el joven alemán se despidiera de ella.

Irina dormía profunda en el cuarto.

A diferencia de la noche anterior, con la sopa en silencio y el sándwich de mostaza y jamón serrano que le fueron ofrecidos a Irina y que esta rechazó, el desayuno se presentó animado: al correr las pesadas cortinas gris plomo, los largos ventanales del comedor dejaron ver las onduladas formas cubiertas de encendido césped y el bosque de coníferas que protegía la casona. La mesa de catorce puestos fue ocupada por la señora Ignacia en la cabecera, el capitán Vengoetxea a su lado —miradas de cariño entre ambos y comentarios en voz baja que hacían reír al uno y al otro—, Patricio al otro lado. Un hombre mestizo y tan ancho que parecía capaz de romper la silla, ya con un golpe de sus manos, ya con el solo peso de su cuerpo, hablaba con el sobrino de Fuller sobre problemas de riego. Irina y Hegel, uno frente al otro, comían sin decir palabra y muy atentos de todo lo que se decía en la mesa.

Aníbal, el corpulento hombre que hablaba de riego, parecía conocer cada detalle de tuberías, aspersores, siembra, animales y a cada uno de los peones. Hablaba tan rápido que ni siquiera Irina podía atrapar en su totalidad cada palabra que aquel gordo soltaba mientras devoraba dos platos de huevos, chorizos, morcillas y patatas fritas. No obstante, las órdenes venían de Patricio.

Aníbal fue también el primero en marcharse tras responder varios mensajes en su móvil. Dorotea y dos muchachas indígenas entraron en el comedor a recoger los platos. Antes de levantarse, el capitán le propuso a los invitados una cabalgata.

En botas, pantalones marfil de montar y un chaleco deportivo, doña Ignacia lucía muchos años más joven. Trepó con agilidad a un hermoso caballo cuyo intenso color negro evidenciaba los cientos de miles de dólares que costar aquella bestia. Fuller, con su talla de boxeador, subió a un equino más bien corriente, ya viejo; Hegel, próximo a estos animales desde niño, subió con confianza, pero bajó al instante para apoyar a Irina, a quien la presencia de aquellas bestias, su calor y respiración intensa, la ponían nerviosa.

Los cuatro se adentraron por el sendero lodoso que serpenteaba por al menos cuatro kilómetros de densos bosques. Ascendieron por un rincón pedregoso otro kilómetro, lo que permitió a los invitados ver el bosque entero y la extensión de planicies de pasto que se extendía hacia el norte, el río, platinado a esa hora, la distante Viedma y diminutas edificaciones esparcidas por aquellas vastedades donde, pensó Hegel, pocas personas se alertarían si se desatase un tiroteo. En lo alto de aquella loma se detuvieron a beber mate sobre una manta; ni al coronel ni a su esposa parecía importarles las ráfagas de viento invernal que pasaban de cuando en cuando.

Ni Irina ni Hegel se adelantaron con preguntas, ni abrieron la boca para comentar sobre la hermosa vista disponible en aquel punto. Fuller esperó a que el mate pasara una primera ronda antes de preguntar qué querían saber aquellos dos.

—Lo que pueda decirnos —respondió Irina—; lo que recuerde de esos días.

Fuller se tomó un momento para responder:

—Tal vez no recuerdo nada. Tal vez todo eso se quedó en la memoria de un joven que ya no existe. O simplemente, como todos los viejos, la cabeza nos confunde lo que pasó con lo que queríamos que pasara. Usted es periodista, señorita Biancci, hágame una pregunta concreta.

Irina asintió, aclaró su garganta y tuvo un par de salidas en falso antes de aceptar para sí que las preguntas anotadas en uno de sus cuadernos, y que ahora resultaban imposibles de recordar, no le servirían de nada. Hegel fue quien hablo, en un inglés martillado por consontantes alemanas:

—Partimos de Berlín con una idea —Fuller y doña Ignacia miraron a Hegel sorprendidos de que tuviera el don del habla—: No sabemos nada. Tendemos a mirar a los sucesos del pasado mediante un lente que tallamos según las necesidades del presente. Eso es simplemente erróneo. Así que cuando empecé mi tesis de grado hice una simple propuesta: recuperar hasta donde es posible la historia desde el otro lado. Ahora, hay una idea de lo que ocurrió en América del Sur durante la Guerra Fría; puede preguntarle a cualquiera, se lo dirán en una oración larga pero no muy intrincada. Y eso es con lo que nos quedamos, ¿saben? —se quedó un rato mirando al horizonte, al norte, hacia donde corría el resto de la Argentina y América y el mundo—. Vine a llenar el vacío. Por supuesto, puedo escribir un tratado de ochenta páginas y quién sabe dónde terminaría. La idea del documental no fue mía, yo solo quería recolectar las voces y los recuerdos.

—¿De quién? —preguntó doña Ignacia.

—Ustedes —y señaló a Vengoetxea—. Los militares. Pero ahora todo el asunto se ha ido al infierno.

Y esto llevó a Hegel a bajar la cabeza, a pensar tal vez en sus errores. Fuller le pidió se explicara.

Irina y Hegel se conocían de Berlín; amigos en común. Conversaciones posteriores en el ambiente académico alteraron los planes del joven alemán: no iría a Chile, donde tenía ya planificadas algunos encuentros con familiares de Pinochet, sino a Buenos Aires, donde Irina podría ser su guía y su traductora. Ella no se mostraba animada con el plan: no sabía de relaciones públicas, estaba lejos de ser periodista y el tema la perturbaba un tanto. De alguna manera apareció Pedro Urrutia. Intentaba conseguir el número de Irina, claro. Se sentaron a conversar luego de unos días; decía ser investigador de la Universidad de los Andes, y luego estudiante de doctorado, lo que luego corrigió para explicar que tenía problemas con su propia tesis de maestría, o un libro que tenía acordado escribir para un coronel colombiano, o un político cercano a la presidencia. Tenía una gran habilidad para enlazar sus propósitos a los de Hegel. Ahora lamentaban haber tardado tanto en notar el patrón de mentiras patológicas o la astucia que el colombiano tenía para el fraude: hablaba de la buena vida que llevaba en Bogotá y Nueva York, aunque habitaba en una residencia de estudiantes, se alimentaba de panchos, pedía prestado para tomar pagar el subte, comprar dentífrico y la pieza donde vivía. Y no solo Hegel e Irina mantenían al desdichado estudiante: a cada evento que se presentaban, añadió de pronto la rubia, enredaba a desconocidos en conversaciones que terminaban en solicitudes de préstamo para empezar investigaciones antropológicas. ¿De qué clase? Sobre fútbol, sobre tango, sobre las empanadas, las pizzerías o el mercado del alfajor.

—Pero un hombre así es un serio peligro —dijo Ignacia—. ¿Cómo podían soportarlo?

Su carisma, su habilidad para sacar una broma de cualquier situación; y sí, también su desenvoltura para convencer a ocupados caballeros y damas vinculadas con el gobierno, así como a muchos ex miembros de las fuerzas militares argentinas para conceder citas y, con algunas copas en la cabeza, abrirse a discutir del pasado con tantos detalles que cada una de esas entrevistas podría haber dado para un libro entero. Por eso toleraban las mentiras y algunos de los excesos del colombiano, a quien ninguna cantidad de dinero conseguía le era suficiente para sus gastos personales, que terminaban en ebriedad o un acelerado comportamiento tras un pase de cocaína.

—¿Cómo consiguió contactarse con Natalia Derckman? No sabemos.

Al sonido de ese nombre, Ignacia reaccionó con un giro veloz de la cabeza. Pero no dijo nada. El coronel Fuller seguía con sus ojos oscuros pendiente a cada palabra de Hegel sin alterar una sola de sus facciones.

Tal vez fue la presión. Una noche fueron los tres a cenar; eligieron un buen restaurante, se sentaron en la terraza, le permitieron a Pedro ordenar lo que se le diera la gana; destaparon una botella de vino, brindaron, rieron. Ahí Irina tomó de la mano al colombiano, le habló de sus preocupaciones. Las borracheras, las desapariciones, el dinero. Corrían los días, había que pagar el alquiler y Hegel no tenía todavía más que microfichas de periódicos, correos electrónicos de periodistas e interminables conversaciones con historiadores y trabajadoras de derechos humanos.

—Dijo que conocía a una muchacha, colombiana también. La chica trabajaba en la Fundación Juan Galt.

Fue un cambio total en la investigación. En cuestión de días accedieron a una lista de antiguos miembros de las fuerzas armadas, de la armada, de la fuerza aérea. Y Pedro parecía otro hombre: realizaba llamadas, acordaba reuniones en un traje limpio, olía a Paco Rabbane —es una colonia costosa, capitán—, cargaba una pluma dorada, ¿de oro? Tal vez. Dejó de pedir dinero y un domingo fueron a almorzar a Puerto Madero.

—¿Estaba con Natalia? —preguntó Ignacia.

—Subió a su coche —dijo Irina. Miró a Hegel—. Creemos que subió a su coche; ella vivía cerca.

Al parecer nadie más pudo hablar durante un larguísimo medio minuto. Le tomó un par de intentos a Hegel volver a poner en marcha su relato:

Pedro no era un demente, ni un asesino. Está desorientado, tal vez, continuó Hegel. Tenía sus problemas, sus vicios, ¿quién no los tiene? No: siempre hablamos de las drogas, del alcoholismo, de la depresión, de los excesos y todo como si fueran problemas de otros. Así que cuando nos topamos a alguien cuya vida está resquebrajándose desde dentro no sabemos qué hacer.

—Cuando supe de la muerte de Natalia Derckman, el incendio de su apartamento o lo que hubiera sido, me sentí terrible —dijo Irina.

Ella se inclinó sobre Hegel y apoyó su brazo sobre la espalda del joven alemán.

¿Había muerto Pedro? ¿Había matado a la viuda? ¿Fue un accidente? ¿Intentó robarla? Tantas preguntas. Si no hubiera sido por él, por Hegel, Pedro nunca habría conocido a aquella señora… Si es que él tenía algo que ver con la muerte de esa mujer.

—Tal vez no tiene nada que ver —dijo Fuller.

Con soprendente agilidad el coronel se puso en pie y ayudó a su esposa a hacer lo mismo. Recogieron la manta y subieron a los caballos; fueron montaña abajo y esta vez se internaron por los árboles. Irina e Ignacia se adelantaron con una charla amable; Fuller y Hegel cabalgaron un tanto más despacio y pronto la distancia los alejó de las mujeres.

—Llevo casi veinte años viviendo aquí —dijo Fuller cuando Hegel le preguntó por la hacienda—. No tengo razones para volver a Buenos Aires; a cierta edad la ciudad se vuelve contra los viejos.

—¿Visita alguna vez?

—No. Me quedan dos o tres amistades fuera de esta región y cuando quiero verlos los visito. Mis conocidos están muertos; no todos, claro, la mayoría simplemente cambiaron tanto que después de un tiempo me fue imposible reconocerlos. El mundo cambia, llegan nuevas generaciones. Lo que no entiendo es qué le pasó a algunas personas.

—¿Conoció a Natalia Derckman?

Los cascos de las bestias siguieron pisando el suelo desigual cubierto de agujas de pino y débiles vientos mantuvieron el susurro de la copas altas un rato. Salió el sol y se filtró entre los árboles.

—Tuve varios puestos durante mis días en el servicio. Conocí personas de toda clase. Es posible. El nombre me suena. No creo que nos hayan presentado.

A lo lejos Irina soltó la risa.

—Tuve pensado escribir unas memorias alguna vez —dijo el capitán Vengoetxea—. He empezado varias veces. Luego me doy cuenta que no tiene sentido, la verdad.

—¿Publicar unas memorias?

—El pasado, el pasado no tiene sentido —Hegel esperó una aclaración—. Cuando se es un niño, aun cuando se empieza a crecer, las decisiones que tomamos no son las mejores. Cuando se es un viejo, como yo, es fácil juzgar y señalar cuál era el camino correcto. No me arrepiento de algunas de mis decisiones: el ejército fue mi familia y un motivo de orgullo. Pero mucho de lo que hice o dije… Ahora simplemente parecen las palabras y las acciones de un desconocido. Quien leyera mis memorias no podría entender nada.

Tras esto no cruzaron otra palabra hasta que salieron del bosque y pudieron ver la casona de nuevo. Hegel se detuvo y Vengoetxea, tras avanzar unos metros, se detuvo también.

—Tengo todavía un año para entregar mi tesis —dijo Hegel— . Vine aquí a buscar las verdades de hombres como usted. Tengo una veintena de entrevistas que, la verdad, no me han dejado más que frases grandilocuentes, opiniones políticas y muy poco de lo que eran ustedes.

—¿Nosotros? ¿Quiénes?

Pero Hegel no respondió. Su caballo empezó a marchar de nuevo hasta alcanzar a Fuller:

—Sigamos hablando —dijo Hegel—. Sin la cámara, sin Irina. Solo cuénteme algo de todo ese sinsentido. Creo que ahí puede estar la clave para entender la historia de este país. Tal vez la historia de cualquier país.

Siguieron cabalgando hasta la casona, dejaron los caballos en manos de los peones y subieron al estudio donde permanecieron encerrados el resto del día.

VEINTIDÓS

PATRICIO SE ASEGURÓ QUE LOS ESTABLOS quedaron cerrados, escuchó con paciencia las explicaciones de uno de sus hombres acerca de la ruptura del sistema de riego y la leve cojera que habían descubierto en una yegua. Encendió un cigarrillo hasta que el frío en sus dedos llegó al límite y tras ver la diminuta luz de la colilla desaparecer entre la noche, entró en la casona por la cocina.

Irina soltó un grito al verlo y dejó caer una taza la cual corrió sin romperse hasta los pies de Patricio.

—Buscaba café —dijo Irina.

Sin dejar esa sonrisa leve que ablandaba lo que habría sido una cara endurecida por el trabajo, Patricio recogió la taza y la puso en el fregadero, abrió uno de los anaqueles y le indicó a Irina dónde estaba la tetera y una prensa francesa. Le mostró cómo preparar el café extrafuerte que conseguía mantenerlo en acción desde el amanecer y, al terminar, se sentaron en silencio en la mesa auxiliar de la cocina.

Irina parecía más tímida de costumbre, con su larga cabellera rubia tapando buena parte de su rostro.

Le tomó a Patricio más de un par de preguntas para que la joven dejara de mirar la superficie arañada, gastada, pintada de nuevo y ahora descolorida de la madera. Para que alzara la mirada y sonriera necesitó un par de chistes. Cuando le preguntó qué haría después de terminar el proyecto con Hegel, la sonrisa de Irina se convirtió en una línea recta y, tras dejar la taza de café, alzó los hombros.

—Pero sos periodista —dijo Patricio—. Habrán mil y un lugares donde podrán apreciarán tener a alguien como vos.

—No es tan así, no.

¿Por qué?

—No tengo un título de periodista. No soy una reportera. Por necesidad de hago algún dinero escribiendo cosas. De moda más que todo. Y ni siquiera es un tema que me importe; pero es lo que la gente espera. No, no sé qué es lo que quiero hacer.

—¿En serio no lo sabes? ¿En serio no sueñas con nada?

—Si te soy honesta, me fui de mi casa para alejarme de mis viejos. Pensé que estudiar en Europa me iba a cambiar la vida.

Sus padres estaban lejos de pertenecer a la acomodada vida que gozan aquellos capaces de mandar a sus hijos al otro lado del océano. Irina trabajó como modelo, no frente a una cámara, sino con un ajustado traje negro y unos terribles tacones frente a los coches en exhibición durante una feria automovilística que resultó ser un fracaso. Ahorró, pese a todo, y una tía, pariente tan distante que fue necesario toda una campaña de correos, regalos y fotos para recordarle a qué familia pertenecía, aceptó ayudarle a llegar a Berlín. Tras un par de cursos —historia del arte, filosofía, cocina internacional—, una amiga le habló de un curso sobre política internacional y guerra contra el terrrorismo; unas pocas semanas, bajo costo y hasta la posibilidad de vincularse a alguna organización internacional con sede en Bonn.

Hegel simplemente apareció allí una mañana, traje de recién graduado y cuarenta diapositivas para hablar de su proyecto de tesis doctoral. Quizá habían cuatro o cinco personas esa mañana en el auditorio diseñado para albergar cien asistentes. Uno de ellos dormía, otra escribía en el teléfono; un hombre, ya entrado en la madurez, usaba su computadora para ver mujeres en traje de baño. Solo Irina escuchó la larga y monótona charla de veinte minutos. Se sintió tan mal con aquel joven alemán que se inventó un interés inexistente por los temas discutidos. Hegel sonrió, la invitó a seguir conversando del tema; Irina, sin otros planes ni más amigos, aceptó.

—Te gusta, ¿no? —dijo Patricio— Se te ve en la mirada cuando hablás de él.

Para nada. Le gustaba su pasión por el tema, nada más. En aquel curso, y durante sus días en la universidad, tanto en la Palermo como en Berlín, Irina rara vez se topaba con alguien que realmente estuviera persiguiendo un sueño. La mayoría de jóvenes de su edad habían aceptado la orden paterna de hacer una carrera que mantuviera a la familia. Y, pese a lo tedioso que le resultaba el tema político, Hegel conseguía mantenerla entretenida hablando por horas con nombres de dirigentes y generales sudamericanos que ella, a quien no le fue mal durante sus días en la escuela, le resultaban un misterio.

—No entiendo, ¿no estás interesada en política?

Irina suspiró:

—No sé quiénes son los buenos y quiénes los malos. ¿A quién se supone que debo apoyar? Me preguntás por un político, estoy segura es corrupto.

Patricio aceptó no saber nada de política. En ocasiones el capitán Vengoetxea recibía a políticos locales, a sus copartidarios, a sus asesores, al gobernador de la provincia. No los trataba directamente, no era amigo de ellos, ni siquiera estaba allí para darles la mano y la bienvenida a su rancho. Simplemente alquilaba el lugar; la casa era muy grande para una familia tan pequeña; el amplio prado podía bien acoger a las quinientas o seiscientas personas interesadas en las palabras de un candidato, ya estuviera en campaña, ya estuviera celebrando el cumpleaños de su hija.

—¿Viene mucha gente entonces?

—Ahora sí. Por años no vino nadie.

—¿Y vos? ¿Cuándo llegaste?

Esa era una conversación para otro rato, dijo Patricio dejando la mesa.

—¿Rentan cuartos? —dijo Irina y detuvo con esto a Patricio antes que dejara la cocina.

—¿Por qué preguntás?

Pero Irina simplemente negó con la cabeza y se quedó mirando a la oscuridad impenetrable al otro lado del vidrio. Escuchó un "Buenas noches" y siguió en su mente las pisadas sobre la madera: el corredor que conectaba la puerta a la escalera y al recibidor, el ascenso por los escalones de dos pesadas botas de construcción; a lo lejos, el giro de una perilla y luego el cierre de la puerta como el último sonido en una casa que se ha entregado al sueño. En todo momento Irina no dejó de mirar a lo profundo del bosque.

Casi media hora más tarde la negrura intensa de la noche invernal se rompió por un brillo.

Pudo haber estado en su mente, diría Irina luego. Esperó. Un segundo brillo y ella se puso en pie para apagar la luz. Tres parpadeos más de la luz siguieron cinco minutos después, una vez las pupilas de la rubia pudieron identificar con claridad los altos pastos, la cerca y el bloque compacto de árboles al sur de la casa. Con toda la delicadeza que pudo salió por la puerta trasera y caminó hacia la cerca. Se detuvo: miró tras de sí en busca de siluetas en las ventanas de la casona, tal vez movimiento alrededor, o el trote de algún animal. Luego se mandó a correr por el bosque al paso mesurado pero vivo de un entrenamiento de trote.

El quiebre de una rama la detuvo y puso una rodilla en tierra.

Leo Katz dijo hola.

Irina no podía verlo: él estaba tras ella, metro y medio tal vez, cubierto, hasta la punta de la nariz, de negro. Un cuchillo para destripar atunes en su espalda y una A7-77 con silenciador en su mano. Sin más demora Leonardo preguntó por la cantidad de personas en la casa, el número de peones en la hacienda, luego por la distribución de los espacios al interior de la casa; la cantidad de teléfonos, ¿había visto teléfonos móviles? ¿Armas? ¿Cámaras de vigilancia? ¿Recuerda qué tipo de alarma tenían instalada? ¿El número de teléfono de la estación de policía más cercana quizá anotado en la cocina? ¿Usaban propano o electricidad? ¿Tenían licores, gasolina, eter, solventes de pinturas o cualquier otro líquido inflamable?

Irina respondió a cada pregunta con solo unas cuantas dudas. No podía jurar que había quince personas en toda la hacienda, mas estaba convencida que más allá de la cerca, al menos en tres kilómetros, no vivía un álma. Describió el sendero que usaron para subir a la loma donde bebieron mate, el camino sin asfaltar que serpenteaba hacia el sur y la vía de grava que conectaba la hacienda con la avenida principal, seis kilómetros al este.

—¿Y Hegel?

—Necesita más tiempo —dijo Irina.

—Nos quedan treinta horas.

—Está negociando.

—Baja la voz. ¿Qué te ha dicho?

—Se saltó el libreto: ha pasado toda la noche hablando con Fuller.

Leonardo murmuró su molestia.

—Vamos a salir de aquí sin violencia —dijo Irina.

Absoluto silencio.

—Leonardo…

—Treinta horas, Irina.

Y esta se levantó y caminó de vuelta a la casa.

Al entrar en el cuarto a oscuras, la débil luz de la noche le permitió a Irina reconocer que Hegel estaba ya entre las cobijas. Ella se sentó en la otra cama, despacio se quitó los zapatos y antes de quitarse su suéter, escuchó a Hegel llamarla. Se acercó a él en silencio y este le entregó una libreta que, a la luz de una linterna disponible sobre la mesa de noche, le permitió a Irina leer en unas cuantas frases el resumen de lo que había discutido Hegel con el coronel Fuller. Ella tuvo de repente un sinfín de preguntas, mas comprendía que no era el momento para hacerlas.

La mañana siguiente empezó con un desayuno junto a doña Ignacia; su esposo y Patricio estaban desde el amanecer revisando el sistema de aguas y sus incurables filtraciones. A pesar de un amable Buenos días y cerciorarse que los invitados habían tenido una noche en paz, doña Ignacia no lucía su cabello gris en algún elegante peinado, sino que caía sin arreglo sobre sus hombros, y la falta de maquillaje le daban una pálida aura de tristeza. No dijo nada más; bebió su té en leche con medialunas de manteca y al terminar se puso en pie:

—Si no puedo verlos antes que se marchen —dijo—, les deseo muy buen viaje y mucho éxito con todo.

Y caminó arrastrando su bata púrpura fuera del comedor. Irina miró a Hegel en busca de alguna reacción, pero este siguió mirando su plato de huevos y tostadas.

De vuelta al cuarto, Irina le preguntó, en alemán, si estaban a punto de terminar.

—Bien… El capitán no está convencido de algunas de las preguntas —respondió Hegel con distancia profesional.

¿Qué preguntas? Deseó saber Irina: si acaso el listado de interrogantes preparado de antemano, el cual parecía redactado por un aprendiz del periódico de una escuela pública. Hegel se sentó en la cama.

—Creo que está dispuesto a colaborar.

—Cómo.

—Ciertas condiciones. Libertades. Seguridad.

Hubo algo que Irina quiso decir. Buscó las palabras y luego el orden en alemán. Se rindió y prefirió sentarse tan cerca de Hegel como pudo:

—¿Va a contarlo todo? —le dijo a unos centímetros de su cara—. Los bonos, Horkmeder.

Hegel le dirigió una mirada con los labios apretados pero respondió con un ligero asentimiento.

Irina agarró la mano de Hegel entre las suyas y la apretó durante unos segundos hasta que no supo que hacer con ella y se puso en pie conteniendo una sonrisa.

—Demos un paseo. Ahora.

OK. Hegel se puso en pie y fue a la puerta. Irina, sin embargo, parecía electrificada y no pudo moverse. Él fue a darle un abrazo y ella se apoderó de su rostro y lo besó con fuerza aplastante en los labios. Hegel, tras un momento, no encontró otra cosa por hacer que tomar a la rubia, levantarla del piso asiéndola por ambas piernas y dejarla caer en la cama para huéspedes cuya vejez se hizo sentir en un crujido de advertencia que los hizo reír a ambos.

Tres metros abajo, cinco metros hacia la parte trasera de la casa, se extendía el amplio sótano dividido en bodega, una cava bien surtida, y un cuarto a baja temperatura y donde corría un servidor, un modem y una computadora con tres monitores encargada de mostrar las tomas de las veinte cámaras de vigilancia que cubrían, día y noche, en alta definición y lectores de temperatura, la casona, desde sus espacios interiores, hasta el perímetro que la rodeaba. Aníbal estaba allí. Pasaba en aquel lugar unas cuatro horas al día, encargado de comunicaciones. Desde la llegada del alemán y la muchacha porteña tenía órden de seguirlos a donde fueran, y registrar, por audio y escrito, cualquier cosa que dijeran en el cuarto de invitados.

Durante un par de minutos vio con interés, pero sin verdadera emoción, a la joven pareja tener sexo muy despacio. Luego se limitó a oír sus respiraciones y siguió atento al curso de hebreo para principantes en internet. Soñaba con espiar para el Mossad algún día. Al mediodía dejó su puesto y, empleando su bastón, subió a buscar a la señora Ignacia, quien a esa hora —tenía, como toda la gente mayor, sus hábitos bien regulados— estaba ocupada revisando los modelos nuevos de sistemas de riego que tres empresas distintas le ofrecían.

Aníbal dio su informe con brevedad y, ante el pedido de la señora, entregó el registro sonoro de la última conversación entre Irina y Hegel.

VEINTITRÉS

EL HOTEL NAJIB PASA DESAPERCIBIDO en una calle de edificios de cuatro plantas para familias. Salvo una placa en la entrada y el descolorido tapete en el suelo, no hay otras señales que indiquen la función del inmueble. En verano consigue llenar cada una de sus habitaciones con aquellos que escapan del calor aterrador del norte. En invierno tienen algunos visitantes, mas en ciertas semanas el lugar se cierra por completo para evitar gastos.

Ese día también estaba cerrado, aunque las cinco habitaciones de la cuarta planta estaban ocupadas. De la cocina salían, cada tanto, enormes termos llenos de café y agua caliente. La cocina preparaba emparedados y el camarero de turno anotaba las botellas de licor y soda que pedían los huéspedes. Una docena.

Sergio Roja, identificado en el hotel como Pedro Cardenal, vendedor de automóviles, era el único de aquellos huéspedes que salía a la calle. Lo cubría una gabardina gris hasta los tobillos, y protegía su rostro con bufanda y lentes oscuros. Con amabilidad habló con la recepcionista y esta le abrió la puerta. Roja caminó dos calles y se detuvo en la esquina para tomar un taxi; el frío, la soledad de las calles, así como un breve cálculo de la distancia, lo convencieron de seguir su recorrido apie hasta una rotisería por la calle Saavedra.

Esperó casi una hora ordenando papas al horno y té helado. Una moto se detuvo y el pasajero de chaqueta y pantalones de cuero bajó; la moto arrancó de nuevo con su estruendoso ímpetu y el hombre cubierto en cuero se sentó a unas mesas de distancia. Sin el casco, Sergio pudo ver las facciones gruesas y la tez morena de su contacto, y, con toda la cautela que pudo, le llamó la atención.

—¿Es usted Cardenal? —preguntó el moreno.

Sergio Roja asintió y llamó al mesero. El moreno, quien se presentó como Tato, no quería nada.

—¿Quién le dio mi número? —dijo Tato con el mismo tono de quien ha sido despertado en mitad de la noche.

Sergio dio un par de nombres y Tato pudo dejar su casco en el suelo, retirarse los guantes y sentarse mejor en la silla.

—Lo escucho —dijo.

—Necesito un material —sacó un folleto vacacional con una hoja escrita a mano en su interior.

Tato miró la lista. Dio un no con la cabeza.

—Esto está imposible —dijo.

—Las cinco personas con las que hablé me remitieron todas con ustedes.

—Yo no sé qué le haya dicho esa otra gente. Ni sé de quién me habla.

Roja mencionó un par de nombres que consiguieron una respuesta distinta. Tato volvió a mirar la lista y se levantó, caminó hacia la salida mientras marcaba un número con su móvil y, frente a la puerta, sostuvo una conversación de algunos minutos sin dejar de mirar a Sergio Roja, quien ordenó más té helado.

Tato regresó con la energía de quien viene a resolver una acalorada disputa. Puso la lista y aplanó el papel sobre la mesa. Se levantó y sin pedir permiso al cajero —ocupado en una llamada pero aún fastidiado por el hecho— tomó un bolígrafo rojo que reposaba sobre una pila de pedidos. De nuevo aplastó la lista en la mesa que compartía con Sergio Roja y fue tachando algunos puntos, así como añadiendo alternativas en una letra minúscula de médico.

Roja miraba con preocupación los apuntes, mas se limitó a esperar y beberse su té hasta que el contacto le devolvió el papelito.

—¿Qué es esto? —preguntó Sergio.

—Eso es lo que mi gente y yo le podemos conseguir. Eso sí, la guita toda por adelantado; ustedes saben cómo hacer el pago, o Zafiro Dos les puede informar.

—Guita para qué, ¿pistolas de juguete?

—Cualquier otra cosa habría que traerla de la Triple Frontera. Les puede tomar un mes; quince si los apuran.

—Es hoy que necesito esto, papo. Hoy, y no les estoy pidiendo una bazuca. Si estas son cosas como las que cargan los negros que andan asaltando quioscos.

Tato enseñó una sonrisa de "un gusto atenderlo, regrese pronto", cerró su chaqueta y se preparó a despedirle recordándole a "Cardenal", que estaría pendiente de su llamada.

—Veinte mil más —le dijo Sergio a Tato cuando este ya le había dado la espalda—. Es todo con lo que cuento.

Tato suspiró y regresó a la silla.

—Escucheme, Cardenal o como pijas se llame —dijo Tato—. No sé, ni nos importa qué mierdas vayan a hacer, es cosa suya. ¿Asaltar un banco? ¿Secuestrar a la presidenta? Con ninguno de los juguetes que le ofrezco los van a poder rastrear. Pero si les entregamos algo de lo que me pide aquí, como esto —señaló con el índice uno de los ítems tachados en la lista—, estamos acabados; se nos viene la federal encima.

—Le doy mi palabra que va a desaparecer. Va a terminar en el mar, como todo.

—Usted, a quien no conozco, me da su palabra que en una semana la policía uruguaya no va a tener esto en sus manos.

Confiado, Sergio Roja se reclinó en su silla. Despachó con un gesto a un camarero que pasó interesado en saber si los caballeros deseaban alguna otra cosa.

—Le propongo algo —dijo Roja—. Usted me entrega esa pieza, la M60 —Tato giró con brusquedad su cabeza en busca de posibles oídos indeseables que hubiesen atrapado esas palabras—; las sig-sawer, la dos uzis, la munición. Pagamos y se lo damos todo de vuelta. Considérelo un alquiler, no una venta. Los veinte mil sobre el precio acordado. No le tiene que decir a sus patrones. Considérelo su propina. Y en una semana lo tiene todo de vuelta.

—¿Ah sí? ¿Y por qué habría de creerle?

—Puede ir con sus jefes y preguntar quién soy. Le van contar la verdad: soy un tipo honesto, no un chorro hijo de puta —y sonrió.

Corría un viento helado que mantenía a todos en sus casas, salvo a una anciana que paseaba un perro, pero esta no prestó atención al taxi que dejó a Sergio Roja a la entrada del hotel. Entró trastabillando un poco y le tomó un rato conseguir que alguien abriera la puerta, por esto terminó insultando al recepcionista, aunque fue este quien lo condujo al ascensor. Sergio golpeó la puerta de la suite con toda la mano y fue Nelida Irragori quien atendió, molesta. Eran ya las seis, ¿dónde diablos había estado todo el día?

Roja fue al refrigerador del cuarto, llenó el lavamanos con agua y vació en este todo el hielo que había. Dos minutos de tratamiento helado y, tras secarse la cara y cambiarse la camisa, describió a Nélida la delicada negociación con, según él, cuatro peligrosos panameños en una tétrica bodega a donde fue llevado con una venda en los ojos. Como única arma para salir de allí con vida, dijo Roja, era una botella de Chivas Regal, la cual compartió, largos sorbos, con el matonzuelo de 19 años —pañuelo rojo al cuello y una navaja plegable que abría y cerraba en su mano sin dejar de masticar chicle— que parecía ser el jefe. Borrachos todos aceptaron las condiciones y el pago; este una cifra inferior a lo que, durante los primeros tensos minutos de la negociación, demandaban.

Nélida asintió sin preguntar detalles. Tal vez un escenario semejante le parecía connatural a la tarea de comprar armas a la mafia local. O de seguro, con su propia experiencia en inteligencia, se imaginó sin esfuerzo que Sergio, aburrido por la estadía, y tal vez enfermo con los nervios que acosan a los delincuentes domingueros, se había bebido media botella de whisky barato en algún agujero de Viedma. Tal vez ambas posibilidades. Se sentaron en la estrecha mesa redonda situada en mitad de la suite y estudiaron de nuevo un mapa de 1995 comprado a un miembro retirado del Concejo Deliberante. Con emoción que consiguió superar las trabas que había dejado el alcohol, Sergio Roja situó una serie de fichas sobre el diagrama, indicó puertas, rutas de salida y el tiempo que les tomaría poner al coronel Fuller y a sus tres o cuatro guardaespaldas, de seguro presentes en la hacienda, de rodillas.

Dispersos en el resto del piso, viendo televisión, descansaban los hombres de Roja. Dos de ellos eran meseros de El Bonaerense: Titi y Chompa. Su formación en combate venía de un pasado en la policía de Lima: armas cortas y levantamiento de pesas. Otros dos hombres, gemelos, amigos de los ex policías; uno, al que llamaban Casanova, era militar, el otro, Fabio, fanático de las motos, las armas y las películas bélicas. Los cuatro compartían una habitación y jugaban 21 con la radio encendida y un partido de fútbol italiano en la televisión al cual miraban solo durante los momentos emocionantes.

En el cuarto de al lado reposaba, sobre la cama, un enorme panameño de cuarenta años y problemas de obesidad. Quien viera a Cristian, aquella mole de sujeto con dificultad para encontrar ropa de su talla —salvo pantalones cortos y camisetas deportivas—, pequeñas gafas de contador público y un extraño corte de pelo, no se habría imaginado que tenía un pasado de cinco años de servicio militar en Estados Unidos, cuatro más como mercenario en Iraq y dos más de sacar borrachos de un pub en Avenida de Mayo antes de poner sus ahorros en un quiosco. Era el más experimentado en asuntos de armas. Dormía a su lado una joven estudiante de derecho llamada Noelia; no era parte de la operación, pero agradecía pasar unos días fuera de Buenos Aires.

El Turco llamó a las nueve de la noche. Llamó una asistente, de hecho, y el gran hombre de medios se presentó al aparato tras dos minutos en los cuales Sergio pudo oír las voces mezcladas con los vasos y la música de un piano y el timbre inconfundible de uno de los presentadores de El Trece. El Turco solo dijo "Ya está"; el dinero había sido entregado, en billetes de cien dólares, a un taxi que se detuvo allí donde Tato había indicado. La mercancía esperaba en una camioneta blanca estacionada a frente al museo Salesiano. Allí llegaron Roja y el enorme Cristian en un taxi. La llave sobre el asiento del conductor y ambos hombres arrancaron hasta un recodo oscuro junto al río, donde el armamento pasó a un Mazda negro, viejo y rezongón conseguido, nadie sabía cómo, por Nélida. Ella y Sergio volvieron al hotel en un taxi. Cristian sacó de la ciudad los dos rifles Winchester de repetición, las siete pistolas automáticas, las dos subametralladoras Uzi, la ametralladora M60 y once cajas de munición, entre nueve milímetros y 7.62, y partió al oeste.

Durmieron apenas unas horas. Todos menos Nelida Irragori quien se quedó mirando desde la ventana de la suite al pueblo que se extendía hasta bordear el río. A las cinco y media Sergio llamó a la recepción sin conseguir respuesta. Decidió bajar por su cuenta a exigir servicio y vio a la vieja sentada, inmóvil, como un perro esperando a su dueño. Le habría preguntado qué le ocurría, pero la detestaba — por momentos más, por instantes menos— lo suficiente como para dejarla en paz con sus demonios.

Sergio prefirió tomar uno a uno los escalones fríos a la prisa del ascensor. Aquella mujer tenía una cuenta pendiente con el coronel. Roja apenas tenía algunas páginas descuadernadas que no contaban la historia completa; y para él, la verdad, aquel mundo, aquella Argentina de esos tiempos, y quién él mismo era entonces, estaba en un pasado diez metros bajo el olvido. Jamás entendió mayor cosa de política; al fin de cuentas, todos los políticos mienten para ser elegidos, roban cuando son electos, son amigos de sus supuestos opositores y terminan ungidos de honores en el retiro, así como dueños de tierras y títulos valores.

A cada piso el frío aumentaba, se colaba por la bata e intentaba frenarle los pies.

La primera vez que Nélida se presentó en la hacienda fue en una reunión de "funcionarios", según el Turco: delgados y enfermizos caballeros porteños, que olían a colonia inglesa; todos en el comedor de veinte puestos, molestos por el clima malsano de la región. Pese a la temperatura pedían café. Se limpiaban de manera compulsiva con sus pañuelos. Son ratas, decía el Turco antes y después; quería decir banqueros. La única mujer era aquella secretaria, sentada en un rincón, tomando notas. Imposible saber su edad: tenía la piel de una joven, pero la mirada y una constante mueca que no se ganan sino al llegar a los cincuenta. Los banqueros se marcharon de vuelta a Posadas a toda prisa tras el almuerzo, antes que cayera la noche sobre la aterradora jungla. La mujer se quedó. No era como las amigas del Turco: no eran aquellas señoritas curvilíneas y de sonrisa inextinguible, siempre en trajes cortos e infantil curiosidad, de enorme apetito y risitas tontas a cualquier comentario o caricia del jefe.

Mientras se aseguraba que los uruguayos terminaran de limpiar los prados alrededor de la gran casona de estilo neoclásico, Sergio seguía con la mirada al patrón y a la señora venida de Buenos Aires. Caminaban juntos por los senderos, compartían el sillón del porche y bebían limonada. Ella fumaba sin parar y tenía los dientes amarillos; Sergio llegó a la conclusión que era periodista. Raro: el señor Larrea odiaba a los periodistas. Tenía muchos a su servicio, claro, y estos escribían y decían por la radio lo que se les ordenaba; ¿pero tenerlos en casa?, nunca.

Al tercer día Sergio aprovechó el café con amareto de las cinco de la mañana para preguntarle a su patrón, mientras este terminaba de despertar, si la "señorita periodista" permanecería en la hacienda otro día.

—No. Se va hoy. Es más: háceme un favor, Sergio: que se largue.

—Disculpe.

—Mirá: te vas al cuarto de ella y, sin ponernos agresivos, pero recio sí, le pedís que se vaya por donde vino.

—Sí, señor.

—Si trata de buscarme, de preguntar por mí, o te dice que tenemos todavía otros asunticos que discutir, bueno, ahí sí, la agarrás y la ponés en el jeep con las dos maletas que trajo.

—Sí, señor.

—Esperá. Es una mula esa mujer. Si insiste en buscarme, si no te hace caso, si se pone difícil. Bueno, ahí vos tenés toda la libertad de actuar como el dueño y señor; la agarrás, le das un par de cachetadas para quitarle la histeria y la subes al jeep, te la llevas.

—Sí, señor.

No fue necesaria la violencia. Sergio encontró a Nélida despierta en su cuarto, escribiendo una carta que, al terminar y sellar, le entregó a Sergio. Agarró su bolso de viaje y siguió sin palabras al mayordomo hasta el jeep, y no dejó de mirar hacia delante hasta que llegaron a Apóstoles. Debió dejarla ahí, en la estación de buses. Algo en su educación de niño debió aguijonearle la cabeza, porque la idea de abandonar a una mujer, todavía joven, en un caluroso mediodía, en territorio desconocido, le pareció insoportable. Se ofreció a hacerle compañía hasta que arrancara el autobús.

Durante esos cuarenta y tantos minutos, la vieja consiguió meterle una idea en la cabeza. Y él contagió al Turco y el Turco, junto al coronel Fuller y otros tantos asociados, se metieron en aquella absurda empresa. Su patrón, el señor Larrea, consiguió apaciguar a los banqueros y a los de impuestos, se hizo rico y dejó su vida de matar insectos y abanicarse en la soledad bestial de Misiones por un yate y un apartamento duplex en el corazón de la ciudad; cenas de miles de dólares y la compañía de todas las bedettes de la nación. Él, Sergio, obtuvo también lo prometido: compró con su esposa lo que era un taller de ensamblaje de bicicletas y lo convirtió en un restaurante. Ahora tenía tres.

Pero la vieja, la vieja Nélida Irragori, en algún punto se empezó a rezagar. Era astuta, sí, pero carecía de la ambición —la ambición hambrienta y desalmada, se decía Sergio mientras buscaba comprender el mecanismo de funcionamiento de la cafetera en la cocina del hotel— para seguirle el paso a sus socios. ¿Injusto? Que todos consiguieron lo que buscaban y ella terminó en un apartamento diminuto, propiedad según entendía él, de una hermana, y una pensión del Estado, que según el registro había conseguido tras años de ser estenógrafa, y no espía de la SIDE. ¿Injusto? Sí, pero qué se le va a hacer —pensó con un pequeño gesto de victoria cuando empezó a correr al interior de la cafetera el preciado y caliente líquido—: así es la vida, unos ganan, otros pierden, y ella parecía ciega al hecho de que se venían de vuelta los peronistas. Ahora todo eran negocios, democracia, Wall Street, jet privado, computadoras, CNN, televisión por cable, tarjetas de crédito, turistas por todas partes y los chicos mirando MTV con el pelo pintado de colores. Y ella creyendo que los militares la iban a condecorar con una salva de vientinún cañonazos.

Sergio se tomó su café y siguió riendo en la oscuridad del comedor solitario.

La camioneta llegó a las doce; un ligero retrazo, dijo el conductor cuando fue a entregar la llave, mas Nélida prefirió no abrir la boca para recordarle que debía haber estado ahí cuatro horas antes. Llevaba unas grandes gafas oscuras de plástico y una bufanda que cubría la otra mitad de su rostro. El contrato de alquiler estaba a nombre de Sabrina Lombardi, según una borrosa fotocopia que la mujer exhibió aduciendo que el original estaba en la administración del hotel y tenía prisa.

Los dos policías y sus amigos, Sergio Roja y Nélida abordaron la camioneta y arrancaron al punto de encuentro, situado a dos horas de Viedma. Requería el viaje salir de la vía principal y subir por un tramo que, de momento, por suerte, el invierno no había convertido en una franja de lodo. El punto situado en el mapa, en una bifurcación claramente detallada, no existía, no al menos allí donde debía estar. Ahí empezaron los problemas.

VEINTICUATRO

Pusieron carne en el asador del patio y destaparon cervezas alemanas traídas por decenas y conservadas en una nevera del depósito. Doña Ignacia prefirió una gran copa de vino. Llegaron algunos vecinos: un tipo alto y flaco de cabello lacio y su esposa, una tímida japonesa. Otros era un par de rollizos y sonrisados hermanos, importadores de metal por internet. Otra era una estadounidense, de cabello corto, cincuenta años de narcodependencia, muchas arrugas y tatuajes escritos por medio mundo.

—Susanne —dijo cuando Hegel le preguntó su nombre.

—¿De qué parte de Estados Unidos?

—No importa de dónde vengo; vengo de todas partes. Lo que importa es a dónde voy —dijo Susanne.

A una tumba, pensó Hegel, mientras veía a la esquelética mujer encender un Parliament.

El flaco y su esposa japonesa parecían muy cercanos a doña Ignacia: los tres ocupaban una banca y el hombre parecía describir una terrible situación. Hegel buscó con los ojos a Fuller, este escuchaba a los obesos hermanos del metal discutir animados con Patricio; al notar la mirada del joven alemán, hizo un gesto con la cabeza y ambos se unieron, cervezas en la mano, a conversar al pie del cercado, lejos del bullicio de los demás.

Fuller miró a la oscuridad permanente la interior del cerco arbolado. Hegel prefirió dar la espalda a esta perspectiva y no perder de vista la posición de cada uno de los invitados Irina se había unido a doña Ignacia y a sus amigos; la conversación, por demás, parecía haber subido de ánimo.

—Podemos partir esta noche —dijo Hegel.

El coronel no dijo nada.

—Si hacemos un trato ya —añadió Hegel.

—Los acuerdos, los tratos, es algo que yo discutiré con su gente. Usted me da su palabra que no tendré inconvenientes en salir de aquí y estamos bien.

—No imagino qué puede interponerse.

El coronel tampoco tuvo una respuesta para esto, o no le pareció una afirmación que requiriese añadir nada. Sin embargo, Hegel se dio cuenta que las enormes pupilas del viejo se movían con la intensidad del soldado que busca en el frente a su enemigo.

—Esta noche entonces —dijo Hegel.

—Sé que no está en sus manos —dijo Fuller sin perder de vista al enemigo invisible oculto entre la espesura—, pero me gustaría volver aquí.

—No puede ser imposible.

—Es la cantidad de gente que va a meterse en problemas: hablo de ex presidentes, hablo de medios, hablo del fútbol, jefes de sindicatos incluso.

—Vamos a manejar esto de la manera más discreta.

Pese a las risas provenientes de la silla que compartían el flaco, la japonesa, Irina e Ignacia, Hegel notó que la mujer del coronel no dejaba de mirar con menos curiosidad que preocupación de madre cuando nota que su chico está demasiado cerca al borde de la pileta. Hegel pensó una manera de terminar la conversación: darle las instrucciones para esa noche y dejarlo a solas el resto del día.

—Cuando esto se sepa —siguió diciendo Fuller en su oxidado inglés aprendido en algún internado británico más de medio siglo atrás—, cuando en este país se sepa todo, el infierno que se va a desatar. No van a poder dejar de hablar de esto por un año, por muchos años.

Con amabilidad e inquietud Ignacia buscaba dónde poner su copa y dejar la compañía de sus amigos e Irina.

—A las once sería una buena hora para salir —dijo Hegel— Tenemos un vehículo listo.

—Para un libro es lo que va a dar. La gente cree que esto se trata de unos pocos armados y un país rehén. Las verdades nunca son fáciles, son incómodas. Por eso los periodistas hacen tan poco; hacen preguntas estúpidas o toman nota de lo que les dicen los dueños del país. No sé cómo sean las cosas en Alemania; son una civilización superior, infitamente superior. Aquí llega un pez gordo cualquiera y reescribe la verdad a su gusto.

Ignacia se vio detenida por los obesos hermanos y su interés de hacer resolver algunas dudas que la señora, a prisa sí, mas sin perder su cortesía y modales, explicó con ambas manos y una sonrisa.

—Quiero que todo se sepa —prosiguió Fuller en español—. Todo. Los primeros que van a caer en esto serán los de los medios. La gente no ha terminado de comprender que aquí los que buscan el poder en la jerarquía no se quieren simplemente llenar los bolsillos de plata; nah, la plata la tiene cualquier aparecido. Aquí no sorteamos a la sociedad así. Son los que imprimen los diarios y producen las noticias. Ellos son los que se encargan de mantener a la sociedad enferma; y detrás están los banqueros, y los financistas, los que nunca mancharon sus manos con tierra o levantaron un azadón para conseguir la comida.

El discurso iba para largo, y Hegel necesitaba una confirmación.

—Todo está listo, capitán —dijo y se retiró de la cerca—. Prepárese.

—Un militar, un soldado, es alguien que jura, que cumple un deber, y es proteger a su país. Hay un acto de entrega ahí; no ambiciona el poder, mucho menos el dinero. Y, escuchame bien, detrás de todo lo que pasó no se esconde otra cosa que la ambición de los banqueros, de los medios, de las familias de honra y apellido que gobiernan y distorsionan la realidad con sus revistas, con sus noticieros. ¿Y cuántos de ellos han sido detenidos, juzgados o puestos en el paredón por financiar y apoyar, por beneficiarse de todo el asunto? Pero voy a dar los nombres, la gente de la Sociedad, los de los

Consejos de Empresarios, de la Construcción; con todos los que me reuní, todos los que hicieron la guita.

—¿De quién hablan? —preguntó Ignacia.

Hegel se quedó sin poder recordar en qué idioma debía de responder.

—Del fin del mundo —dijo Fuller sin abandonar su contemplativa postura dirigida al corazón oscuro del bosque.

—*I'm leaving* —dijo Hegel y se alejó con las manos en los bolsillos.

Sin poder marcharse al paso apresurado que habría preferido, la todavía atlética esposa del coronel Fuller le dio alcance en un par de pasos.

—¿Todo listo para la entrevista? —preguntó la señora en español.

—*Beg you pardon?*

—Sí, a eso vinieron, ¿no? Bueno, no es que los esté sacando. Es solo que no acostumbramos a tener visitas durante tanto tiempo. Como ven, aquí vienen amigos, nos visitan también vecinos; pero gente muy de cerca, ¿me entiende?

Hegel miró un par de veces a Ignacia. Asentía con una sonrisa de idiota amable.

—Me parece que esta misma noche —dijo Ignacia—. ¿Qué piensa usted?

Hegel sonrió de nuevo. Ignacia se cruzó de brazos.

—Esta, noche —dijo Hegel entre dientes.

—Como me gustaría estar presente, pienso que el momento de la cena sería fantástico. Ahora me disculpo —y se alejó de nuevo hacia la cerca donde el coronel Fuller debía seguir mascullando su apocalípticos planes.

La temperatura empezó a precipitarse a cero cuando el distante sol desapareció tras un manto de nubosidad. Los árboles que rodeaban la casona empezaron a quejarse cuando los intensos vientos conseguían casi doblarlos. Los peones, Patricio y Dorotea se encargaron de levantar platos, vasos, manteles de escaques rojos y blancos, botellas vacías y restos de comida. Parecía avecinarse una tormenta, le dijo Irina a Hegel mientras ella miraba a Dorotea caminar contra el viento y poner la basura en una gran bolsa que corría el riesgo de salir volando.

Hegel estaba ocupado encendiendo la chimenea. El papel ardía pero los troncos permanecían indiferentes.

¿Caía nieve en aquel lugar? ¿Qué tan fría y peligrosa podría ser la noche si se desplomaba una tormenta? Si el intenso y violento océano del sur, tan relativamente próximo, descargaba vientos capaces de tumbar un avión, o lluvias implacables, con descargas eléctricas, que hicieran imposible una retirada. ¿Era algo de lo debían preocuparse? ¿Era algo que debían haber tenido en cuenta desde el principio? Irina miró a Hegel al no recibir respuestas: seguía de rodillas soplando sobre un puñado de débiles llamas azules conseguidas con hojas de la revista Interviu.

Ella se acercó y le ayudó a rasgar entrevistas a vedettes y noticias truculentas para alimentar el fuego. Tras un rato uno de los troncos quedó envuelto por un baile de llamas y el resto de la madera generó luz y calor suficiente para la pareja de conspiradores que ahí se quedaron, uno junto al otro, mientras el cuarto se oscurecía y esperaban la llegada del llamado a cenar.

Hegel abrazaba a Irina y olía su pelo cuando Dorotea llamó a la puerta. Irina se dio vuelta:

—Debimos haber estudiado el plan una vez más.

Él se limitó a darle un beso.

No era Dorotea quien llamaba, sino Aníbal. El hombre tenía puesto el sombrero, las botas, la camisa a cuadros ajustada por su barriga y un cinturón texano con chapa de plata.

—Los esperan —dijo y señaló el corredor hacia la escalera con una inclinación de la cabeza.

—Vamos en un momento —dijo Irina, quien debió darse cuenta que su cabello flotaba por todas partes.

—No, se enfría —dijo Aníbal, manos en la cintura.

Hegel estudió por un instante al hombre y le dijo a Irina que se hiciera a un lado. Sin prisa, pero con pasos veloces, se lanzó escaleras abajo dispuesto a enfrentar lo que estuviera ahí esperándolos. Irina iba casi pegada a él. Aníbal descendió con calma y ambas manos listas.

—Al comedor, por favor —añadió cuando los dos jóvenes huéspedes se quedaron un instante parados frente a la escalera sin estar seguros de qué camino tomar.

Siguieron la orden y fueron juntos hasta el comedor.

Pasados los quince minutos, Cristian decidió no seguir adelante. Los faros conseguían cubrir casi cien metros de pastos, pero ni una sola marca parecía indicar dónde seguía el sendero, o siquiera si existía. Sus acompañantes no decían ya una palabra; estaban hartos de discutir. Hizo girar la camioneta y buscó en el horizonte el punto diminuto de luz que creía haber visto unos minutos atrás. Nada. Apagó las luces, apagó el motor y se bajó de la camioneta. El frío se apoderó de él de inmediato.

—Te juro, cabrón, que vi una casa —dijo Cristian, corto de aliento, a Sergio Roja cuando este se le acercó—. Una casa, cabrón.

Sergio se aclaró la garganta.

—Mirá: lamento lo que dije. Me exhalté, es todo.

—Está todo bien —respondió Cristian.

Ambos hombres intentaron de nuevo con el mapa bajo la luz moribunda de la linterna. Bajo los aros de luz el mapa trazaba líneas abstractas de longitud, y grises áreas de pastos sin una sola ruta o una sola marca, nombre, elevación o río. Apagaron la linterna y dieron vueltas unos instantes hasta que, con al afán de un náufrago, Cristian agarró a Roja por la chaqueta y le señaló algo. Debió insistir en su "mirá, allá", un par de veces hasta que el diminuto parpadeo de una estrella amarilla les devolvió el ánimo, encendieron la camioneta y aceleraron por la planicie en busca de ese punto amarillo que por momentos se apagaba obligándolos a disminuir la velocidad.

Era una casa, próxima a desplomarse a juzgar por sus paredes inclinadas y un techo con tejas de barro, rotas la mayoría. Colgaba de la entrada un bombillo que se encendía cuando salía un anciano de poncho a alimentar unos cerdos.

Al llegar la camioneta se quedó esperando con curiosidad. Un perro criollo se paró junto al viejo campesino y agitó la cola.

—Buenas noches —dijo el viejo al ver a Cristian.

—¿Dónde queda la hacienda Mandalay? —preguntó Cristian.

El viejo no pareció entender y se acercó al vehículo.

—¡Quédese ahí donde está! No le he dicho que se acerque. La hacienda Mandalay.

—Aquí no es.

Cristian cerró la puerta con tal violencia que cada perno y tuerca de la camioneta soltó un quejido.

—Cómo llego yo a Mandalay —dijo Cristian acercándose al viejo. El perro se puso en sus patas y ladró una advertencia.

El viejo miraba la camioneta, miraba al enorme panameño, miraba en rededor, tal vez buscando en su memoria el exótico nombre de la hacienda. Se retiró el sombrero, se arregló un mechón largo de cabello gris y, antes que se cubriera de nuevo Cristian le empezó a repetir: ¡Mandalay! ¡Mandalay! ¡Mandalay, viejo!

Sergio vio al anciano señalar en diferentes direcciones antes que Cristian lo agarra por el brazo y lo levantara para arrastrarlo hacia la camioneta. El campesino, más sorprendido que indignado, seguía señalando y diciendo nombres al azar. El perro empezó a ladrar con intensiones agresivas, y cuando Cristian y su presa llegaron a la camioneta, el obeso panameño trató de pegarle una patada al animal.

—¡Que no lo traiga acá! —advirtió Nélida— Que no lo vaya a traer, que nos ve las caras.

Sergio agarró el mapa, se cubrió la mitad del rostro con su bufanda y salió de la camioneta. Entre él y Cristian condujeron al viejo campesino de vuelta a su casa. El perro siguió ladrando hasta que Cristian sacó su pistola y le disparó. El perrito salió corriendo.

Dorotea puso en medio de la mesa un gran tazón que, al ser retirada su tapa, liberó una nube que se vertió por el cielorraso y creó un atmósfera acogedora; durante un instante. Ignacia le dio la orden a su criada de que se marchara. De un lado de la mesa estaba la señora de la hacienda, a su lado Patricio. Hegel e Irina estaban del otro lado. Al sentarse ella preguntó por el capitán Vengoetxea.

—Se siente mal —respondió Ignacia cuando Dortea desapareció tras la puerta de servicio—. Se tomó su medicación y duerme.

Irina enfocó sus ojos en el reloj suizo de cuerda que decoraba el corredor. Tenía unas manecillas muy pequeñas: las nueve y diez minutos. Sonrió.

—¿Tienes alguna prisa? —preguntó Ignacia.

—No.

—Digo, como te veo interesada en la hora.

—Me disculpará —dijo Irina sin dejar de sonreír—, no suelo cenar tan tarde.

Hegel ofreció su tazón para ser llenado con la bien condimentada sopa de gallina. Ignacia lo miró por un segundo y volvió su atención a Irina:

—¿Esperaban conversar con Armando?

Por un momento demasiado largo, Irina no pudo conectar ese nombre con el coronel Fuller. Su rostro se llenó de color.

—Aún… Aún no tengo claras las preguntas que queremos hacerle, ¿cierto? —preguntó en dirección a Hegel— Digo, si todavía es posible ponerle frente a una cámara, o si prefiere, no sé, solamente, solamente hablar y bueno, algunas preguntas de pronto, de pronto ya no quiera, quiero decir él podría solo sentarse y contarnos…

—A qué vinieron ustedes acá —dijo Ignacia, ahora ligeramente inclinada hacia Hegel, quien movió las manos buscando un diccionario invisible—. Dejá eso, dejá eso: vos hablás muy bien el español.

Hegel miró a Patricio. No sonreía, pero cierta amable confianza iluminaba su rostro y sus brazos cruzados completaban su apariencia de expectador en el teatro donde la trama está por alcanzar su climax.

Irina tenía preparada ya su respuesta: repetir su historia; la idea detrás de una tesis, de dar una luz distinta a un periodo delicado de la historia argentina…

—Disculpen la tardanza —dijo Aníbal entrando en el comedor.

Dos cosas se destacaban en su presencia: la falta de sombrero, y el cinturón del cual colgaba, a su costado derecho, una plateada pistola Browning nueve milímetros. Era la primera vez que Hegel veía un arma en la hacienda. El hombre se sentó en la cabecera de la mesa; no había un plato para él, y su mirada de pequeños ojos oscuros, así como una sonrisa similar a la de Patricio, dejaron más que clara la situación.

—Sigan —dijo Aníbal—, no los interrumpo.

Por fin salieron. Cristian y Sergio Roja caminaron con decisión hacia la camioneta en silencio. Al entrar y cerrar las puertas apenas hubo un intercambio de "¿Te acordás?", "Sí, muy bien todo", por el cual Nélida Irragori, quien venía batallando contra el sueño durante un rato, se permitió relajarse y cerrar los ojos. Encendieron la camioneta y lo faros cubrieron la casa a oscuras. Cristian cambió marcha y, mientras el vehículo retrocedía, Sergio le ordenó detenerse.

Saltó de la camioneta y caminó de vuelta a la casa.

Encontró al viejo humedeciendo un trapo en el lavaplatos antes de colocárselo sobre los labios amoratados por un puñetazo del panameño.

El viejo dijo algo entre dientes y Sergio le disparó tres veces. El campesino no se desplomó sino que permaneció apoyado contra el lavaplatos, con los ojos cerrados y la boca apretada. Antes que hubiera caído, Sergio fue de vuelta a la puerta, apagó la luz y trotó hacia la camioneta. Lo seguía el perro criollo pidiendo explicaciones.

—Arrancá, arrancá —dijo Sergio.

—¿Qué pasó? ¿Todo está bien? —dijo Nélida.

—Vamos tarde, vamos tarde —respondió Sergio. Miró hacia atrás, hacia las sillas donde la pareja de ex policías y sus compañeros permanecían en silencio—. Ustedes ahí atrás: preparen el equipo, revisen que todo esté limpio. En diez minutos debemos estar allá.

VEINTICINCO

POR DEBAJO DE LA MESA IRINA agarraba los bordes de su pantalón
con la misma presión de un cangrejo vengativo contra un turista
agresor. Hegel tenía sus manos sobre la mesa, a lado y lado de un
tazón que, al parecer, no sería llenado con el estupendo caldo de
alentador aroma en cuya superficie bailaba una curva de vapor que
ascendía a la lampara del techo.

—Nosotros vinimos a hacer una entrevista —decía Irina.
Intentó un tono cada vez más indignado a cada oración—: A dar a
conocer un punto de vista. Esta es una labor académica, puramente.
Llegamos aquí sin segundas intenciones. No sé qué están pensando
ustedes está pasando acá.

Ignacia miraba a Irina; parecía realmente atenta a sus palabras.
Giró su atención a Hegel y preguntó en español:

—¿Quién está financiando eso?

Hegel se inclinó hacia Irina y murmuró "no sé qué está
pasando acá".

—Si desean nos vamos —dijo Irina—. Sí. Entiendo… No
vaya a interrumpirme. No quiero ser grosera, pero si sienten que nos
estamos metiendo en su vida privada; yo sé que hay aspectos de la
vida del capitán que ustedes, su familia, preferirán mantener…

—Sacala a ella de acá, Patricio, que me está dando migraña escucharla —dijo Ignacia.   Patricio obedeció; sin movimientos violentos, o agresividad alguna, se puso en pie, rodeó la mesa y tomó por el codo a Irina, quien se limitó a mirar este acto sin poder abrir la boca.

Hegel alcanzó a mover su silla atrás un tanto.

—Calmaditos todos —le dijo Aníbal con una mano encima de la pistola.

Patricio, sin demasiado esfuerzo, levantó a Irina por el codo haciendo caer la silla. Irina, con una voz a punto de fragmentarse, pidió el favor de ser liberada. Dorotea, tal vez atraída por el impacto de la silla contra el piso, se asomó al comedor un instante antes de dar vuelta y desaparecer.

—¡Soltame! —dijo una vez más Irina cuando Patricio intentó alejarla de la mesa.

—*Go now, he's watching!* —dijo Hegel; palabras que no tuvieron sentido para nadie, pero consiguieron calmar a Irina.

La mano de Patricio se cerró sobre el brazo de la joven y ambos salieron de la cocina por la puerta trasera al patio. Ella intentó safarze una vez más y un "Seguís jodiendo y te saco un ojo, hija de puta", la hizo obedecer y ser guiada por un sendero arbolado hacia los establos situados sobre una elevación.

Hegel tomó con cuidado el plato que tenía frente a él, la cuchara y la servilleta, puso todo a un lado y se inclinó sobre la mesa. Aníbal no dejaba de mirarlo, tal vez con desprecio, tal vez con temor oculto en una mueca de burla.

—Primero dígame una cosa —dijo Hegel en su natal acento ibérico—: ¿dónde está?

—Ya le dije, duerme —dijo Ignacia.

—Lo mejor será que suba y hable con él —dijo Hegel tras consultar su reloj—; se nos hace tarde.

Ignacia miró a Aníbal por un instante.

—Me parece que usted todavía tiene que responder unas preguntas.

Como si buscara desarmar una artimaña de póquer, Hegel fijó sus ojos en Ignacia.

—Si decido subir —dijo tras el prolongado silencio—, y hablar con él, ¿va a detenerme?

Aníbal desenfundó y en un acto de disuasión plantó sobre la mesa la poderosa y brillante figura de la Browning automática y esto bastó para que Hegel agarrara el tazón de cerámica junto a su mano y se lo estrellara a Aníbal entre los ojos.

De pie Hegel agarró al obeso Aníbal y le plantó un puñetazo en plena cara que sonó como el madero crujiente partido por el asalto de un oso. El gordo cayó de espaldas con su silla poniendo a doña Ignacia también de pie contra el aparador de la vajilla que produjo un tintineo preocupante.

La automática debía haber caído por el suelo y rebotado contra una pared porque Hegel, mirando en todas partes, no conseguía ubicarla. Y, más rápido de lo que cualquiera hubiera predicho, Aníbal se incorporó, cara cubierta de sangre, ojos lanzando rayos y se fue, con todo su peso, contra Hegel y ambos contra la ventana que regalaba al comedor una vista del patio trasero y sus rosales. El grito del vidrio al partirse debió escucharse en varios kilómetros. Ambos hombres cayeron atenazados sobre fragmentos de vidrio y rodaron hasta darse contra un seto de rosas grises.

Adolorido, Aníbal se apoyó en manos y rodillas para incorporarse, mas Hegel, ya de pie, le clavó tal patada al hombre que le rompió la mandíbula y no pudo ni gritar. Sin embargo, tras un gruñido, amontonó fuerza en su interior y se levantó una vez más; miró a Hegel tras la cortina de dolor y se lanzó sobre él para ahorcarlo. Todavía en el comedor, Ignacia veía a los dos hombres agarrados: Aníbal tratando de arrancarle la cabeza al alemán, y este lanzando repetidos rodillazos contra las anchas costillas de su agresor.

El brillo de la Browning le llamó la atención a Ignacia: estaba casi a sus pies. Años de práctica la habían acostumbrado al peso y cómoda disposición de una escopeta de doble cañón, de apuntar y abatir platos en curvada trayectoria sobre el horizonte, en pleno día. Una pistola, que no podía apoyar en su hombro, que podía romperle la cara con el retroceso, hizo dudar por un momento a Ignacia. Ya no era momento de dudar, se dijo, tomó la pistola, la apretó con ambas manos y fue a través de la ventana rota para matar al alemán.

Un gran cobertizo conservaba el heno para los caballos en pilas y más pilas que se amontonaban por todas partes. Una sola luz bailaba colgada de su cable en el centro de aquel depósito y bajo esta Irina fue lanzada al piso. Patricio se metió la mano al bolsillo y enseñó en esta el destello de una navaja.

—Dejame hablar con el capitán, por favor —dijo Irina.

Patricio hacía girar la navaja entre sus dedos.

—Sos muy piola, vos —dijo en voz baja.

Le habían hablado de esto; se lo explicó alguno de los colegas de Hegel, en un salón de clases, a las nueve de la mañana, rodeada de otras veinte personas de su edad, todas en atuendos de oficina, todas con una dona y un café, un cuaderno de notas y uno bolígrafos plateados de cortesía. Era un inglés, alto y de corbatín; tenía el cabello gris…

Patricio dio un paso más hacia ella; respiraba con fuerza.

—Qué boquita tan dulce tenés vos —dijo casi en un susurro mientras sacaba y guardaba la hoja plegable de la navaja.

Ese hombre, ese inglés, habló de la presión que antecede a la tortura: primero el aislamiento, luego la presencia amenazante de desconocidos, luego los comentarios incómodos, las amenazas veladas, las burlas, las muecas. Antes que les pongan un dedo encima los habrán trabajado por horas con una terapia de miedo desprovista de violencia.

Y todo suena muy bien a las once de la mañana, en un salón de clases, en Frankfurt, con café, compañeros y un flemático inglés que destripa académicamente la tortura sicológica. No aquí, lejos de todo, bajo la mirada borrosa y perdida de un tipo que juega con un cuchillo.

—Señor —y el puto entrenamiento no te preparó para que no te temblara la voz—, déjeme hablar con el capitán.

—¿Estás asustada? —la voz de repente volvió al mismo tono que había empleado cuando se conocieron— ¿Por esto? —dijo doblando la hoja de la navaja— Disculpá, pero es una forma, digámoslo, de *copar* con el miedo cuando se meten en mi casa a amenazar a mi familia. ¿Entendés? —sonrió— Sí. Bueno, pero yo no me preocuparía, porque vos me vas a contar todo. Todo —la voz se aceleró—, o te corto. Te juro que salís de aquí sin cara que mostrar; te arranco la nariz, las orejas, los ojos, los labios te los corto para que quedés…

Se detuvo al notar que los ojos atemorizados de Irina ya no estaban en él, sino en algo tras él:

Se dio vuelta y alcanzó a decir "¡Esperá!".

Antes que Katz le descargara un hachazo que le cortó el brazo derecho limpiamente.

Ojos fuera de las órbitas, Patricio gritó de dolor y horror. Leonardo levantó de nuevo el hacha y le hundió toda la plateada hoja entre las costillas apagando el grito.

Patricio cayó al piso con los dientes apretados y sangre y saliva y burbujas corriendo por las comisuras. Otro hachazo fue a la frente y el cráneo quedó partido con un ¡plac!, seco que llevó a Irina a gritar POR DIOS, ¡PARÁ! Lo que no detuvo el último hachazo con el que Leo Katz separó la cabeza de Patricio del resto del cuerpo.

Irina se impulso hacia atrás para retroceder aterrorizada. Se tapó la boca y empezó a llorar.

Leonardo Katz estaba por completo vestido de negro y su rostro estaba atravezado por franjas negras y verdes que, más que mimetismo, le daban el aspecto de un reptil desalmado. Portaba una pistola automática Glock 9mm, un rifle de asalto ukraniano en su espalda y por demás estaba ataviado con cargadores de munición para las armas.

—Ay, cálmese —dijo tirando el hacha al suelo— ¿Y Hegel?

Irina, en cuatro, tosía sin poder vomitar.

Impaciente, Leonardo intentó ponerla en pie; la joven se soltó y corrió contra la pared tropezando con sacos de avena importada. Sus ojos azules miraban a Leo con horror e incredulidad.

—Entiendo que es una situación difícil —dijo Leonardo—, pero necesito que se me despierte porque se nos hizo tardísimo —aplaudió dos veces con sus manos enguantadas— ¡Hola! ¡Hora de irnos!

Irina bajó su mirada hacia lo que quedaba de Patricio, ahora acumulado sobre su propia sangre. Pese a la poca luz pudo notar algo en su rostro: los ojos abiertos y los dientes, lo dientes astillados entre sí por el dolor. Sintió mucho frío, todo a su alrededor se apagó y vomitó sobre el saco de avena para caballos.

—Terminó la catarsis, nos vamos —dijo Leonardo y le dio una suave palmada en la espalda a la rubia.

Se abrió la puerta del despacho. Sonaba Bach, o alguna cosa así; hacía más calor que en el resto de la casa, olía a encierro y a brandi derramado sobre el tapete; la única luz encendida era la lampara de escritorio y su clásica pantalla verde. Cuando la puerta se abrió por completo como impulsada por fuerzas de la naturaleza, el coronel Fuller, caído de mala manera sobre un sillón, apenas alzó la cabeza.

Hegel entró, pistola en una mano, el brazo de doña Ignacia en el otro y un hilo de sangre bajando de su frente.

Ignacia cayó al suelo a los pies de Hegel.

—¡Coronel! —dijo el alemán.

Fuller parecía tener problemas para levantar la cabeza. Hegel se acercó a revisar la condición del viejo: los ojos cristalizados, algo de saliva resbalando de la boca junto a un sonido de ronquido. Drogado, al parecer. Ignacia intentó ponerse en pie y el chasquido metálico de la Browning al ser amartillada la detuvo. Hegel fue al estéreo, haló un cable y el conjunto de piano, violines y bajos en G mayor se apagó. Regresó a la puerta, encendió las luces y Fuller con dificultad alzó un brazo para cubrirse los ojos.

—¿Qué le ha dado? —preguntó Hegel.

Ignacia seguía sentada en el suelo mirando al piso. Hegel le dio un par de golpes suaves con el cañón de la pistola:

—Pregunté qué le ha dado.

—Nada… —le costó bastante decir eso; estaba molesta, tal vez también atemorizada; posiblemente ambas cosas— Su medicación, es todo.

—¿Puede ponerse en pie? —la pregunta esta vez estuvo dirigida a Fuller.

La réplica fue un par de sílabas entre dientes. Hegel se sentó junto a Ignacia:

—Escuche, y escuche bien: vamos a salir con este hombre. Si le importa, si quiera un tanto…

—¡Ustedes no van a ninguna parte! —Ignacia giró la cabeza y miró a Hegel desafiante— Me matan primero. A él no se lo llevan.

Hegel le enseñó de nuevo la Browning. Sacó el cargador, le mostró los proyectiles de color herrumbre.

—No voy a matarla. Le dispararé en una pierna; eso bastará. Tal vez en las dos rodillas; eso es como año y medio de terapia y cirugías para caminar de nuevo, pero es problema suyo.

—Usted asusta a nadie. Menos a una vieja como yo —dijo y se lanzó con agilidad impredecible sobre Hegel, aunque a este le costó solo un empuje de su brazo izquierdo para poner a la señora bocarriba en el suelo.

Apuntó, apretó el gatillo y la bala cruzó a centímetro y medio de la sien derecha de Ignacia que ni siquiera parpadeó.

—¡Pará! —dijo Fuller. Cerraba los ojos con fuerza y un taladro parecía taladrarle la frente.

—Se ha acabado el tiempo, coronel. Nos tenemos que ir.

—No le hagás, nada —continuó Fuller cubriéndose los ojos—. Dejala ir.

—De aquí salimos todos —dijo Hegel.

Entonces se apagaron las luces.

Hegel retrocedió hacia la pared y preparó la pistola. Fuller preguntó qué pasaba y Hegel le pidió callar. Había voces afuera; resultaba imposible entender qué se preguntaban o decían aquellos hombres. Pasos apresurados por el jardín, golpes en la puerta principal. Luces pálidas de linternas pasaron por la ventana y cubrieron las cortinas cerradas. Acostumbrado a la falta de luz, Hegel pudo ver a Ignacia apoyándose en el sillón de Fuller para ponerse en pie.

Alguien venía subiendo por la escalera, pensó.

Ignacia empezó a susurrarle algo al coronel.

No era que la escalera emitiera, de sus peldaños de madera vieja, algún sonido. Era una sensación en el pecho de Hegel; la impresión fuera de los sentidos de que alguna presión insonora se estaba aplicando en ese momento a la escalera por un pesado cuerpo. No, tal vez más de un cuerpo: tal vez dos hombres de los peones del coronel debían haber encontrado que una de las tres puertas de la casa estaba abierta, o simplemente consiguieron salvar el comedor lleno de vidrios rotos sin hacerlos sonar.

Hegel dio un largo paso, dio otro y y otro más para ponerse tras el sillón donde permanecían el coronel Fuller y su mujer.

Apuntó y pensó qué tan rápido podría arrastrar el enorme escritorio de caoba contra la puerta, y bloquearla así para resistir al asalto hasta que llegara su refuerzo.

Sonó una pisada en el pasillo, tras la puerta.

—¡Ayuda! —gritó la vieja— ¡Ayuda!

De una patada abrieron la puerta y el destello de la linterna enceguecío a los tres, y Hegel, de no haber reconocido el pálido esplendor de la luz LED, habría apretado el gatillo hasta escupir la última bala del cargador. Mostró la pistola y pidió con un gesto bajar la luz.

—¿Quién está afuera? —preguntó.

—Peones —dijo Leonardo Katz tras apagar la linterna acoplada a su rifle AK-74.

—¿Irina?

—En el primer piso. Tiene mi pistola.

—¿Está bien?

Leonardo prefirió no responder.

—¿Usted quién es? —dijo Fuller— ¿Qué está pasando?

—Soy Caronte y esta es mi barca —dijo Katz dándole un manotazo al rifle.

Una detonación resonó por el primer piso y alcanzó el despacho con una advertencia:

—Irina —dijo Hegel.

—Tenemos que salir ya —confirmó Leonardo.

Hegel se inclinó sobre Fuller: era ahora o nunca. El viejo militar se levantó sin mucho equilibrio y se apoyó en Hegel para caminar hacia la puerta. Dijo que necesitaba ir a su cuarto.

—¡Ustedes no van a ningún lado! —dijo Ignacia.

Leonardo la miró un momento. La vieja se agarró de su pantalón.

—No saben dónde se metieron; mi gente no va a dejar que se lo lleven.

Leonardo atrapó la cara de Ignacia apretándole los labios y la nariz. La agarró por la nuca y la levantó cuan larga era. Ella miró, con la poquísima luz que entraba en el cuarto, los ojos de Leo, y algo, quién sabe qué, en esas apagadas pupilas, empezó a llenarla de un terror que en muchas décadas había casi olvidado. Ahí empezó a temblar.

—Shhhhh —susurró Katz—. Vamos a portarnos, ¿sí?

La vieja asintió rápidamente y Leonardo la hizo caminar delante de él hacia la puerta.

VEINTISÉIS

LEONARDO ENTRÓ EN EL COMEDOR armado con su rifle AK. La Glock 9mm estaba en la mano de Irina y Hegel tenía para sí la Browning de Aníbal, quien, como pudo ver Leonardo, yacía sin vida frente a la ventana rota que daba al jardín. Afuera, sin las luces exteriores de la casa, apenas la luna y su luz azulada, permitían leer las formas de arbustos, de las rosas, de los senderos que cruzaban el césped y conducían hasta la barda, tras la cual, en la negrura absoluta, empezaba el bosque y de ahí el resto del mundo.

Katz alcanzó a dar dos pasos antes de ver un par de figuras corriendo y oír pisadas sobre la gravilla del sendero. Alzó un brazo para detener al resto del grupo: a Hegel, a Irina, al coronel Fuller y a doña Ignacia.

Unas cuantas voces murmuraban ahí fuera. Se daban órdenes entre sí, o más seguramente discutían un plan de acción. Leonardo, inclinado, rodeó la mesa y por encima de esta apuntó a la noche.

—¿Situación? —susurró Hegel en inglés.

—Tres, cuatro hombres. Están esperando.

Como confirmación cuatro linternas que habrían bastado para iluminar un estadio en plena final, enceguecieron a Katz y lo obligaron a retirarse arrastrándose.

Salgan, ordenó una voz.

—¡Federico! —gritó Ignacia desde el pasillo que daba al comedor. Hegel se fue sobre ella, la tiró al piso y le puso una mano en la boca.

—Suéltela —ordenó Fuller con una voz que nacía desde alguna zona muy adolorida de su cuerpo—. No le hagan daño o no hay trato.

La difícil respiración hizo maldecir a Katz. Se había imaginado a un hombre a quien la edad no ha empezado a debilitar, lo suficiente, como para tener un comportamiento ejemplar de rehén; y, al mismo tiempo, le quedaran el brío suficiente para marchar, en plena noche de invierno austral, a través de los tres kilómetros que los separaban del vehículo de huída.

Apenas este pensamiento voló por su mente, con la ira que en él despertaba verse sorprendido, Fuller comenzó a toser. Primero un par de veces en tono moderado, a lo que siguió una sequencia propia de carburador dañado. Leo sintió el mango del cuchillo en su cintura: un paso rápido por las entrañas de ambos ancianos y ni todos los hombres ni todos los caballos del rey les pondrían las vísceras en su lugar de nuevo. Más de tres meses en Buenos Aires, arruinados por un problema de previsión que cualquier idiota habría considerado primero.

—Van a salir por la puerta delantera —dijo Leonardo incorporándose con la espalda pegada a la pared. Sacó una granada y se la dio a Hegel.

—No voy a ninguna parte —dijo Ignacia sin alzar la voz.

Leonardo la vio: estaba en el suelo, sus brazos aferrando las piernas.

—Mujer, dejate de jodas —dijo sin resuello el coronel—. De aquí salimos todos.

Ignacia no respondió y, en su silencio, un par de pisadas sobre vidrios rotos alertaron a Leonardo y este disparó tres veces por encima del comedor hacia las luces que venían del patio.

La respuesta fue inmediata: brutales descargas de perdigones convirtieron en nubes de astillas el aparador, reventaron platos, vasos, tazas, fuentes y una tetera con su juego de tacitas pintadas a mano, en tal escándalo que Ignacia empezó a gritar POR DIOS, POR DIOS y empezó a arrastrarse por el pasillo.

Fueron solo cuatro tres disparos, decidió Leonardo; provenían del mismo rifle y no fueron dirigidos hacia la esquina donde él, sus compañeros y prisioneros, estaban ocultos.

El aparador se rindió y todo lo que en este quedaba se deslizó al piso y estalló. Leonardo aprovechó el ruido para correr por el pasillo hasta el recibidor. Dos siluetas contra el vidrio esmerilado de la puerta le revelaron la presencia de otros dos hombres.

—¡Federico! —gritó la vieja.

Una brutal patada, o tal vez la punta de un ariete medieval, impactó la puerta amenazando con desprenderla de sus goznes. Leonardo apuntó pero optó por no disparar todavía.

Más vidrios rotos. Esta vez eran las ventanas de la sala de estar. Ahora los peones no tenían miedo de causar destrozos; debían tener clara la situación, o al menos haberse hecho una idea: sus patrones estaban retenidos, ya fuera por ladrones o por la ley, y era deber de ellos rescatarlos a las malas. No habían usado la línea telefónica para comunicarse con la policía, pensó Katz, ya que él mismo la había cortado, así como la electricidad. ¿Tenían la cobertura suficiente sus teléfonos móviles? Algunos sí, otros no, como bien pudo él comprobar durante sus labores de reconocimiento.

Volvió a apuntar y disparó tres veces contra los vidrios de la puerta. Pudo oír los pasos apresurados alrededor de la casa. Le tomó un par de intentos dar con la sala principal y disparó otra ráfaga. Gritos y advertencias llegaron de fuera, acompañados por disparos, ahora de revolver, así como descargas de rifle; al aire, notó Katz al instante. Los peones debían entender que sus armas podían lastimar a quienes se proponían rescatar.

Leonardo regresó al corredor donde Fuller e Ignacia permanecían acostados, mientras Hegel e Irina esperaban con sus automáticas listas.

Leonardo le entregó el AK-74 a Irina. Ella recibió el rifle como la curiosidad e incomprensión de quien recibe por equivocación un obsequio caro.

—Voy a limpiar el patio —dijo Leonardo y sacó su cuchillo de combate—. A mi señal salgan por la puerta de la cocina.

No esperó a oír una respuesta; en tres segundos corrió escalera arriba y, guiado por el mapa mental que se había hecho, tras muchas horas de observar la disposición de las ventanas, y el espacio que debían cubrir los suelos, Katz llegó al cuarto de huéspedes y desde ahí miró el movimiento de la oposición.

Dos, quienes parecían los más resueltos, corrían dando órdenes equipados con rifles de repetición Winchester. Tres más parecían armados con revólveres; uno sostenía un machete y otro apenas una pala. Todos, en una decisión inteligente, portaban sus enormes linternas de luz fría capaces de anular la oscuridad de la noche. Esperaban recostados en el suelo, entre los arbustos, las flores, entre las rocas ornamentales. La policía debía estar en camino, supuso Leonardo mientras abría la ventana y elegía su ruta para descender.

Seis hombres no eran suficientes para cubrir la casa. Leonardo se escurrió por una pared trasera hasta tocar el suelo y serpenteó por el piso, entre los jardines, hasta alejarse unos veinte metros. Desde allí pudo ver que los seis hombres iniciales no estaban solos. Otros tres hombres miraban la casa tras un pequeño cercado de piedra; uno portaba una subametralladora; los otros dos no parecían armados. Este trío podía cubrir dos costados distintos de la casa y Leonardo comprendió, no con alivio sino con vergüenza, que solo su buena suerte evitó ser descubierto y abatido por la subametralladora.

Los dos Winchester seguían su patrulla inclinados, y los otros cinco peones pasaban sus linternas por los interiores en tinieblas de la casona.

Uno de los dos peones que acompañaba al sujeto de la subametralladora se puso en pie, apoyó la mano izquierda en el hombro de su compañero y sacó una pistola automática de la parte trasera del pantalón antes de iniciar su aproximación. Se dirigía a la ventana de la sala principal. Avanzaba con medio cuerpo inclinado y la pistola, apresada con ambas manos, muy cerca de su rostro, tal y como enseñan en las academias de policía y todo el mundo ha visto ya en series y películas sobre el SWAT.

Katz no esperó más. Eran solo dos hombres y él se aproximaba por detrás. Sin embargo, una vez atacara a uno el otro gritaría y el resto de los peones le apuntaría y dispararía y si conseguía evitar las balas ya sería demasiada suerte en una noche. Así que no. Leo sacó de su bota derecha un segundo cuchillo; hoja y mango metálico, ligero, frágil al impacto como el vidrio pero tan afilado que habría podido pelar a un recién nacido sin despertarlo. Katz sacó unos metros de soga de su equipo. Armó un nudo corredizo y se preparó para lanzarlo.

Se acercó tanto como para oír la tensa respiración de los dos peones. El de la subametralladora era acuerpado y llevaba una chaqueta deportiva térmica. Su compañero era delgado, de sombrero y vestía un grueso suéter de lana. Ambos debían ser de la región; llevaban ahí toda una vida e iban a morir porque su patrón no pudo hacer algo tan simple como decirles que se marchaba.

Pero si no lo hizo fue por una razón, pensó Katz mientras le lanzaba la soga al del sombrero.

Los peones se lanzaron a rodear la casa tras la alarma causada por los disparos. Fuller habría podido detener todo el asunto: gritar por una ventana que todo estaba bien, que regresaran a sus chozas, que le trajeran su vehículo —había un coche Audi y una camioneta Subaru en la cochera. Su condición o nivel de combustible eran datos que escapaban al conocimiento de Leo Katz. Otro error; agréguenlo a la lista.

Katz tiró de la cuerda con el ánimo violento del pescador que arranca al marlín del agua.

Tomó el cuchillo y lo lanzó a la nuca del hombre de la subametralladora. La hoja se hundió por completo en el hondo cuello con un satisfactorio ¡pluck!, como si hubiese entrado en una lonja de jamón.

El primer hombre ya estaba bocarriba en el suelo y Leonardo le tajó la garganta con tres rápidos cortes que cercenaron arterias y gruesos músculos. El aire helado y húmedo de la noche se llenó del tibio olor a sangre.

Sin poder abrir la boca, al tener un cuchillo metido entre el cuello, el acuerpado peón de la subametralladora todavía estaba tratando de remover el arma cuando Katz le tapó la boca y empezó a apuñalarlo a toda prisa, cortando la espuma aislante de la chaqueta, partiendo costillas y destruyendo órganos.

Nadie notó cómo dos personas fueron asesinadas en un instante.

Tres disparos aletaron a Katz cuando intentaba acoplar el silenciador de su Glock a la subametralladora Uzi. Disparos de nueve milímetros que, por el eco producido al interior de la casa, provenían de un arma más grande que las pistolas de sus compañeros.

Una breve ráfaga de fusil AK, relativamente menos escandalosa, respondió a la pistola.

Con ánimo de piratas, el resto de peones, con pistolas y rifles, se lanzaron de sus posiciones para asaltar la casa. Leonardo se olvidó del silenciador, revisó el cargador de la Uzi y caminó con resignación a la casona para unirse al tiroteo.

Al primero que vio, de pie sobre la, ahora en ruinas, sala principal, era a un muchacho de abundante cabello risado y cuello gallináceo que Leonardo quebró en un segundo tras agarrar al joven —apenas armado con un bate—, dejarlo sin aire de un rodillazo en las costillas y hacerle girar la cabeza, con tal violencia, que sus vértebras se salieron de lugar. Por suerte el joven tenía una de esas enormes linternas de policía con él.

—¡Pablo vení! —dijo otro peón al entrar a toda prisa en la sala.

Leonardo lo recibió a plomo: cuatro tiros que le subieron por mitad del pecho.

La atronadora descarga de un Winchester cruzó a unos metros de su cabeza. Leonardo disparó otra corta ráfaga antes de lanzarse girando por el suelo hasta el comedor.

¡Pablo! ¡Pablito!, gritó alguien desesperado.

¿Dónde está?, gritó otra voz.

¡Mirá la cocina! ¡Mirá la cocina!, decían voces con esa desesperación aterrorizada que impide formar bien las palabras.

Leonardo cruzó el comedor y abrió la puerta de la cocina de una patada; apenas vio la figura de otro hombre y la oscura silueta del rifle de repetición en sus manos. Le apuntó a la frente, a poco más de un metro, y apretó el gatillo. Para Katz fue el retroceso del arma en sus manos y un destello entre las sombras, loo que le impidió ver los fragmentos de craneo y materia encefálica volando como por un estornudo.

El cargador de la Uzi quedó vacío. Katz se apoderó del rifle y se lanzó al piso antes que, apuntando por la otra puerta, el segundo Wichester lanzara una perdigonada que convirtió en viruta la alacena y todo lo que ella conservaba. Leonardo bombeó el rifle y disparó hacia la puerta al nivel del suelo. Un gruñido moderado lo dejó satisfecho: su contraparte estaba herida.

—¡Federico! —gritó un hombre— ¡Vení lo tengo en la cocina al hijodeputa!

Katz siguió en el suelo apuntando a la puerta y esperó ver —más bien oír— el movimiento de sus enemigos.

Al instante múltiples pasos le hablaron de apresurados hombres que convenían, de distintas partes de la casa, a bloquear las dos entradas de la espaciosa cocina. Leo retrocedió hacia una pared y esperó. Miró la nevera: enorme, inamovible para usarla. Podía encontrar algún líquido combustible, pero le faltaba tiempo. Tal vez tenía otras tres rondas en el cargador, o solo o dos; fuerza insuficiente para abrirse paso. ¿Dónde diablos estaba Hegel? Considerando su carga de rehenes y una civil, debía haber retrocedido. Tal vez al sótano.

Como le enseñó alguna vez el teniente coronel Matson, Leonardo dejó a un lado cualquier preocupación para concentrarse en revisar su equipo: tenía dos cuchillos, munición para fusil, dos granadas de fragmentación, una de humo y dos aturdidoras.

Una mano apareció por la puerta y disparó al azar un proyectil que cruzó hasta la ventana y se perdió en la noche. Leonardo apuntó el Winchester y una perdigonada arrancó de un mordisco el dintel de la puerta sin dejar víctimas.

No esperó más: Leonardo sacó una de las granadas y la ajustó a la puerta que conducía al comedor. Sacó el resto de soga de nylon —cinco metros; ideal para atarle las manos a un par de rehenes o estrangularlos—, aplicó toda la fuerza de sus brazos a la nevera y esta obedeció sobre sus rueditas con lentitud de mamut. Solo necesitó treinta centímetros para ocultarse antes de halar la soga.

Cerró los ojos al oír el tintineo de la clavija sobre el suelo de cerámica.

El peón con la otra Winchester bombeó su rifle, listo a entrar.

Tras un violento ¡crac!, todo en la cocina fue humo, olor a yeso, un pitido horrible en los oídos y gritos.

Leonardo tumbó la nevera de una patada bloqueando la puerta hacia el pasillo y entró en el comedor.

O lo que quedaba: la mesa había volado en maderos hacia el patio junto a un pedazo de pared. Escombros de toda clase impedían el paso y el humo se negaba a marcharse. Tajos de brazos, de piernas, vísceras palpitantes y costillares expuestos entorpecieron la salida de Leonardo.

Sintió alguien aproximarse. Era un peón con los ojos cerrados tratando de encontrar su camino. Katz apuntó y mandó al tipo contra una pared. También notó que se había quedado sin munición y agarró el Winchester por el cañón antes de lanzarse hacia el corredor.

Uno de los peones salió corriendo, el otro no alcanzó a escapar. Le apuntó a Leonardo pero el pánico lo inmovilizó. Como una lanza el Winchester fue directo a la frente del peón que soltó un grito y tiró el arma. Leonardo agarró al hombre, que no debía ser joven ya, pero a quien los años habían concedido un cuello y unos brazos firmes, y le estrelló la cabeza contra la pared. El peón lanzó un par de puntapies hacia las rodillas de Leo, y este decidió levantar a su contendor, girarlo y estrellarlo, con toda la fuerza de su propio peso y la energía de Katz, contra el piso. Tal vez quedó vivo, pero no se levantaría de ahí sin ayuda de paramédicos.

—¡Quieto! ¡Quieto! Te movés y te mato hijo de la gran puta —chilló alguien al fondo del corredor, semioculto por la esquina donde las escalera llevaban al sótano.

Leonardo vio que entre este último agresor y él quedaba la entrada al estudio.

El peón disparó su revolver aunque la bala fue a incrustarse en el techo. El ruido de la detonación le bastó a Katz para dar un salto mortal por el suelo, entrar en el estudio, ponerse en pie y prepararse con sus dos cuchillos.

—¡Voy a salir! Voy a la puerta. ¡Si asomás la cabeza te mato! ¡Voy saliendo! —dijo aquel desconocido.

Leonardo cerró los ojos y estuvo atento al sonido de las pisadas. En efecto, retrocedía, con cautela; de seguro caminaba de espaldas. Hizo girar la perilla una vez. De nuevo. Hizo girar un mecanismo de seguridad y sí abrió dejando en el aire el chirrido de unas bisagras sin aceitar.

Leonardo dio un paso en el corredor y lanzó un cuchillo.

El muchacho ni siquiera gritó cuando la hoja entró en su brazo, pero el revolver cayó al instante al piso y disparó justo antes que el segundo cuchillo se deslizara elegante por el corredor y, partiendo craneo, se clavó entre los ojos del último oponente.

No exactamente. En el corredor aquel viejo con el cuello roto se quejaba en su parálisis de un dolor apabullante. Sin siquiera pensar en esto, Leo bajó hacia el sótano.

VEINTISIETE

EL CUARTO ESTABA EN SILENCIO, como cuando una familia ve la televisión. Con el estallido de una granada, cuyo alcance sonoro debió extenderse por el bosque a unos cuantos kilómetros, disparos de distintas armas y la posibilidad de tener allí, antes de lo esperado, a veinte camionetas de la policía rural, con sus faros rojos y azules iluminando la casona en ruinas, a pesar de todo esto, Leonardo encontró a Hegel, a Irina, a Ignacia y a Fuller atentos al enorme monitor de una moderna computadora de escritorio.

El cuarto a temperatura ambiente; lámparas halógenas le daban a las paredes y suelos de concreto la frialdad de los parqueaderos y las morgues. No era un viejo computador; era una de esas máquinas que pueden observarse en los grandes laboratorios, procesando muestras radioactivas; o en la banca de inversión, conectados a monitores que registran el pulso monetario del mundo entero.

Hegel miró a Leonardo, luego a Fuller.

—¡No puedo con esto! —dijo Ignacia; se levantó y fue en dirección a Leonardo quien la detuvo con una advertencia de la mano.

La mujer giró de nuevo hacia Fuller:

—¡Tu y yo teníamos un acuerdo, Armando! Un acuerdo.

—No soy Armando, soy Diego —dijo Fuller atento todavía a la pantalla.

—¡Para mí siempre vas a ser Armando!

—Las cosas no tienen porqué cambiar —dijo Diego, or Armando, o Fuller, poniéndose en pie. Irina retrocedió hacia un lado y Hegel permanecía de brazos cruzados mirando el suelo, como si fuesen dos avergonzados hermanos entre la reyerta matrimonial de sus padres.

Leonardo les recordó la importancia del tiempo.

—Dame una mano con esto —dijo Hegel y tumbó la unidad de procesamiento del computador—. ¿Tienes un cuchillo? Tenemos que sacar estos discos duros.

—Escuchame, Ignacia, por lo que más quieras —dijo Fuller persiguiendo a la señora por el sótano. Hegel seguía buscando un camino para abrir el aparato; encendido todavía y conectado, por demás.

—No, quiero que todos ustedes se larguen, se larguen de aquí, ¡no los quiero ver, delincuentes! —seguía diciendo Ignacia.

Y la pareja de viejos seguía yendo de un lado al otro. Irina recostada contra la pared parecía meditar sobre la diferencia entre el bien y el mal; Hegel finalmente decidió apagar el aparato y desconectarlo.

—Tal vez nos lo llevamos todo.

—Pero yo no soy un hacendado —decía Fuller, cuyo abundante cabello blanco flotaba en altos penachos, y a pesar de su tamaño parecía inclinarse sin conseguir que su mujer se dignara a mirarlo—. Podemos tener otra vida, Ignacia. Una vida distinta, entendé.

—¡Dejame en paz! ¡Tú y esta gente se pueden ir a la mierda!

Leonardo fue hasta la mesa, le quitó la CPU a Hegel, la alzó en lo alto y, como un profeta iracundo con el indisciplinado pueblo, lanzó el aparato contra el suelo acallando las voces e inyectando en todos un profundo temor: ahí estaba Leo Katz, todo de negro hasta la cara, con su mirada asesina, oliendo a pólvora, a polvo, a sangre seca.

—Nos vamos, coronel —dijo. Giró despacio la cabeza hacia Hegel—: ¿Qué es esto?

A Hegel le tomó un momento reaccionar:

—Hay micrófonos por toda la casa, hay videos y conversaciones con… Esto es inteligencia cruda. Voy a llevarme esto.

Katz miró al coronel y a Ignacia:

—Ustedes empiecen a caminar —y extendió su mano hacia Irina y ella le entregó el AK-74 que Leonardo amartilló antes de apuntarle a los ancianos—. Tic-tac, tic-tac, un pie adelante del otro.

Ignacia agarró por el brazo a su esposo sin dejar de mirar, temblorosa, el cañón del fusil.

—¡YA! —dijo Leo y la pareja empezó a subir con prontitud la escalera.

Katz fue tras ellos sin dejar de apuntarles. Irina se quedó mirando a Hegel.

—¿Qué? —dijo este sintiendo el reproche en esos intensos ojos claros.

—Hacé algo —murmuró Irina.

Hegel dejó los discos duros sobre el escritorio. Se acercó a Irina:

—Mira, yo conozco bien a Leonardo. Así que confía en mí y créeme lo que te digo: ese hombre es un alambre de alta tensión. Lo más prudente es no tocarlo. Vamos a salir sin más problemas; a la camioneta, al punto de encuentro, a casa. Todo va a salir; no tengas miedo, Irina.

—No tengo miedo, Hegel. No es miedo. Siento asco.

Fueron necesarios otros veinte minutos, acaso un tanto más, para preparar a la pareja de ancianos con chaquetas térmicas, guantes; poner los discos externos en la única mochila disponible en la casa y salir todos por la cocina, ya que Leonardo quería evitar más demoras si sus prisioneros veían los cuerpos destrozados, o el cadáver con un cuchillo en la frente que yacía extendido en la puerta principal.

La Subaru, dijo el coronel, tenía suficiente combustible y siempre estaba al día en repuestos. Siempre puede haber una emergencia y vivimos lejos de todo, explicó.

Subieron. Hegel tomó el volante e Irina se sentó en la última silla; delante de ella estaría el coronel Fuller. Ignacia parecía esperar su turno para salir. Fuller le soltó un par de "vamos" amables. Pero la vieja se quedó allí junto a la puerta corrediza de la camioneta. Leonardo, rifle AK en los brazos, se acercó. Eran casi las once; una hora de retrazo en relación al plan.

—No voy —dijo Ignacia—. Me quedo.

La señora miró a Leonardo:

—Usted no me va a intimidar. Yo no voy a ningún lado; esta es mi casa.

Hegel, desde el puesto de conductor, miraba la escena con la pasiva impaciencia de los taxistas educados.

—Ignacia, entendé de una buena vez... —iba diciendo el coronel.

—¡No, entiende tú! Esta es mi casa, esta es mi tierra, tú eres mi esposo, aquí está mi única familia. Yo —y se inclinó sobre la puerta para hacer más claras sus palabras hacia el anciano que parecía retroceder en su silla—, yo dejé todo, abandoné todo por esta hacienda, y por hacer una vida aquí con vos.

Leonardo estuvo a un movimiento del brazo de empujar a la señora al interior de la camioneta y cerrar la puerta al instante. Las altas posibilidades de lastimarla, debió entender Hegel, quien mediante el reflejo en el espejo retrovisor negó con la cabeza, podrían empeorar la situación.

—Ignacia, no me voy a morir aquí —dijo Fuller recobrando por fin su energía.

—¡Pues yo me quedo! Me quedo a contarle a todos que me casé con un cobarde.

Leonardo agarró a la mujer por la chaqueta y la separó del vehículo. Ignacia intentó golpear a Leo.

—Suéltela —advirtió Fuller.

—No podemos esperar más —dijo Leonardo Katz—. No tengo más tiempo que perder. No voy a exponerme, ni exponer a mi gente, ni a usted por más demoras. Ella no quiere ir. Perfecto. No estaba en nuestros planes.

Y empezó a arrastrar a la señora fuera del garaje. Desde la camioneta llegó el ruego del coronel de soltar a Ignacia. Hegel se bajó de la camioneta y corrió hacia Leonardo.

—Usted se va a quedar quieta hasta que llegue la policía —dijo Leonardo.

—¿A dónde vas? —preguntó Hegel.

—Me aseguro que no nos cause problemas.

—Esto es innecesario; podemos arreglarlo.

Leonardo se detuvo. Ignacia intentó soltarse. Leo le dio un picotazo con el cañón del rifle a la señora.

—Arranquen ustedes —dijo Leo—; yo me aseguro que no se mueva hasta que estemos lo suficitentemente lejos. Los espero a la salida del cercado en siete minutos.

Hegel miró a Ignacia, quien, pese a la enorme cólera que la invadía, ya había dejado de resistirse.

—Siete minutos —repitió Leonardo—. Lo que pueda decirle a la policía nos afectará según qué tan lejos estemos.

Hegel regresó a la camioneta sin decir nada. Leonardo tomó, con fuerza pero sin mayor agresividad, el brazo de Ignacia. Juntos comenzaron a caminar por el prado que se extendía, con rosas y senderos de grava, por el costado de la casona; ascendía, unos metros hacia el norte, hacia la elevación donde tenían sitio los establos, ahora apenas vivos por el ocasional bufar de los caballos. Con resignación Ignacia caminaba sin mayor presión de Leonardo.

—No sé qué le habrán prometido, no sé qué quieren —dijo la señora mirando al piso. Tenía el tono de una reflexión y Leonardo no vio razones para buscar una respuesta—. No se hace justicia removiendo el pasado. Ahora es muy fácil señalar, decir, acusar. Armando no se robó ningún niño, no metió a ningún muchacho preso, él no violó a nadie nunca.

Leonardo encaminó a Ignacia hacia el granero. Allí la luz seguía encendida.

—Él es un héroe —dijo Ignacia y se detuvo. Ahora era ella quien se aferraba a Leonardo para asegurarse que sus palabras tuvieran quién las oyera—. Para ustedes todos los militares son asesinos. Él peleó desde dentro contra los crímenes de guerra. Él se hizo a un lado, presentó objeciones. Dijo No cuando vio lo que otros hacían y si no desertó es porque es un caballero que no abandona la batalla, porque sabe lo que representa su uniforme. Por eso se bien —ahora tenía a Leonardo agarrado por el chaleco con ambas manos—, sé bien que no va a manchar su uniforme denunciando a nadie, ni hablando mal de nadie, ni haciendo señalamientos contra el ejército que fue su hogar...

Con amabilidad Leonardo tomó las manos de Ignacia y las separó de su chaleco; rodeó su espalda con el brazo y la condujo hacia la puerta del granero.

—Hizo lo que tenía que hacer para cumplir su misión —dijo Leo.

—Exacto —respondió Ignacia con una leve mueca que no llegó a ser una sonrisa.

—Lo entiendo —agregó Leo antes de lanzar a la señora al interior del granero y cerrar la puerta de golpe.

Ignacia se tropezó en su brusco entrar y se fue de bruces contra un cubo de heno. Con dolor se incorporó de inmediato, solo para notar la presencia de un hombre acostado sobre un charco negro. Reconoció las botas, reconoció la chaqueta, reconoció los pantalones, y reconoció que algo raro pasaba con la cabeza y reconoció que le faltaba medio brazo y reconoció que era Patricio y así y así se fue quedando sin oxígeno para gritar.

En medio del heno cayó algo. Ignacia no pudo verlo: era una granada aturdidora, envuelta en una bolsa ziplock de cocina con el contenido entero de una caja de fósforos. El estallido, seco y rápido, apenas sacudió a la mujer antes que el humo se extendiera por los, acaso, cincuenta metros cuadrados de establo hecho en madera. Tosiendo, Ignacia fue a la puerta y empezó a golpear. Más humo; ahora en su nariz, en sus ojos, en su boca. No era producto de la granada sino del heno seco que empezó a arder, y las paredes que iban bailando ahora en llamas.

Los gritos y golpes de Ignacia contra la puerta asegurada con un pasador de hierro se quedaron atrás de Leonardo, quien trotaba en dirección a la salida.

Abordó por el asiento del conductor y Hegel presionó el gas para internarse a toda prisa por el camino lodoso que serpenteaba por el bosque en tinieblas.

Federico vio el resplandor en el manto de tinieblas y aceleró tanto como se lo permitió su moto. La caravana compuesta por cuatro camionetas de la policía de Viedma y la policía de la provincia de Río Negro aceleró igualmente. Sus sirenas y luces se encendieron de inmediato pese a que navegaban por la oscuridad interminable de los bosques empapados por la llovizna que se estaba desplomando por la región. La moto atravezó la carretera fangosa y, al cruzar la entrada del cercado de madera, Federico dejó la moto a un lado y corrió hacia el granero convertido en una gigantesca lengua de fuego. Fue hacia los establos, levantó los cerrojos tan rápido como pudo e hizo correr a los caballos hacia los pastizales. Golpeó en las puertas de las casas prefabricadas donde vivían, de manera temporal, los peones. Nadie respondió. Con todo el empuje de sus veinte años se lanzó hacia la casona, ahora rodeada por las patrullas y los oficiales armados. La capitana lo detuvo:

—Nadie va a pasar hasta que no controlemos acá —dijo la oficial menos de un metro sesenta, tez descolorida y apellido Van Ness—. Julio, ¿cómo vamos?

Uno de los hombres confirmó que los bomberos venían en camino.

—¡No! —dijo Van Ness— Hablate con Martinez y con el comisario en la dirección que despierten a todo el mundo.

Seguido a esto, la oficial abrió la puerta de su camioneta y sacó un megáfono que le costó un par de intentos encender.

—Si hay alguien dentro de la casa, salga de inmediato. Somos la policía de la provincia —dejó el aparato y miró a Federico—. ¿Usted me dice que están armados?

—Es probable —el joven parecía más atemorizado que exhausto—. Mamá me dijo que son peligrosos.

—Vamos a esperar entonces la llegada de unos refuerzos de la provincia.

—¡Mi vieja está ahí! —dijo Federico señalando la casa— ¿Qué si está herida o atada qué se yo?

La capitana Van Ness miró la casona, ahora teñida levemente por el naranja que emanaba del granero y los establos en llamas. No era factible que en una noche tan fría el fuego alcanzara aquella casa, a más de ciento cincuenta metros. No obstante, la negrura cadavérica de las ventanas rotas, así como la falta de todo el personal que, esperaba, debía haber en una hacienda como esta, le inquietaban.

Mediante gestos preparó a sus hombres para aproximarse. Estos prepararon sus pistolas automáticas. Van Ness sacó su pistola; una Sig Sawer nueve milímetros que cuidaba con esmero y en veinticuatro años de carrera solo había disparado contra figuras de cartón.

—Usted no se mueva —dijo— Una vez más repítame de cuántas personas estamos hablando.

—Son dos: una mina, una rubia, no sé su nombre; venía con ella un alemán.

—¿Y los otros?

—Bueno no sé. Aníbal, que se encarga de la seguridad, nos dijo que dos hombres andaban rondando la casa. Uno en moto, el otro andaba entre los árboles. Andaba mirando la casa el chorro hijo de puta.

—Cálmese. Otra vez, ¿cuánta gente hay en la casa?

Cada vez más nervioso, a cada instante más incapaz de controlar lo que decía, Federico fue dando los nombres que venían a su cabeza: el de doña Ignacia, su madre; el del capitán Armando Vengoetxea… Se detuvo y salió corriendo para sorpresa e indignación de la capitana. A una orden suya uno de los policías fue tras el joven.

Unos metros al sur, separada de la casona principal por una serie de altos cipreses y una pequeña cerca de pino, estaba la acogedora casita de ladrillo rojo y marcos blancos de Dorotea. Federico llamó a la puerta y la encontró abierta. Entró y llamó a gritos al ama de llaves. Un policía entró tras él y, guiados por la luz de su linterna, buscaron el rastro de la mujer por una diminuta sala habitada, principalmente, por porcelanas. El comedor, donde un plato de sopa y una copa de vino tinto habían sido abandonados. El baño, dos habitaciones impecables.

Salieron. Federico seguía repitiendo los llamados a Dorotea mientras rodeaban la casa. Una instalación, adosada a la parte trasera, contenía un generador eléctrico, el conmutador telefónico y la caja de alto voltaje. Fue allí, en el suelo de tierra y hierbas silvestres, que el policía vio los pies descalzos con las medias rotas; le ordenó a Federico retroceder y, con cautela profesional, hizo a un lado los arbustos hasta que vio las manos y antebrazos hinchados, amoratados, con las muñecas atadas burdamente con cinta plateada. Respiraba, con dificultad pero respiraba por la nariz, la única parte de su cara que no etaba totalmente envuelta en cinta. Lloraba con la boca sellada por el dolor que, entendió el policía casi de inmediato, venía de un brutal puñetazo que algún infeliz le puso a la señora con el propósito de incapacitarla.

Con ayuda de una navaja cortó las cintas antes de volver con la capitana. El resto de los siete agentes de la policía de Viedma ya habían entrado a la casa y despejaban una a una las habitaciones.

—Necesitamos por lo menos una ambulancia —dijo aquel que encontró a Dorotea.

—Y a los de la morgue —le respondió Van Ness rascándose la cabeza—; fue una masacre. Allí atrás acaban de encontrar otros tres: cuchillo.

—¿Una entradera? ¿Unos chorros hicieron esto?

—Oíme, Aldemar. Ortiz está por llamar al gobernador, ya hablaron con el intendente. Están por mandar gente de toda la provincia.

—No, pero decime qué está pasando.

—¿Acaso sé yo, Aldemar? Estos no son ladrones de ovejas. Estallaron explosivos en la casa. Llamé al intendente; el tipo parecía más preocupado por la prensa que por los dueños de la hacienda. ¿Sabés qué dijo? ¿Sabés qué fue lo primero que dijo? La prensa, que no se entere la prensa. Así que nadie llama ni a su casa, ni a la familia, ni a la novia. Silencio absoluto sobre esto.

El agente miró hacia la casa de Dorotea; la mujer venía caminando, apoyada en Federico y con la cara amoratada por los golpes.

—¿Quién vive aquí, por cierto? —preguntó Aldemar.

—Será un peso pesado, digo yo —respondió Van Ness—. Alguien con amigos, influencia. Los dueños de todo, como siempre. ¿No te digo? Llamo yo al intendente; apenas supo el nombre de la hacienda se despertó y empezó a soltar órdenes.

—¿Y ellos? —Aldemar indicó a Federico y a Dorotea.

—Los pones en una de las patrullas, de vuelta a Viedma. Que no salgan. Que no hablen con nadie.

—¿Le tomamos la declaración?

—¡No! Nadie debe verlos ni hablarles. Orden del intendente.

Aldemar asintió y fue a cumplir sus órdenes.

VEINTIOCHO

FALTABA UNA CURVA QUE RODEABA por un costado otra loma en medio del bosque. Quinientos metros más allá esperaba el coronel Matson. Tenía otro rifle de asalto; este un AR-15, con mira telescópica electrónica capaz de resaltar el calor humano. Como tantas otras noches en su vida, incluso en lugares del mundo y situaciones mucho más angustiantes, Richard Matson esperaba en silencio, sentado, sin pensar en el pasado, sin considerar el futuro; todo en su mente era lo que podía abarcar con la mirada. El bosque, sus sonidos, el comportamiento del viento contra las copas de los árboles, el distante gemido de una rama o un tronco joven presionados por la noche.

A veces miraba su cronómetro G-Shock. Faltaban quince minutos para las doce. A las cero horas, según lo acordado con Katz, y este con Hegel, Matson dejaría su posición y partiría caminando al segundo punto de encuentro. Esperaría ahí veinte mintos antes de avanzar al tercer punto. De no encontrar rastro de Hegel, Katz, la chica rubia que no conocía personalmente, o del prisionero, Fuller, informaría a su contacto que se marchara y él mismo emprendería el regreso, por diversos medios, hacia Chile.

Conocía de tiempo atrás a esos dos jóvenes. Los había entrenado para el combate cuerpo a cuerpo, arrojar armas, o dispararlas con un mínimo de eficiencia que solo la práctica y la autoconfianza podía hacer letal. Les enseñó a seguir a otros, en la irregularidad de lo salvaje, a sobrevivir en ambientes duros, y a no dejarse vencer por la presión sicológica cuando la oposición, superior en número y sedienta de sangre, se alzara contra ellos. También, pensó Matson revisando su rifle, las dos pistolas que llevaba a ambos lados de la cintura, los proveedores, las dos granadas de fragmentación y una mina claymore que Hegel compró, junto con toda esa basura, porque no pudo negociar nada mejor con su contacto en Mar del Plata; o al menos esa fue su excusa.

Matson tenía un plan más sencillo en mente, para el que un par de revólveres de vigilante bancario, una mezcla de sedante y suero que él sabía preparar y algunos metros de soga habría bastado. Si estaba ahí, le había dicho a Katz al caer la noche, antes que este partiera hacia la hacienda de Fuller, era porque sentía cierta responsabilidad por ellos dos.

También le dijo que sería la última vez.

Antes que la camioneta hubiera entrado de lleno en la curva, una intensa luz blanca apareció en medio de la carretera. No eran los faros de un coche en sentido contrario, ni un desprevenido caminante que, al rugir del motor de la Subaru, hubiese levantado una linterna para hacerse ver. No, era alguien —todo esto se dijo a sí mismo Hegel en el segundo y medio que tuvo para reaccionar— que trataba de sorprenderlo para hacerlo chocar.

Frenó lo mejor que pudo, hizo girar el volante un tanto y aplicó el freno de mano para que la camioneta patinara sobre la vía lodosa.

Katz, quien sintió y pensó exactamente lo mismo, saltó con su rifle por la puerta y rodó por el suelo rocoso y húmedo, se incorporó con el impulso y corrió mientras, tras él, la camioneta se detenía. Sonaron varios disparos al aire.

—Ojo a Puma, responda —dijo Sergio Roja por el radio. Estaba a unos doscientos metros y apenas sí podía ver algo entre los árboles.

—Aquí Puma: van cinco en la camioneta. Uno al parecer saltó —respondió Cristian—. Cambio.

—Puma, ¿tiene a Condor visible? Cambio.

—No.

—¿No qué?

—No, no lo veo al Condor. Cambio.

—Adelante Ratón. La puerta del conductor —dijo Sergio y miró a Nélida Irragori, también en el piso mirando en dirección hacia la Subaru bloqueada por la vieja y desgonzada camioneta de Cristian.

—Ahí está —dijo Nélida—, está con ellos. Salieron de la hacienda juntos.

Cristian llegó a estar a quinientos metros de la hacienda cuando las luces se apagaron. Sergio le ordenó esperar y así lo hizo hasta que los disparos, que a la distancia sonaban con la pasividad del estallido doméstico del maíz tostado, lo pusieron en alerta. Luego vio el fuego. Luego los faros de la camioneta; apenas dos puntos de encendidos que recorrían la sinuante carretera entre el denso bosque. Qué podía estar pasando no estaba claro, por lo que el único plan que pudieron plantear Cristian y Sergio Roja fue bloquear al vehículo en fuga, hacer descender a los pasajeros y conseguir respuestas.

Ratón salió de su escondite y se acercó, pistola en las manos, hacia la ventana del conductor. Aplicó el cañón al vidrio y golpeó dos veces antes que los cristales saltaran hechos trizas y la parte trasera del cráneo del policía volara por la presión de la bala que le metieron en la frente.

El resto de los hombres empezó a disparar contra el vehículo. Las balas silbaron entre los árboles y Sergio debió ordenarles a los gritos un alto al fuego antes que todos se mataran entre sí mientras la camioneta arrancaba en reversa y se alejaba por donde había venido.

O así pareció un instante. Hubo un violento cambio de marchas y Hegel apretó el acelerador al fondo, giró levemente el volante a la derecha e impactó la miserable camioneta escolar usada por Roja, Irragori y sus hombres haciéndola girar en redondo. La lámpara que habían instalado en esta se apagó y por un instante todo fue tinieblas, confusión y alguien —Cristian— quien soltó una ráfaga de Uzi. Veinte balas que salieron como un estornudo y reventaron los neumáticos de la Subaru.

Tal vez cuatro metros curva arriba Hegel entendió que no tenía tracción, que las llantas estaban ahora convertidas en jirones de caucho rodando sobre rines expuestos contra el lodo. Abrió la puerta y disparó con su pistola a la oscuridad antes de lanzar una de las granadas aturdidoras de Leonardo.

No fue nada impresionante. Sin embargo Hegel consiguió sacar a Irina y a Fuller.

—Toma —dijo Hegel entregándole la linterna a Irina—. En lo alto de esta colina enciende y apaga la luz.

—¿Clave morse?

Las balas enemigas empezaron a perforar la Subaru.

—Solo enciende y apaga. Corre.

—Yo me quedo acá, deme un arma —dijo el coronel Fuller.

Más balas. Los vidrios estallaron y Hegel pudo sentir que lo estaban cercando.

—No se ponga con juegos, coronel —respondió Hegel—. Si es su gente…

—¿Mi gente? Ustedes incapaces, aprendices de mierda, no saben la de gente que me quiere muerto. Me pasé la vida buscando un escondite y ahora se me va a venir el mundo encima ¡así que entrégueme esa pistola que yo también soy capaz de matar!

Otra bala lanzó por el aire un espejo retrovisor.

—Al otro lado de esta colina hay alguien que lo puede poner muy lejos de aquí en un par de horas. Tal vez yo no salga de aquí, ni ella, pero de usted depende si quiere morir en manos de ellos o vivir un día más para contar su verdad.

Hasta ellos llegó un ¡quietos ahí hijos de puta! Al que Hegel respondió con las últimas tres balas de su cargador. Irina agarró a Fuller por la chaqueta pero este no necesito más incentivo para lanzarse a correr colina arriba entre los árboles.

Hegel puso su segundo y último cargador en la Glock y se tendió en el suelo. Sin luna estaba tan ciego como los demás. Solo le quedaba su sentido del oído para abatir a quienes se acercaran demasiado.

Leo Katz avanzaba árbol por árbol. Sus botas de comando con suelas suaves se acoplaban a las irregularidades del suelo del bosque reduciendo sus ruidos. Como un cazador tras una liebre astuta, Leonardo fue marcando la posición de cada uno de sus enemigos. Otro sonido llamó su atención: la puerta corrediza de la camioneta. Entre la escasa visibilidad Leonardo vio a un tipo gordo y grande arrastrar lo que, bajo una estela débil de brillo, reveló ser el alargado cuerpo de una ametralladora M60, la cual el gordo podía sostener sin dificultad con ambos brazos, e incluso levantarla, apoyarla en su hombro derecho y disparar una primera y corta ráfaga que iluminó por un segundo el arbolado camino.

En la montaña el coronel agarró a Irina y la lanzo hacia un árbol para que se cubriera. Maldijo y le preguntó si estaba bien.

—Tenemos que seguir —dijo ella.

—Ni al pedo. Nos quedamos.

Y ambos sintieron amenazantes silvidos y los estallidos de la madera allí donde las afiladas balas se clavaban.

Hegel se lanzó al piso y se escondió bajo la camioneta. Quien tuviera la ametralladora no seguiría arremetiendo contra el vehículo sino que cubriría a los otros para que se acercaran a dispararle. ¿Dónde mierdas estaba Katz?

Cristian había visto correr al coronel y a Irina. No sabía de quiénes se trataba, pero estaba convencido de que dos figuras intentaban ascender la colina protegida por pinos. Le era imposible verlos, mas tenía suficiente munición de M60 como para barrer con la cuesta ascendente hasta herirlos o matarlos.

Sonó su radio en la cintura y contestó:

—Aquí Puma.

—¿Sabes dónde está el Cóndor? Cambio.

—Negativo. Cambio.

—No disparés entonces que lo necesitamos vivo al viejo. Cambio.

—Están armados.

—Quedate ahí no jodas. Fuera.

El arma era poderosa; su tableteo de máquina de escribir, la sensación del poder vibratorio en las continuas explosiones y la ráfaga de poder que parecía capaz de aplastar el bosque entero y llenar de ruido la noche; todo eso era demasiado para dejarlo. Cristian vio la camioneta Subaru, todavía sobre la trocha que ascendía para rodear. Dos personas habían dejado el vehículo y corrieron hacia los árboles; dos más, al menos, debían estar ahí, o tras el vehículo; posiblemente armados, posiblemente apenas aferrados a su fe en una larga vida.

Cristian abrió la caja de municiones y se aseguró que tenía suficientes rondas como para someter a un pelotón entero. Y empezó a caminar por el desigual suelo de los bosques hacia la camioneta donde debía venir Fuller.

Sergio Roja no podía ver a a Cristian, ni al resto de los hombres que reclutó para tomarse la casa de Fuller, o Hausmann; por momentos no podía recordar cuál era el nombre y cuál era el sobrenombre. De momento todo lo que tenía era un muerto en medio de la nada, y una camioneta deportiva sin llantas traseras en medio de una trocha irregular entre un bosque profundo. Eso y un frío aterrador y una sensación creciente de fracaso. En ese punto donde terminaba la noche, en esos primeros minutos del amanecer, salía de la oficina a cenar. No faltaba algún conocido que aceptara compartir con él un filete y un whisky. Le gustaba oír sobre caballos y las partidas de polo.

Lo sobresaltó de nuevo una ráfaga.

—¡Negro hijo de puta le di una orden! —gritó Sergio

Leonardo se colgó el rifle a la espalda y corrió hacia el primero de los matones que había marcado tras una larga observación. El tipo estaba atento al rugir de la M60 cuyo eco se esparcía aumentado entre los pinos. La hoja le entró por debajo del brazo y la sorpresa lo inmovilizó. Katz le tajó la garganta tan a fondo que casi le quita la cabeza. Con cuidado dejó el cuerpo ya sin alma recostado contra el árbol y le quitó la pistola.

Puso una rodilla en tierra y esperó por una posible reacción del resto de los hombres. Dos más estaban frente a él: uno a tal vez ciento cincuenta metros; el otro a la mitad de esto, en diagonal a su derecha. Debía ser más inteligente, ya que no estaba tan interesado en ver el ataque de la ametralladora contra la camioneta, sino en vigilar la retaguardia con su pistola lista y una linterna con la que escrutaba el perímetro.

Leo esperó a que la M60 resonara de nuevo.

Hegel apuntó al origen de los disparo. La ametralladora estaba a unos treinta metros, tal vez menos. Hegel sintió las balas agujerear la carrocería limpiamente, escuchó cómo los proyectiles se clavaban en el suelo arcilloso, como pasaba a centímetros de su cabeza.

Fuller le ordenó a Irina detenerse. Estaban por alcanzar la cima de la colina. El viejo, le dijo unos momentos antes a la muchacha, estaba acostumbrado a bajarse de la montura y llevar a su caballo por toda aquella región, incluída esa colina, desde hacía años; y, si bien a cada salida llegaba un momento en que la respiración le fallaba, o simplemente parecía que el oxígeno le faltaba en las piernas, nunca se rendía. Ah, si vos fumas deberías dejarlo, muchacha.

Desde lo alto una voz cavernosa les ordenó quedarse quietos y alzar las manos.

Cristian levantó de nuevo la pesada M60 y empezó a rodear la camioneta. Si no tenía cuidado —creía él— un disparo haría estallar el tanque de combustible. Podía acercarse y abrir la puerta para revisar el interior, mas si alguien ahí dentro continuaba viviendo, y estaba armado, le dispararía en la cara. La ametralladora estaba hecha para combate en campo abierto, no para registrar vehículos.

—Aquí Puma —dijo por el radio.

Sin respuesta.

—Oíme, viejo, ¿me oís? —dijo de nuevo por el aparato.

Hegel finalmente pudo verlo entre los árboles. El aparato de radio, más pequeño que un teléfono móvil, tenía un diminuto piloto verde que se encendía cuando se presionaba el comunicador.

Esto le bastó para saber dónde estaba parado el hombre de la ametralladora. Hegel apuntó con ambas manos y respiró. Su pistola debía contener al menos tres balas, y, aunque no fueran las suficientes para matar a un hombre, podría paralizarlo el tiempo que suficiente para que él saliera de debajo de la Subaru y corriera hacia los árboles donde no se sentiría tan acorralado.

Sergio estaba perdiendo la paciencia con Nélida:

—Escúcheme de una buena vez, carajo —le dijo haciendo un esfuerzo para no alzar la voz—. Ni vos ni yo nos movemos de aquí hasta no tener controlada la situación.

—¡A voz quién te nombró experto, gil! —dijo Nélida con el mismo tono. Posiblemente en burla— Si seguís disparando lo van a matar. Y qué hacemos con el fiambre, ¿ah?

—¿Qué hacemos entonces?

—Ir por él antes que le dé un infarto al viejo. Él no está armado, nosotros sí.

Y la anciana sacó su confiable revolver plateado calibre 38.

Hegel volvió a oír la voz que intentaba comunicarse por el radio. Sí, unos quince metros delante de él.

Y disparó.

Cristian oyó el chasquido seco de una pistola disparar, y si la bala lo alcanzó, o pasó de largo, o se clavó en el tronco denso de un pino, fue algo que no se sentó a considerar. Apuntó de nuevo la M60 contra la camioneta Subaru en la vía fangosa y apretó el gatillo hasta el resto del cordel de balas fue consumido y todo lo que quedaba bueno en el vehículo quedó hecho trizas.

Con aquella máquina de escribir traqueteando en la distancia, Leonardo le apuntó al matón de la linterna.

Bastaron tres balas y el cuerpo cayó.

El movimiento que el haz de luz de la linterna dibujó entre los árboles por una fracción de segundo puso en alerta al tercero de los hombres reclutados por Sergio.

—¡Chompa! —gritó— ¿Chompa, qué pasa?

Leonardo le disparó de inmediato. El hombre, a quien los años fuera de la policía no consiguieron robarle el instinto de tirarse al suelo cuando se siente amenazado, consiguió saltar fuera de la trayectoria de los tres proyectiles y correr disparando su pistola y soltando vulgaridades.

A Sergio le quedó claro que había alguien tras ellos. Y que tenía un rifle de asalto.

—Puma dejá la camioneta, venite ya! —gritó por el radio.

Leonardo cambió de cargador en el rifle y disparó hacia el origen de aquella voz.

Sergio corrió hacia la vieja camioneta Mitsubichi en la que habían llegado hasta ahí y se escondió tras esta. Un segundo después Titi llegó corriendo y sin poder controlar su respiración.

—La pucha que son muchos —dijo asfixiado.

Sergio lo hizo callar, vió a Casanova y le ordenó acercarse.

El ex militar se aproximó reptando. En sus manos tenía una pistola ametralladora Uzi.

—¿Lo oíste?

—Se escuchó como de largo alcance —dijo Casanova—. Tal vez un Galil, no sé.

Sergio revisó su propia arma. Titi lo vió e imitó el gesto. Casanova siguió tendido con la Uzi lista. Los tres se mantuvieron protegidos por la camioneta sin ser capaces de moverse.

Leo no podía verlos, pero sí calcular dónde estaba posicionados. Suponía que eran dos y no tenía toda la noche para esperar a que alguno enseñara algún ángulo para herirlo y rematarlo. Tampoco quería que la noche se acabara y las autoridades lo rodearan. Era hora de largarse.

Apuntó a la Mistubichi blanca y disparó: dos disparos a las ventanas y un tiro a cada llanta y salió corriendo hacia la colina.

Casanova giró por el suelo hacia un costado y disparó una corta ráfaga de Uzi. Sergio se puso en pie y por encima de la camioneta disparó dos veces. Titi dudó un instante antes de hacer lo mismo.

Leo escuchó las balas pero siguió en su camino hacia la colina.

—Se mueve, lo vi —dijo Casanova.

Sergio disparó dos veces más.

Casanova se puso en pie y lo detuvo.

—Va hacia la loma, papo —y le quitó el radio a Sergio—. Puma, ¿me oís?

Cristian respondió con algo que sonó como un gruñido.

—Tenemos a uno —dijo Casanova—. Va hacia arriba el tipo, vos le cortás el paso. Va hacia la colina.

Cristian necesitó un momento para comprender la táctica de Casanova. Disparó un par de veces más hacia la Subaru y emprendió a trotar con la M60 sobre el hombro. Corrió en línea recta primero y luego en diagonal ascendiendo por la colina para cerrarle el paso a quien viniese hacia él. Se apostó contra un árbol y preparó otra ronda de munición. Leonardo estaba a unos cincuenta metros de él.

Casanova parecía animado, en su elemento. Sacó el cargador de la Uzi y puso otro.

—Oíme, Sergio —dijo—. El tipo va hacia Cristian. Lo tenemos.

—Como no sea el coronel.

—Mirá: si el tipo tiene algo de cerebro, algo, tira el arma y se rinde. Esta es la vida real, nadie la monta de héroe. Yo voy a caerle por la espalda; ustedes se quedan acá en caso de que trate de volver a la carretera. La radio.

Sergio Roja no vio qué objetar y le entregó el aparato. Casanova salió en dirección al punto entre lo árboles donde Leo Katz había estado apenas unos minutos atrás.

Katz sintió el paso de una sombra tras él. No le costó notar que alguien, mejor armado, estaba tratando de caerle por la espalda. Pensó de inmediato en el tipo de la M60. No había seguido atacando la Subaru, por tanto, si tenían alguna forma de comunicarse, aquellos hombres —de seguro guardaespaldas bien entrenados de alguna compañía de seguro antisecuestro pagada por Fuller y esposa—, planeaban bloquear su ascenso hacia la colina y cualquier intento de retroceder.

Desde una posición elevada, pensó Leonardo, la M60 tenía toda la ventaja; del mismo modo quien venía tras él estaba en desventaja contra Leo. Debía atacarlo primero. Y se preparó para matarlo.

Una, literal, lluvia de balas 7.62 pasó rugiendo a ambos lados del roble, o pino, o qué sé yo dónde se escondía Leonardo. Había sido una advertencia; su enemigo sabía ya dónde estaba parado y que no podría moverse.

El gordo tenía la M60 apoyada entre su hombro derecho y un árbol; así lo vio Matson a través de la mira de lectura térmica. Se acercaba con toda la cautela que desde niño había tenido para tratar con serpientes y tejones rabiosos. Se apostó a dispararle en la cabeza, aunque una telaraña de ramas de otros árboles le dificultaba la visión.

Un par de minutos antes había encontrado a Irina y al viejo coronel Fuller. Les mostró el recodo junto a la carretera donde estaba su vehículo estacionado bajo una red de camuflaje. Irina lo puso al tanto de todo: habían sido emboscados en plena carretera; que debían ser más de tres hombres en la oposición según Leonardo, todos armados, incluida una terrorífica ametralladora.

El gordo disparó de nuevo sobre la posición de Katz.

Matson apretó el gatillo de su AR-15 en automático.

Cristian sintió pasar silvando junto a su ceja derecha y se lanzó de inmediato al piso mientras el resto de las balas hacían saltar astillas del árbol.

Agarró la radio y presionó el comunicador:

—Abajo, que los otros dos están armados —Casanova no respondió—. Uno de ellos tiene un fusil.

Sin esperar respuestas Cristian apuntó hacia lo alto de la colina y descargó tantas balas como el proveedor le facilitó.

Matson tenía la ventaja de la mira térmica. Pero la densidad del bosque hacía que las ramas dificultaran apuntar. Se recostó en el suelo y buscó a la obesa figura con la ametralladora. Nada.

Leonardo pensó que Hegel había intentado atacar por otro costado y que la M60 le había hecho una advertencia. Necesitaba detener al otro ahora, pensó. Revisó en su chaleco. Sacó un rollo de nylon y agarró una de sus granadas; necesitaba proteger su retaguardia.

Sergio le preguntó a Titi si veía algo: entre ellos y la acción había solo árboles y oscuridad. Sin embargo seguían atentos de cualquier movimiento del hombre con el rifle que les había disparado unos minutos antes. Si se acercaba lo veían. Entonces lo llenarían de plomo.

Los primeros dos disparos los recibió Titi en la cabeza. Sergio lo vio resbalarse contra la Mitsubichi con los ojos abiertos y una mueca de dolor.

Sergio se dio vuelta: ahí estaba Hegel con la Browning entre las manos apuntándole.

—Tírela —dijo Hegel.

Sergio obedeció y levantó las manos.

—Acá —dijo Hegel.

Sergió pateó la pistola. Hegel se inclinó, tomó el arma de Sergio y le disparó entre los ojos.

Todavía en el suelo, Matson siguió en su cuidadoso estudio del complejo y denso bosque hasta que, por fin, un par de fragmentos de gris verdoso le revelaron la posición del gordo. Tenía que herirlo, una bala a la vez, hasta incapacitarlo y permitirle a Katz, o a Hegel, rematarlo por la espalda.

Y disparó.

Cristian escuchó la bala clavarse a diez centímetros de su cabeza. Calculó dónde podía estar su rival, preparó la M60 y disparó tres veces. Se puso en pie y disparó de nuevo, ahora en automático, en un ángulo abierto por el que decenas de balas se esparcieron.

En ese momento fue claro para Leonardo que la ametralladora tenía otros problemas. Se lanzó contra un árbol y desde ahí disparó hacia abajo.

Casanova le respondió con la Uzi.

Leonardo calculó en su mente con cuántas balas contaba. Apuntó de nuevo y disparó en automático su AK-74 antes de lanzarse cuesta abajo. Corría en zig-zag y Casanova no tuvo forma de responder, ni de levantar si quiera su pistola ametralladora para frenar el avance del contrario. Katz dejó caer el cargador humeante e insertó el último antes de apuntar de nuevo contra el árbol tras el cual aquel desconocido se ocultaba. Apretó hasta el fondo el gatillo y por un momento todo fue humo y ruido y el maldito rifle se agitó como poseído y el árbol se hizo trizas y Leo solo se detuvo cuando vio caer el cuerpo malherido. Arrojó el rifle y fue por él.

Casanova tenía medio cuerpo lacerado por las balas y su rodilla derecha estaba rota. Cayó de rodillas y alzó la mano pidiendo una pausa.

Leo Katz sacó la pistola recuperada diez minutos antes y ejecutó a Casanova con un tiro en la base del cráneo.

Cristian encendió la linterna que venía acoplada a su ametralladora. Quien le hubiera disparado las dos veces anteriores, pese a fallar, debía tener un sexto sentido, los ojos de un buho o antiparras de visión nocturna para haberlo visto. El intenso resplandor que emergía de la linterna lo pondría en aprietos. Y Cristian empezó a ascender. Disparaba un par de veces en direcciones distintas y seguía su ascenso, atento a los árboles, al movimiento entre las ramas, sobre el suelo tapizado de hojas secas. La luz alcanzaba a destacar aquellos pinos situados tal vez doscientos metros arriba, ya en la cima de la colina.

Algo lo detuvo.

Estaba cubierto por hojas, sí, pero no lo suficiente, o bien quien estaba por allí quería que Cristian viera.

Una mina claymore.

Había visto otras el pasado, varias. Una, que ni él ni sus compañeros vieron, durante un asalto contra un laboratorio de cocaína en Colombia, quince años atrás, hizo pedazos a un cabo de marines que colaboraba con la DEA. Le arrancó la mitad del cuerpo y el cabo siguió con vida lo suficiente para gritar de una manera que Cristian no olvidaría. No era necesario pisarlas: bastaba que alguien las detonara a distancia

Así que decidió retroceder. Disparó primero y se fue cuesta abajo un par de metros, y fue su propio peso, agotamiento y el peso de la M60 y doscientos cartucho que lo hizo rodar como un barril por la cuesta y tirar del nylon y oír el estallido a medio metro y perder la consciencia mientras las esquirlas de la granada dejaban su caray cuello perforados por agujeros sangrantes.

Pudo pararse; sus piernas y espalda respondían, pero no podía ver ni oír, así que decidió rendirse y fallecer ahí.

Matson recuperó la claymore y tras una breve revisión pudo ver el cuerpo del gordo en el suelo. Pensó en el estallido, pensó en la trampa. Aseguró su rifle y caminó cuesta abajo. Sacó del bolsillo una luz y encontró a Leonardo de pie mirando el cadáver desangrado del gordo y la M60.

—Guardaespaldas —dijo Leo.

—Con esa artillería, no creo —respondió Matson.

—¿Qué más podían hacer aquí en mitad de la nada?

—Les preguntaremos en la otra vida, muchacho.

Matson se giró de inmediato y apuntó.

—¿De cuántos estamos hablando?

—¿Hegel? —dijo Katz.

Hegel soltó una interjección para confirmar que era él quien se acercaba. Tenía una pistola en cada mano y la cara manchada de lodo.

—Ostias —dijo mirando el cadáver de Cristian y la ametralladora.

—En su defensa era un tipo rápido —dijo Leonardo.

El coronel Matson lo hizo callar y apagó la linterna. Levantó un índice hacia las copas de los árboles y nada más. Nada, salvo el suave ronroneo de las hojas y de las ramas más altas balanceadas por el frío del amanecer.

Katz alzó las manos demandando una explicación.

—Helicóptero —dijo Matson, y esto bastó para que los tres hombres se lanzaran a correr con todas sus fuerzas colina arriba, ignorando el esfuerzo y lo inclinada que se presentaba la pendiente boscosa.

VEINTINUEVE

Irina vio la aeronave, un Airbus H125, según le explicó Fuller. Era un helicóptero perteneciente a Defensa Civil de Río Negro, ya que la policía de la provincia no contaba con uno, añadió mientras la silueta del aparato se recortaba contra las nubes azuladas por la luna, y el haz de su faro apuntaba a los bosques en busca de Fuller y sus secuestradores.

—Ignacia ya debe haber hablado con ellos —dijo Fuller—. Pero no sé qué les podrá haber dicho.

—Mejor nos quedamos entre los árboles —dijo Irina. Ambos habían empezado a descender por el lado opuesto de la colina, entre pastos y rocas cubiertas de liquen. La camioneta del teniente coronel Matson estaba oculta al borde de la carretera, trescientos metros al norte.

—Está lejos y no viene hacia acá —respondió Fuller—. Hacemos mejor en movernos.

Y siguieron caminando entre las rocas hacia la carretera, que en este punto ya no estaba cubierta de lodo, sino que se ofrecía como una vía más ancha de arena y piedras.

Fuller respiraba con dificultad; tal vez aquel empinado ascenso, tal vez el frío, o de seguro los años.

El chasquido metálico del martillo en un revolver de cañón corto detuvo a Fuller. Irina temió que el viejo empezara a tener un ataque de algo.

Fuller miró tras él. Irina giró su cabeza en la misma dirección: ambos vieron la silueta negra entre las rocas, baja y casi oculta por una gigantesca chaqueta invernal hecha para habitantes del ártico. La figura dio dos pasos adelante y su revolver se hizo visible en su mano. Irina dio un paso tras Fuller y sacó la Glock que llevaba en la parte trasera del pantalón.

—¡Hausmann! —dijo Nélida Irragori antes de empezar a toser.

Fuller murmuró algo sin entender. Nélida seguía tosiendo sin dejar de apuntarle a ambos. La pistola se sacudía a cada expectoración y parecía que se dispararía en cualquier instante. Nélida gruñó y escupió con fuerza. Su respiración se normalizó y aferró la Colt .38 con ambas manos.

—Hausmann, hijo de la concha de tu putísima madre.

Dio otro paso adelante; tenía el cabello revuelto pero sus afilados rasgos dispararon una alarma en Irina.

—¿Y vos aquí? —dijo Nélida—. ¡Ja! No si ya entiendo todo, no me lo tenés que contar, querida. Alzá ambas manos. Eso. La pistola se queda en el suelo, gracias.

Irina bajó el brazo y dejó caer la pistola a medio metro de su pie derecho. Ni Hegel ni sus amables pero fríos y poco atractivos compañeros del SIS se molestaron mucho en enseñarles de armas. ¿Para qué? Cuando se apela a la violencia se acaba la inteligencia. Fue lo primero que les dijeron. Irina miró hacia la montaña: vio las puntas afiladas de los pinos, por donde debían venir ya el gringo aquel, Hegel y Leonardo. Si no estaban muertos o falleciendo a golpes en manos de los hombres de la hacienda.

—¿Qué es esto? —dijo Fuller.

—No me reconocés, ¿ah? Te falla la memoria a propósito o es Alzhaimer también.

Fuller bajó los brazos y miró hacia el horizonte, al oriente, por donde, minutos atrás, había visto pasar al helicóptero. Miró al piso y revisó la hora en su muñeca:

—Qué carajos quiere, Irragori. Sí, yo sé quién es usted, tengo una memoria fantástica, en especial para los gusanos, las ratas y los chacales que abundan en este país.

—No se vaya de la lengua. A mí, llamarme así. Mire quién sostiene la pistola.

—Tengo una montaña de años; más de cuarenta dedicado a las armas. Usted y la gente como usted no son sino delincuentes callejeros capaces de vender a sus padres, a sus vecinos, a sus hijos —le respondió Fuller con calma.

—¡Cállese!

—Cómo se llamaba ese pibe, Nélida. ¿Pablo? —Fuller miró a Irina— Esta entregó al novio de su hija a los de la SIDE, ¿por qué fue? ¿Por el tatuaje? ¿Por el cabello largo?

Nélida disparó al aire, cosa que no amedrentó a Fuller quien parecía estarse riendo por lo bajo.

Pese a la distancia, el disparo detuvo a Matson, a Hegel y a Katz. Matson apuntó con su rifle y empezó a buscar en la distancia el origen de la detonación. Levantó el brazo izquierdo y le indicó a Hegel una dirección para avanzar por un costado; repitió la acción para enviar a Leonardo por el lado opuesto. Ambos marcharon con agilidad entre los arbustos y las rocas.

Fuller negó con la cabeza:

—Esta es una historia intersante, ¿sabes?

Irina se dio cuenta que se dirigía a ella el comentario. También que junto a su pie había un pedazo de roca no más grande que medio ladrillo. Empezó a moverlo y probó levantarlo con su pie como lo habría hecho con una pelota de fútbol.

—Todos se hicieron ricos —dijo Nélida—. Robaron lo que pudieron, ustedes. Luego se hicieron humo.

—Esta mujer —continuó Fuller—, era una agente de la SIDE. En Martínez de la Hoz la apodaban "La Puta" —siguió riendo—. En serio. Así empezó. Hacía la calle en Chivilcoy.

Irina no se dejó contagiar por el tono burlón de Fuller. La anciana tenía una triste mirada de mensajera, lista a morir una vez entregara el mensaje metido en el tambor del arma. De un momento a otro mataría a Fuller. Solo esperaba su oportunidad para hablar.

—¿Por qué? —dijo Nélida— ¿En qué me equivoqué, Hausmann? ¿Confiar mucho?

La pregunta silenció a Fuller.

—Tres millones de dólares —continuió Nélida—. Tres millones de dólares. Podrían haberme dado algo, algo, Hausmann: trecientos, doscientos. Se llama respeto, ¿sabés? Se llama tener palabra, se llama…

—No fue orden mía, Nélida, sino del Turco. Pero yo se lo sugerí —dijo un paso adelante y dejó que el cañón de la Colt 38 se pegara a su pecho—. Usted no se merecía una mierda. Usted, la gente como usted me da asco. Y el Turco también; pero ya voy a encargarme también de ese. Espías… Ustedes no son sino escoria. Oyendo a través de las puertas, mirando a través de las ventanas, ventilando secretos, vendiendo infamias. ¿Sabe qué me dijo Larrea? "Mátela, capitán. Cuando acaben, tírenla al río". Pero para mí era muy poco —la boca de Nélida ahora estaba curvada de ira y la pistola temblaba—. La pobreza, en cambio. Ese sí que es un castigo que se merecía por vendernos a Horkmeder. ¡La pobreza y el olvido!

Con lágrimas en los ojos, Nélida dio un paso atrás y le apuntó a Fuller a la cabeza. Un proyectil de rifle le perforó el brazo sin hacer ruido y ella no pudo apretar el gatillo. Irina se lanzó al piso tomó la Glock y disparó tres veces hacia la vieja. Cayó de espaldas, con los ojos abiertos, la vista en la luna llena, la garganta perforada y sangrando profusamente.

Irina sintió de nuevo que las piernas le fallaban. Vio su mano. Sintió la pistola caliente y un hilo de humo de pólvora llegó a sus ojos.

Se apoyó sobre una roca y sintió que caía: había matado. Había matado a una mujer.

Hegel y Katz llegaron por extremos opuestos y vieron la escena: al coronel Fuller, con las manos en los bolsillos y la mirada atenta al movimiento del helicóptero en la distancia. A una anciana desconocida cuya cabeza reposaba entre las rocas. A Irina sin respiración, tratando de mantenerse en pie.

—¿Qué pasó? —preguntó Hegel.

—Ella está bien —dijo Fuller—. La realidad de este mundo acaba de golpearla en su sentido de humanidad. En un rato se compone. ¿Seguimos? —Y se alejó hacia la carretera caminando con el ánimo y el ritmo de quien se da un paseo por una alameda en primavera.

Leonardo vio a Matson ir tras el coronel y fue a unirse a ellos. Hegel agarró la mano de Irina, luego el brazo, luego la cintura y le dijo al oído que lo sentía mucho, que nunca hubiera querido que las cosas fueran así.

Ella no tuvo una respuesta, sino una mirada apagada sobre el cadáver de Nélida Irragori, ex agente de la SIDE quien había venido a cobrar la deuda sobre un montón de promesas hechas por caballeros en uniforme como Fuller, o Hausmann. Se soltó del abrazo y se alejó hacia la carretera y la camioneta oculta bajo camuflaje.

El jeep de la policía de Río Negro fue reduciendo la velocidad al percatarse que, a unos veinte metros adelante, había una camioneta de 12 puestos Mitsubichi. Mediante un megáfono le hicieron saber a los ocupantes, o cualquiera que estuviera cerca, que la autoridad estaba allí y mejor sería presentarse con las manos arriba, despacio y sin jodas. Mas nadie respondió.

Un agente bajó del jeep pistola en mano. Uno de sus compañeros se le unió y ambos se aproximaron a la camioneta. Conforme se reducían los metros entre ellos y el vehículo, la condición de la Mitsubichi fue clara: impactos de bala y vidrios rotos;

la parte izquierda de la carrocería demolida por un impacto de frente. A la luz de las linternas los casquillos dorados de bala fueron apareciendo y el primer agente sacó su radio para llamar. Se detuvo, apuntó su luz hacia otro lado, a un pie. Vio primero a Sergio Roja, luego a Titi. No sabía quiénes eran pero bastaba haber visto ambos cuerpos para entender toda la situación. Ambos policías se regresaron al jeep y llamaron al coronel al mando de la operación.

En menos de una hora, explicó Fuller, las carreteras que conectaban aquel punto con las municipalidades de Luis Beltrán, General Conesa y Río Colorado, estarían cerradas por patrullas e inspecciones. El resto del personal disponible, unos ochenta hombres de acuerdo a la información que retenía el coronel Fuller, se lanzarían en todos los vehículos disponibles a través de las vías secundarias, como aquella donde estaban ahora, en busca de rastros o hablar con testigos. A las tres de la mañana tendrán asegurado cada metro cuadrado del área.

Era la una y cuarto. Fuller estaba en el asiento trasero de la Ford Explorer. Hegel y Katz a sus costados. Irina en el asiento de adelante, con la frente pegada al vidrio de su ventana. Matson permanecía afuera, con unos prismáticos, atento al movimiento del helicóptero.

—Pero, me imagino, ustedes ya tenían todo eso presupuestado en su estrategia —dijo Fuller con el paternalista tono de un maestro de escuela.

Matson dejó los prismáticos y tocó con los nudillos en la ventana de la Ford. Katz se bajó de inmediato y entre ambos retiraron el camuflaje de campaña —una red corriente con fragmentos de tela verde, gris y negro que Matson había comprado en Buenos Aires en una tienda de antiguedades militares—. Subieron a la camioneta y encendieron el motor pero no las luces.

Hegel miró hacia la colina: encima estaba el helicóptero, fijo. La policía debía ya tener una idea de lo ocurrido.

TREINTA

Lejos, en la planicie de estepa que se extiende interminable hacia el oeste, se encuentra una torre de control de apenas unos quince metros de alto, que más parece una iglesia rural abandonada que un aeródromo. Exactamente, el Aeródromo Provincial Choele Choel. El invierno había alejado a la mayoría de miembros del club de vuelo, por lo que sus avionetas andaban al norte donde el clima era menos intenso. Solo dos aeronaves permanecían estacionadas en el amanecer recorrido por vientos helados y el polvo que arrastraban a la pista. Una era una Piper Cherokee roja y un Cessna Caravan gris protegido por una lona negra. Llevaba allí tres días este último y según sus documentos pertenecía a una firma exploradora de petroleo brasilera y contaba con un registro de Misiones.

Uno de los encargados se vio sobresaltado en la lectura de su novela cuando su pastor alemán empezó a ladrar hacia la pista. Intentó calmar al animal; no le interesaba dejar salir al perro a perseguir las ratas de pradera que en ocasiones suelen verse corretear la pista. Sin embargo, resultaba extraño que en una noche tan fría hubiese uno por allí, siendo seres que prefieren vagar en la tibieza del verano.

Sacó su porra y puso la correa sobre Muncho, el pastor alemán.

En cuanto abrió la puerta que conducía al patio y de ahí a la pista, lo sorprendió el bramar del motor del Cessna. El aparato estaba retrocediendo.

El encargado se regresó a su puesto y descolgó el teléfono para hablar con sus compañeros en la torre.

Con una advertencia sobre los vientos, la aeronave aceleró sobre la pista. Estaba planillada para despegar con rumbo a Santiago de Chile a la una de la mañana, pero entre el nulo español del piloto y su casi incomprensible inglés texano, la explicación de su tardanza se quedó en el misterio.

Cotton Joe Radisson aplicó los alerones y se elevó con placer hacia la noche todavía en tinieblas. Una leve, casi imperceptible, mancha de rojo se debaja ver al nororiente. No era cosa suya darse prisa; encendió el motor en cuanto recibió el mensaje de Matson y cumpliría con cada uno de los pasos de su plan, mas si este no era capaz de hacer su parte, pues muy buena suerte.

A la una y cincuenta de la mañana apareció el cadáver de Casanova y un par de minutos después el de Cristian. La presencia del AK-74, así como la enorme M60 dispararon una alarma en la comandancia de policía en Viedma. Ahora tenían un secuestro, armamento pesado y cadáveres. El tema podía ser peor que una simple desaparición con razones extorsivas. Podía haber narcos envueltos en el asunto; cuentas pendientes entre el señor Vengoetxea, de quien el comisario no había oído hablar nunca, y extranjeros: paraguayos o bolivianos, que no le simpatizaban para nada. Ocupaban algún terreno mediante alquiler, sembraban marihuana y luego se marchaban a otro lado. A principios de año las autoridades habían secuestrado más de ciento cincuenta plantas.

¿Qué había pasado con Vengoetxea? Un secuestro, tal vez; el primer paso para un ajuste de cuentas. Un asunto de dinero, una venganza. De seguro aquellos bolivianos trataron de convencer al hacendado de usar sus tierras para ocultar marihuana, y este se negó. Tras muchas amenazas llegaron una noche para sacarlo a rastras de su casa y convencerlo de lo peligroso que era ignorar sus solicitudes. Vengoetxea fue advertido o su gente en la casa lo despertó y le ayudaron a huír —esto se lo explicaba a un subalterno mientras subían ambos al coche particular del comisario—. Y en medio de la carretera los narcos le dieron alcance y asesinaron a sus guardaespaldas.

—¿Pero quién por acá tiene guardaespaldas? —preguntó el subalterno encargado de manejar— Acaso se protegerán de los chorros con un fusil Mausser como el de mi viejo.

El comisario no respondió nada. Pasado un minuto sacó su móvil y, tras otro largo minuto de espera, finalmente le respondió el intendente. El comisario le informó que se comunicaría en un momento con la policía federal y solicitaría la presencia del Grupo Especial de Operaciones Federales. Los secuestradores estaban muy bien armados, eran numerosos, violentos y la vida del hacendado corría un enorme riesgo.

El Airbus H125 seguía con su rutina sobre la colina boscosa y su proyector abría un disco de luz intensa sobre entre los árboles por donde avanzaban tres equipos de cuatro hombres cada uno, equipados con perros y linternas en busca de más cadáveres. A las dos y cuarto de la mañana se le dio la órden de regresar a Viedma para repostar.

El faro se apagó y el piloto, así como su compañero vieron, casi al mismo instante, las luces de una aeronave que descendía apenas unos kilómetros al norte. Ambos conocían bien la región, y, por un momento que no llegó a convertirse en palabras, ambos hombres, con prolongadas experiencias de vuelo, se sintieron desubicados,

¿acaso estaban más cerca de Choele Choel de lo que pensaban? El monitor de navegación no se equivocaba: allí delante de ellos no había ninguna pista.

Sin embargo, no lo reportaron de inmediato. El piloto aplicó los mandos hacia el avión y luego se comunicó con el aeródromo. Estos confirmaron que el avión Cessna acababa de despegar con rumbo a Santiago de Chile. Podría tratarse de un aterrizaje forzoso.

Intentaron comunicarse con el aparato sin conseguir respuesta.

La torre de control hizo lo mismo y del otro lado solo obtuvo silencio.

El Cessna encendió las luces y aterrizó sin dificultad en la carretera desierta a esa hora del amanecer. Al no ver fuego, ni otro signo para alarmarse, el helicóptero recobró el rumbo hacia Viedma. En un par de horas se enteraría, por parte de otras autoridades, qué había ocurrido con aquel avión. Informó del evento a la comisaría de la policía de la provincia y añadió que en siete minutos estaría en el helipuerto para recibir combustible.

Matson vio las intensas luces de navegación del Cessna apostado en plena carretera y aceleró cuanto se lo permitió la Ford Explorer. La camioneta daba ligeros bandazos a izquierda y derecha mientras su conductor intentaba devorar en el menor tiempo los cuatro kilómetros que los separaban. De cuando en cuando su vista se separaba del camino para asegurarse dónde estaba el helicóptero y que este no se acercaría. Matson sacó de su chaqueta un móvil y se lo lanzó a Katz.

—Llámalo —dijo, ni preocupado ni con alarma, apenas levantando la voz por si Leo se había dormido—. Dile que apague las luces.

Leonardo marcó y se quedó a la espera.

Para el general Ortiz la presencia de un avión que se detiene en plena carretera es demasiada coincidencia. Cuando el helicóptero le hizo saber, con un ligero alivio, que ya un vehículo se dirigía por la carretera, tal vez para ofrecer su ayuda a la tripulación en problemas, el general ordenó al helicóptero aterrizar en plena carretera, bloquear a la aeronave y exigir a esta la identidad del piloto y demás ocupantes.

Piloto y copiloto aceptaron la orden al instante, y si bien no entendían la razón de esto, no veían razón tampoco para actuar de otra manera. Estaba sí el asunto del combustible; si se detenían ahora en algún punto de esa solitaria vía tendrían que esperar hasta entrada la mañana para que un camión cisterna se presentara a repostarlos.

Al apagarse las luces del avión, Matson apagó las de su vehículo. Apenas podía verse la franja negra de asfalto tendida entre las estepas frías. La figura grisácea del Cessna fue creciendo y con un elegante giro, Matson hizo girar la Ford frente al avión y ordenó a sus ocupantes bajar.

Irina se retiró sin prisa el cinturón de seguridad. Leonardo saltó de inmediato e intentó Halar a Fuller, pero este prefirió seguir a Hegel. Los tres hombres caminaron por un costado hasta la parte trasera, cuya compuerta estaba abriéndose. Irina venía tras ellos sin mucha emoción.

Matson continuó con las manos sobre el volante. No había perdido el rastro del helicóptero y entendió que planeaba posarse a unos quinientos metros adelante. Esperaba también que hombres armados con subametralladoras, cascos y demás equipo de asalto urbano descendiera, que un megáfono le ordenara a todos salir con las manos en la cabeza, que el escuadrón los rodeara con eficiencia y profesionalismo, y que de la misma manera Leo, Hegel, la chica rubia y él mismo, encontraran la manera de hacerlos correr mientras el viejo Cotton Joe hacía elevar aquella aeronave.

No fue así. Ni alarma, ni llamados, órdenes o comandos salieron del helicóptero. La policía no había tenido el tiempo, ni la capacidad de comprender lo que ocurría, y por ello aquel Airbus H-125 de la Defensa Civil apenas debía contar con dos tripulantes. Magnífico.

Matson bajó del Ford y fue a la parte trasera. Sacó sogas y una garrafa plástica con dos galones de agua. Regresó con prisa y ató el volante a la silla, cambió marcha, presionó el freno, descargó la garrafa sobre el acelerador, soltó el freno y se hizo a un lado para que la camioneta corriera libre y con afán de fuga hacia el helicóptero Airbus cuyas aspas no se habían detenido.

Hubo un ininteligible mensaje del piloto por el megáfono. Esto no detuvo a la camioneta que se dirigía a ellos con velocidad alarmante.

Para el piloto de cuarenta y dos años, quien conocía bien aquel aparato, el instinto de elevarse fuera del peligro actuó antes que el de abandonar la aeronave. Tiró del mando y consiguió poner al helicóptero a unos diez metros apenas dos segundos antes que la camioneta pasara por allí donde se habían posado. El esfuerzo disparó una luz roja de emergencia en la cabina: combustible peligrosamente bajo.

Cualquier intento de volver a tomar pista sobre la carretera, dijo el piloto más tarde en un informe, hubiera podido llevar a una confrontación con los criminales para la cual él, y su copiloto, no estaban preparados. Fue mejor dejar el aparato sobre la estepa y ver al Cessna elevarse de nuevo y perderse en el horizonte.

Cotton Joe habría podido conducir un 757 cargado de turistas nerviosos, o varias toneladas de coca, entre los picos, riscos, valles y complejísimos sistemas montañosos de Colombia. Así hizo un buen dinero en los ochenta. Para él, por lo tanto, navegar sobre las planicies argentinas, apenas a veinticinco metros de altura, fue como deslizarse por una pista de hielo. Viajaba sin luces; navegaba con instrumentos y un sexto sentido. Volaba tan bajo que, si fuera de día, las cabezas de los campesinos, que sorprendidos y furiosos vieron pasar la aeronave, habrían quedado en la memoria de Joe como parte de su último viaje de aventuras ilegales.

El Cessna era, ante todo, una aeronave de carga. Los fines de semana era alquilada por un club de paracaidístas. Habían algunas sillas a cada costado y el resto era un espacio vacío. Vibraba con una voz metálica y el bramido del motor, si bien no era ensordecedor, sí dificultó tener cualquier conversación hasta que el aparato entró al océano y empezó a elevarse, lejos de los radares de la costa argentina.

Irina tenía la vista en el techo, Katz hacía un esfuerzo para no quedarse dormido, Hegel consultaba su reloj y Matson había ya entrado en la cabina del piloto, cuya puerta ahora permanecía cerrada.

—Coronel —dijo Hegel, sentado al lado opuesto de la cabina—. Necesito hacerle algunas preguntas.

Fuller miraba a Hegel. No respondía, no parecía desafiante; algo en su mirada, bajo la escasa iluminación del interior, parecía perdida en el recuerdo. Murmurando dijo que necesitaba descansar.

—Coronel —repitió Hegel. Katz decidió posponer su sueño para seguir el curso de una parte de la operación para la cual él no había sido contratado.

Había llegado al país con el propósito de recabar alguna información durante dos semanas, y ahora, más de tres meses después, volaba victorioso tras capturar a un criminal de peso. Tuvo que matar a varias personas, pero no era nada que no hubiera hecho antes. Cerró los ojos y esperó a oír cómo se desarrollaba el resto de la conversación.

—El cadáver de Jan Krêsto, coronel.

—Jan Krêsto.

—Van a pedir que lo ubique. ¿Puede hacerlo?

—Jan Krêsto.

—Y los bonos. Van a pedir que los entregue o indique exactamente qué pasó con ese dinero.

—Jan Krêsto y los bonos.

—¿Ha entendido?

El viejo suspiró.

—Miren. Todo eso está en el pasado; es historia patria. Digo, tal vez es importante pero no es el eje de este asunto.

—¿Cuál es el eje de este asunto?

—Los bancos, y el Turco Larrea, y el rol de los medios, y los dueños de la soja. Lo que pasó con este país; pero la verdad. Nada del sensacionalismo que enseñan en las escuelas, no; la verdad de lo que se cocinaba adentro, de cómo se fraguaron las fortunas de este país. ¿Sabés lo de Papel Prensa?

—Vine aquí por dos piezas de información, coronel.

—Información es lo que tengo. Treinta años siguiéndole la pista a los bandidos; yo coordiné algunos operativos que terminaron en Banfield. Hay material para publicar cinco o seis libros.

—Krêsto, los bonos —repitió Hegel.

—Esperá que hay tiempo para todo. Esa operación, ¿te digo la verdad? No es sino una página entre las miles que va a tener mi libro.

—Muy bien, lo escucho.

Fuller cerró los ojos:

—Mirá, pibe. Estoy cansado.

—¿Coronel?

El viejo reclinó la cabeza y cruzó los brazos. Hegel volvió a llamarlo. Dormía por el agotamiento o solo lo ignoraba.

—Coronel, ¿me escucha? —preguntó Hegel con un tono más alto. Miró a Leonardo, este apunto a la puerta de la cabina de pilotaje con la cabeza.

Hegel asintió, desabrochó su cinturón de seguridad y fue hacia la puerta donde presionó un interruptor. Al instante las luces cambiaron, de los pobres focos amarillentos de trinchera a un intenso rojo de estudio para revelado. Luego le hizo un gesto a Katz para que lo acompañara.

Ambos jóvenes fueron por el viejo y lo pusieron de pie. Tal vez de verdad dormía: se mostró sobresaltado pero no consiguió abrir la boca mientras veía la puerta trasera del Cessna descender y revelar la ya lejana costa argentina y el azul plomo intenso del amanecer. Soltó un qué está pasando, que con el ruido del motor resultó apenas fue un movimiento de labios. Katz y Hegel sostuvieron al viejo por los hombros y, aunque este intentó resistirse a caminar por la plataforma inclinada, sus apresores consiguieron arrastrarlo hasta el borde.

Diego Hausmann, mejor conocido como coronel Fuller, vio entonces la moneda de plata fragmentada en el océano negro, miles de metros abajo.

—Usted no va a ningún lado sin esa información, Fuller —le gritó Hegel al oído—. ¿Tenemos un acuerdo? ¿O quiere ir a acompañar a los desaparecidos?

Hausmann estaba paralizado por el terror al sentir el vacío y la velocidad. Empezó a mover la cabeza y no dejó de hacerlo mientras Leo y Hegel lo regresaban a la silla y Hegel cerraba de nuevo la compuerta. Hausmann no se pudo sentar; cayó al piso sin aire. Leo pensó que la experiencia era estimulante pero que el viejo exageraba.

—Dígame que quiere —dijo Hausmann con su cabeza en el asiento.

Hegel se arrodilló a su lado.

—¿Dónde lo enterraron?

—Ayúdeme a sentarme, no me encuentro bien.

—Hable.

—No sé dónde está. Hace años no hablamos. Perdimos contacto.

Hegel miró a Leonardo.

Ambos ayudaron al viejo a sentarse. Leo fue hacia una nevera de playa y sacó una botella de agua. Se la ofrecieron a Hausmann. Este no pudo beber.

—Ustedes mataron a Jan Krêsto, lo sabemos; dígame ahora dónde y por órden de quién.

—Ustedes no saben una mierda —el viejo le arrancó la botella de la mano a Katz y miró a sus dos carceleros con juvenil rabia—. Él fue quien planeó toda esta operación: Jan Krêsto.

Hegel señaló a Katz:

—Mi amigo aquí es capaz de clavarle esa botella por la boca hasta la garganta. Es capaz de sacarle cada uno de los huesos de la mano sin que se desangre.

—¡Guárdese sus amenazas, no sea imbécil! —había recuperado todo el color el viejo y hasta sudor de ira perlaban su frente— Usted y yo hicimos un acuerdo, lo invito a que lo respete.

Hegel retrocedió a su silla y se sentó. Katz hizo lo mismo.

—Nadie sabía que Horkmeder era espía. Nélida sí. Él la reclutó a ella. Pensó que la había reclutado; no sabía lo astuta que era la Puta —miró a Hegel y a Katz. Destapó la botella y bebió—. Muy astuta. Pudo haberlo denunciado a la SIDE; en vez de eso vino a vernos. Vino a nosotros, nos dijo "Les tengo un paciente". Así decíamos siempre que nos marcaban un objetivo civil. "Tengo un paciente", nos dijo y nos dio los datos. Bueno. Pero teníamos que hacer la averiguación porque este señor no nos decía nada. Los objetivos de mi unidad eran personas, gente importante que, si desaparecía o la mataban, si les pasaba algo, aparecería en los medios: dueños de fábricas, mujeres de mucho dinero, hijos de parlamentarios. Éramos los mejores; no dejábamos rastro. Nunca habríamos caído como Puccio. En fin, no me estoy vanagloriando, son los hechos. Bueno. Nélida nos dio los datos y el cómo y el cuándo. Decía que de él podíamos sacar fácilmente un millón. Un tipo que vivía casi en la pobreza. Aquí hay algo mal, dije. Salí a investigar; movimos gente por ahí. Y entendí, luego, el afán de Nélida de agarrlo a Horkmeder. El menor descuido y se pilló que lo seguíamos; eso o alguien le contó. En fin. Me llega una invitación un día a la casa de campo de Ernesto Valieri, el del periódico. El cumpleaños de uno de sus chicos, tal vez el menor. ¿Será un error esto? Sentí un pálpito. Fui, le compré un juguete al pibe y fui a donde

Valieri con la invitación. No conocía yo a nadie. La estancia llena de gente, la pileta llena, el asado, meseros. Y aparece este hombre, impecable, muy distinto a las fotos. Me ofrece un trago y me da la mano y me dice "Yo sé que ustedes me están buscando".

Según Fuller, Albert Horkemeder y él se sentaron en uno de los cuartos del interior de la casa, lejos de la música y los niños. Al cabo de diez minutos entra Juan Carlos Larrea. Cinco minutos después entra Gigio Gland, luego un hombre del Banco Nación: Lorenzo Sagaz.

—No lo conocía de nada —dijo Fuller—. Pero memoricé la cara y me guardé un birome que usó para escribir unas cifras y así supe: Lorenzo Sagaz.

El plan era sencillo: Horkmeder aparecería secuestrado por Montoneros. Luego se planteó inventar una célula guerrillera totalmente nueva. La idea de descartó casi de inmediato. Las negociaciones se llevarían a cabo por teléfono directamente con los controladores de Horkmeder en la embajada británica. Pedirían cinco millones de dólares.

—¿Para qué necesitaban a Larrea? —preguntó Hegel— ¿Por qué no montaron la operación entre los dos?

El recuerdo hizo sonreír a Hausmann.

—Si ese tipo se me hubiera acercado en plena calle, en mi casa o en el batallón, con semejante idea, con evidencias de que estaba trabajando para una agencia de inteligencia de un país con el que prácticamente estábamos en guerra… Le hubiéramos arrancado las pelotas ahí mismo. No. Sabía que necesitaba amigos y los compró. Gland iba al club de tiro cada quince días; conocía a mis superiores. Habíamos almorzado juntos. Y la familia de Larrea, pese a todos los problemas, era la clase de gente que necesitabamos de nuestro lado, en la televisión nacional, sonriendo, tomando el almuerzo. Horkemeder supo rodearse primero.

Hubo una segunda reunión en la casa de Larrea en la jungla de Misiones. Rodeados por los guardaespaldas del Turco se convino el pago y los pasos a tomar. Sagaz les explicó cómo introducir los cinco millones de dólares en los activos de las empresas, en pequeños negocios como los restaurantes del mayordomo de Larrea, mediante pauta en revistas de largo tiraje y donaciones a obras de caridad.

—¿Eso incluía los bonos? —preguntó Hegel.

Los bonos simplemente fueron nada más que un pase de magia de Lorenzo Sagaz. La operación requería personal no militar; gente de confianza a quienes se les pudiera tapar la boca con dinero. Alquilar coches, mensajeros, observadores y pisos francos. Nélida contactó para esto a Mauro Saviano. Ambos, junto a Sergio Roja, mayordomo de Larrea, colaboraban con la CIA. Fue tarea de Saviano, buen conocedor del mundo delincuencial de Buenos Aires, asegurar la retención de Horkmeder en un sótano en Villa Crespo, para esto, entre su personal, contrato a Franco Gartz, alias misterio, quien desde entonces se dedicó a tener el oído abierto, preparado para liquidar a cualquiera que anduviera por ahí haciendo preguntas sobre la operación. El pago a este, y a otros tantos contactos, se dio mediante los bonos del Tesoro de Estados Unidos. Apenas una parte del gran botín entregado a Fuller por parte del SIS.

—Y el resto de la historia creo que ustedes ya la saben —dijo Fuller tras tomar un poco más de agua—. El dinero llegó por medio de un banco de Nueva York como tres préstamos por separado al canal de televisión del Turco, al periódico y a la emisora de radio. Lo tomamos, lo pusimos en un fondo como accionistas y en el noventa y cinco cerramos todo y nos dividimos la guita.

—¿Y Horkmeder?

—En 2001 estaba en Andorra; eso me dijo. No es mal tipo: más de una vez me ofreció ayuda y protección si decidía moverme a Europa.

—¿Por qué no lo hizo? —preguntó Katz. Fue la única vez que habló.

—Mire: todo lo que hice, lo hice por mi país. De seguro cometí errores, pero fueron errores humanos. Nací en Argentina y me moriré en la Argentina. Así que espero cumplan con su parte y una vez termine de contarles todo me permitan regresar con mi mujer.

Hegel no respondió nada. Irina llevaba un rato largo mirándose las manos. Katz cerró los ojos. Pasados unos minutos timbró un teléfono y Leonardo contestó: aterrizarían.

Eran las cuatro de la mañana y el sol estaba todavía muy lejos. La pista estaba bañada por una lluvia constante desde la noche anterior. Pese a las luces, la visibilidad era baja y el riesgo de patinar preocupó un tanto a Cotton Joe. Sin embargo, el avión Cessna se posó y recorrió la pista sin dificultades, viró a hacia el hangar 13. El teléfono sonó de nuevo y Katz contestó, luego dio su aprobación a Hegel.

—Vamos, coronel —dijo Hegel poniéndose en pie.

—Ha sido breve —respondió Hausmann desabrochándose el cinturón de seguridad—. Esperaba que hiciéramos un viaje directo —la compuerta de salto empezó a abrirse de nuevo con su angustiante lentitud—. No es aconsejable en este tipo de operaciones detenerse a repostar las aeronaves.

Hegel no lo escuchó, tampoco Leonardo, ni Irina. Los tres bajaron por la rampa. Hegel sacó tres pasaportes de su chaqueta y los distribuyó justo antes que un joven de boina, protegido de los elementos con una capa verde impermeable y un rifle en su espalda, revisara los documentos con una linterna, asintiera y los dejara pasar. Hausmann bajó y el soldado le apuntó con la linterna:

—*Sir! May I see you documents, sir?*

—¿Disculpe?

Hausmann levantó su mano para cubrirse de la luz y luego de la lluvia. Miró hacia un costado y vio dos jets de caza Typhoon. El soldado le repitió la pregunta. Pronto llegaron otros tres, igual de jóvenes. Ninguno era brasilero.

—*Sir, I need to see your papers, sir!* —dijo el soldado antes de dar un paso atrás y apuntarle con su SA80 cuya figura reconoció Hausmann al instante.

Los otros tres soldados le apuntaron igualmente y se escuchó una alarma al fondo. Hausmann no pudo ver por ninguna parte a los hombres y la mujer que lo habían arrastrado hasta allí y decidió levantar las manos. Un Land Rover llegó a toda prisa y se detuvo. Por la apariencia de su conductor, debía tratarse de un oficial.

—Mi nombre es Armando Vengoetxea —dijo Hausmann haciendo un saludo militar—. Me han traído aquí secuestrado. Necesito comunicarme con…

No terminó de decir esto cuando lo esposaron y lo empujaron hacia el Land Rover.

EPÍLOGO

ERA UNA ENORME CAFETERÍA de mesas metálicas para atender a un batallón entero. Leonardo llenó una taza de café, tomó dos sobres de azúcar y añadió un cruasán que parecía fresco. A esa hora nadie protegía el lugar. Con esto caminó por el corredor entre las mesas hasta donde se encontraba Irina con una computadora portátil.

Escribía a toda prisa y soltaba alguna grosería cada que sus agotados dedos fallaban en componer las palabras correctas.

Leonardo puso la taza y el cruasán junto a Irina.

—Tómate esto primero. Esta haciendo frío y escribir así es difícil —le dijo con una sonrisa.

Irina siguió escribiendo y soltando toda clase de maldiciones.

—Salimos en dos horas —dijo Leo—. Duerme un rato y luego terminas ese informe. Yo no creo que lo necesiten hoy.

Irina se levantó con la computadora, caminó un par de metros y se sentó en otra mesa a seguir escribiendo.

Leonardo dejó la cafetería y se fue por el corredor a oscuras hasta la escalera. Todo aquel interior estaba pintado con el verde oliva que los militares tienen como fetiche. Había fotos de oficiales de la RAF, banderas y trofeos deportivos, con lo que Leonardo recordó su escuela, aunque nunca estuvo ahí de noche. En el segundo piso, al fondo, las oficinas permanecían encendidas y dos paracaidístas hacían guardia. Ninguno se movió al ver a Katz acercarse.

Leo miró a través del vidrio: al fondo, fumando, Hausmann permanecía en una silla, abrigado por una toalla. Discutía moviendo las manos, molesto. Dos tipos en camisa y corbata, pantalones grises, pieles pálidas y barrigas de oficinista lo escuchaban. Una estampa de seriado policiaco, pensó Leonardo con una sonrisa.

—¿Qué es lo gracioso? —preguntó Hegel acercándose.

—¿Quiénes son? —preguntó Katz señalando a los dos interrogadores.

—El grande, de cabello risado, es Dawson. Supongo que su sueño frustrado de infancia era ser policía.

Leonardo rió:

—Eso pensaba yo.

—El otro no lo conozco. Alguien de Operaciones.

—Por qué Dinesh no está acá —preguntó Katz mientras ambos se alejaban de nuevo por el corredor.

Hegel respondió cuando llegaron de nuevo a la escalera al final del corredor.

—Está en Stanley. Irina debe presentarle su reporte a las nueve. Dile que descanse.

—No me habla. No creo que vuelva a hablarme.

Hegel miró el piso y miró en dirección a la oficina. Amortiguado por el vidrio y la distancia llegaba el ruido de la encendida conversación entre Hausmann y los hombres del SIS.

—Esta vida no es para ella —dijo—. Ella es una buena persona.

Leonardo no encontró que añadir y bajó de nuevo por la escalera a oscuras. Hegel fue de regreso a la oficina. Hausmann firmaba molesto un contrato con tantas páginas como una tesis sobre derechos humanos.

Dawson miró a Hegel, sonrió y agitó su mano. Miró al prisionero, agarró su chaqueta y caminó hacia la puerta. Al salir estrechó la mano de Hegel:

—Una vez más, gracias compadre.

—¿Qué pasará ahora? —preguntó Hegel.

Dawson sonrió con dolor y vergüenza:

—Es una situación delicada. Y si atrapamos a Horkmeder será más complicado todavía. En todo caso, buen trabajo —le dio una palmada en el hombro a Hegel—. Hablaremos de nuevo en Londres.

—Este hombre tiene mucha información sobre la represión. Hay algunas cosas con las que quisiera hablar con él.

—Bueeeno… Como te digo, es complicado.

—Yo le di mi palabra: él tiene un montón de información sobre operaciones y gente. ¿Cuánto tiempo van a retenerlo?

Dawson miró a la oficina y luego invitó a Hegel a acompañarlo a un extremo del corredor. Parecía nervioso, o tal vez molesto.

—Primero tenemos que detener a Horkmeder. Luego corroborar toda esta historia. Luego asegurarnos que esto no va a estallar en nuestras narices.

—Cuánto tiempo.

—Un par de años

Hegel dio un par de pasos hacia la oficina y se regresó de inmediato:

—¡Van a empeorarlo todo!

—¿Qué diablos quieres que hagamos? Que lo soltemos para que le cuente a todo el mundo cómo la Tesorería le entregó cuatro y medio millones de dólares a estos carniceros para que financiaran negocios privados. Además, míralo: es un viejo. De seguro tiene problemas del corazón; el clima aquí es malo para los ancianos. Ya le dará algo. O simplemente se adaptará y se dedicará a las cabras o a las ovejas. Jugará bingo los domingos en la iglesia… Supongo que podemos darle un piso y una pensión.

Hegel no dijo nada. Su cansancio le impidó pensar en la respuesta que se merecía el burócrata. Pasó de largo frente las ventanas de la oficina. Vio a Fuller, quien en el espacio de aquella hora y quince minutos de interrogatorio había envejecido veinte años, y ahora mostraba un pelo largo y revuelto, muy escaso, un bigote derrotado y unos ojos sin luz. Miró a Hegel sin verlo y este decidió seguir derecho hacia la escalera, por el corredor y entró a la cafetería.

Irina miraba por la ventana con los brazos cruzados. Leonardo leía una revista sentado sobre una de las mesas. Ambos miraron a Hegel. Ninguno de lo tres abrió la boca durante la siguiente hora en que esperaron la llegada de la camioneta que los llevaría a Stanley.

El amanecer antártico apareció, por fin, en pleno vuelo en helicóptero hacia Stanley. Viajaron con cuatro mujeres del regimiento de paras, ninguna de las cuales pareció interesada en saber o siquiera percatarse de los cuatro desconocidos, en prendas civiles y apariencia deshecha por toda una noche que parecía haber empezado en un pasado distante.

Las cuatro mujeres, sin dejar de hablar, bajaron del helicóptero y caminaron hacia un Chévrolet rojo. Leo Katz, Hegel, Irina y Richard Matson las vieron alejarse y se quedaron allí en aquel lote parqueadero. La luz dorada del amanecer habría sido más romántica si aquellos espantosos vientos de hielo no pasaran de cuando en cuando. Pisaban nieve, además, y ninguno tenía ropa para aquel invierno.

Matson ofreció su mano y se despidió de Irina. La rubia miró la mano primero y terminó por aceptar que había sido un gusto. Ella se alejó. Hegel también estrechó la mano del ex boina verde y fue tras Irina.

—Espero tener el pago antes del fin de semana —dijo Leonardo.

—Estoy seguro que así será, Leo —dijo Matson.

—Una vez más, gracias.

—Voy a decir lo siguiente sin una gota de humor: esta es la situación más estúpida en la que me he visto envuelto. Tal vez en la vida.

—Estamos vivos, señor —respondió Leonardo.

—Bueno, eso no me sorprende; yo estaba ahí, tú estabas ahí. Sabíamos lo que había que hacer. Pero esa mujer —señaló a Irina quien ya había cruzado el portón de acceso al parqueadero y desaparecía tras una esquina—. Ella no se merecía tener que vivir esto.

—Es una espía.

—Correcto. Debería estar poniendo micrófonos en salas de juntas, o dejando mensajes en clave en bolsitas con excremento de perro, o lo que quiera que esa gente haga hoy día. Eso allá atrás fue una picadora de carne. Esto fue un trabajo de aprendices, es lo que quiero decir. Hay una razón por la cual los civiles no se deben involucrar en estos oficios, ni menos plantearse operaciones de extracción.

—El Servicio estaba tras nosotros; fue su operación.

—Yo no vi a ningún Servicio allá, Katz —un segundo después Matson notó que estaba levantando la voz. Leonardo miraba al piso; manos tras la espalda, las piernas separadas, el mentón en alto.

—Lo siento, señor.

—Me gustaría decir que eres un buen muchacho, Leonardo. Pero no lo haré: yo elijo bien mis palabras. Tengo un sentido de responsabilidad con ustedes, es todo. Sin embargo, y óyeme bien —Leonardo miró a Matson—. Esta es la última maldita vez que me involucro en algo así. Yo, o cualquiera de mis contactos.

—Sí, señor. Lo siento, señor.

Matson le dio una palmada en el hombro a Leo.

—Ese dinero es del piloto. Asegúrense de haberlo depositado cuanto antes.

Y se alejó caminando hacia un taxi que parecía estarlo esperando. Leonardo ni siquiera lo había visto. Suspiró y fue tras Hegel e Irina.

El Waterfront tenía una agradable vista al embarcadero al otro lado de la calle, al plácido mar teñido de mañana soleada. Solo a la mitad de su desayuno tardío —eran casi las once— de frijoles, papas fritas, salchichas, café muy negro y una copa de helado, Leonardo Katz se interesó en la falta de aves revoloteándo por ahí. Tampoco habían muchos turistas, y, a parte de un grupo de noruegos cincuentones con apariencia de dedicarse a marcar icebergs o bucear con orcas, nadie más parecía interesado en visitar la isla en invierno.

La camarera era sonriente, adorable y tan desprovista de color, en sus ojos y su piel, como todo lo demás en aquella isla de pingüinos.

—¿Puedo traerte algo más? —preguntó la chica. Tal vez por la falta de actividad aquella mañana su fuerte acento de Liverpool le dificultó a Leo entender la pregunta.

Katz también notó que sus fríjoles y papas fritas se habían enfriado, y que el helado estaba a punto de convertirse en líquido.

—Más café está bien.

—Una buena taza de café —confirmó la animada chica.

Leo decidió mirarla: tenía una cara redonda y convencial con la que se hermanaban las alemanas y las inglesas. Ojos azul metálico y hoyuelos generados por una sonrisa invencible. De seguro todas las mujeres de esa isla eran así.

—¿Eres de aquí? —preguntó Katz.

—Nah. Birkenhead. Decidí salir de casa e ir a ver el mundo.

Leonardo miró el comedor solitario y la bahía desierta.

—¿Este es el mundo?

La chica se soltó a reír.

—Le traeré el café, señor —no dejó de sonreír mientras le daba una mirada más cuidadosa a Leo—. ¿Americano?

Katz asintió. La muchacha pareció satisfecha de sí misma por reconocer el acento y se marchó con ligeros brincos infantiles. La siguió con la mirada hasta que encontró, a la entrada del comedor, a Irina. Jeans nuevos, un suéter gris, medias, sandalias.

Irina respiró y fue hacia la mesa. Se sentó frente a Leonardo. Él le preguntó si había dormido. No. ¿Había dormido él? Un par de horas, respondió Katz. Era una mentira. Desde que llegaron al hotel, a parte de una ducha, Leonardo se había pasado las siguientes horas mirando por la ventana, considerando, con presupuestos, posibilidades laborales y demás, quedarse a vivir en aquel bucólico fragmento de Inglaterra tirado en el confín del mundo. Se visitó con la ropa que Dinesh Raima les había enviado —equipajes abandonados por turistas británicos que terminaban en una agencia de turismo, fachada del SIS en la isla—, y caminó hacia el ayuntamiento. Antes de haberlo podido encontrar, Leonardo aceptó que aquella roca no era muy distinta al Anchorage que abandonó a los dieciocho años. Un lugar totalmente opuesto a Colombia. Un lugar al que jamás habría querido volver.

—Lamento lo que pasó —dijo Leonardo.

—¿Por qué?

—No sé.

El silencio se extendió hasta que la encantadora camarera regresó con una taza de café fresco. ¿Deseaba algo la señorita? Irina miró los fríjoles rojizos, las salchichas picoteadas y las patatas grasosas, pasó saliva con una breve náusea y negó con la cabeza.

—Gracias —dijo con apenas algo de voz.

La chica se retiró.

—Todo pasa —dijo Leo—. Cometimos muchos errores con Hegel, pero…

—Vos, Leonardo. Vos vas a tu casa y ¿qué haces? Te bañás, te afeitás, te cepillás los dientes. Te ponés una camisa limpia y ya está; y de vuelta al laburo. A otra misión. Vas por ahí haciendo… lo que se te canta el orto —con onomatopeyas y el índice imitó a alguien disparando en todas direcciones— ¿Te parece bien eso? Perdoname, esa no es la pregunta. ¿Estás contento con eso? —tenía esa sonrisa trágica que Leonardo solo conocía por las telenovelas— Yo… sabía, sabía bien en lo que me estaba metiendo. No soy una ingenua. Que es un delito, que puedo terminar presa, que es contrario… a la moral, a la ley, a Dios, a lo que quieras. Pero lo de anoche fue horrible. Fue asqueroso. Leo Katz, nunca jamás en la vida quiero volver a saber de este oficio.

Le estaba costando hablar, mas no claudicó en soltar todo lo que tenía adentro.

—En este momento, no sé siquiera si seré capaz de ver a mi vieja. De tocarla, ¿sí? No puedo mirarme al espejo, no puedo cerrar los ojos, porque oigo voces. Cuando salí del cuarto, pensé que si te veía a vos te iba poder preguntar que cómo haces. ¿Cómo hacés lo que haces y seguís tan campante? Pero la verdad, no quiero saber. Me da miedo terminar así. De verdad. Es más, tengo miedo… —y no mentía, todo su rostro estaba temblando al decirlo— tengo miedo de que ya no soy quien era hace tres días. Y que todo el mundo lo vea. Y que nadie me hable nunca más.

Leonardo sintió que le camarera se acercaba y luego retrocedía. Que el dolor, o el trauma, o el terror por el que estaba pasando Irina debía ser insoportable. Habría querido hacer más. Abrazarla y decirle que todo estaría bien; que sus acciones, aunque cuestionables a los ojos de la sociedad descontextualizada, debían ser castigados, pero que en el gran esquema de las cosas, en ese paraje desolado en Argentina, ella había salvado su vida, la de sus compañeros, derrotado el mal y hecho un acto de justicia. Aunque fuera mentira. Hubiera querido también saber qué se dicen los seres humanos entre sí cuando sus espíritus se quebrantan, cuando la vida les rasga el alma. Leonardo no lo sabía. Solo tenía en su mente dos cosas: de dar un paseo y tomarse su café en silencio.

Irina no paraba de llorar. Por suerte apareció Hegel; debían irse, dijo. Dinesh estaba afuera para recogerlos; era hora de presentar su informe y hablar con Londres. Hegel se sentó junto a Irina y ambos se quedaron ahí. Ella con el rostro hundido en su hombro. Leo entendió que sobraba. Lamentó dejar aquel café que olía tan bien y se puso en pie. Miró a Hegel y se despidió con un gesto y una sonrisa incómoda antes de meterse las manos en los bolsillos y salir del comedor por la puerta principal y alejarse por las calles silenciosas.